Le lessiveur

*Du même auteur
aux Éditions J'ai lu*

LA TRAGÉDIE DU PRÉSIDENT
N° 8113

LE JOUR DE GLOIRE EST ARRIVÉ
N° 8246

L'IMMORTEL
N° 8565

Franz-Olivier
GIESBERT

Le lessiveur

S'agissant d'un ouvrage de fiction, toute ressemblance avec des personnages existant ou ayant existé ne pourrait être que fortuite.

*Tous droits de traduction,
d'adaptation et de reproduction réservés pour tous pays.*

© Flammarion, 2009

1

Avant même d'ouvrir l'œil, Thomas Estoublon sut que ce serait une journée de merde. C'est pourquoi il resta un moment les paupières fermées. L'air était mou et il avait mal à la tête. Une pinçure à l'arrière du crâne, comme si sa cervelle était travaillée par des tenailles. Dans ces cas-là, mieux vaut ne pas s'éterniser au lit. Mais sa femme qui dormait à ses côtés lui prit la main au moment même où il allait s'esbigner.

C'était toujours comme ça : Laura n'aimait pas qu'il se couche ou se lève sans elle. Même ces temps-ci, alors que leur histoire semblait toucher à sa fin, elle voulait qu'ils fassent toujours tout ensemble. Mais le rythme de Laura n'était définitivement pas celui de Thomas : ses nuits pouvaient durer jusqu'à dix à douze heures alors que lui était à la fois du soir et du matin, jamais en repos.

Il attendit un peu, posa un baiser sur sa main, puis se dégagea doucement.

Thomas Estoublon n'avait jamais beaucoup dormi. Mais ces derniers jours, il ne dormait plus du tout. Il avait trop de choses à penser. Trop de dossiers sur le feu. Trop d'énigmes à élucider. Commissaire à l'Évêché, l'hôtel de police de

Marseille, il était surnommé par ses collègues le « Christ du Vieux-Port ». C'était un bel homme d'à peine quarante ans, au visage doux et au regard pénétrant, avec une barbe légère, qui, sans ses cheveux coupés court, aurait été le sosie du Jésus de *La Cène*, cette peinture murale de Léonard de Vinci que l'on peut voir au réfectoire du couvent de Santa Maria delle Grazie, à Milan. Il prenait tout à cœur et travaillait plus que de raison.

Après avoir fait couler son premier café de la journée, Thomas Estoublon attrapa un dossier sur son bureau et commença à le potasser, sur le balcon, en grillant une cigarette. C'était le genre d'affaires qui le rongeait de l'intérieur.

Pourtant, on aurait pu croire qu'il était blasé. Il en avait vu, des horreurs, au cours de sa carrière. Mais de temps en temps, il craquait sur les scènes de crime, sans parvenir à réprimer ses larmes et ses frissons. En l'espèce, il avait éclaté en sanglots, il y a une dizaine de jours, devant un petit cadavre. Un enfant tué à coups de barre de fer, dont le corps nu et sanglant avait été jeté dans la décharge publique d'Entressen, la plus grande d'Europe, près de Marseille.

Les mouettes avaient donné l'alerte. Un gros nuage d'ailes tournoya une matinée entière, en proférant toutes sortes d'insultes, au-dessus du petit mort qui trônait, les bras en croix, sur un monceau d'ordures. Son visage n'était plus qu'un gros caillot de sang avec deux yeux au milieu, dont un crevé, mais il correspondait au signalement d'un enfant du quartier du Panier, disparu la veille, et ses parents l'avaient reconnu sans une hésitation, à la morgue, grâce à son signe distinctif : la médaille de la Vierge qu'il portait au cou.

Il s'appelait Maxime. Il avait sept ans, de bonnes notes à l'école et un plein bon Dieu de passions : les fourmis, les explorateurs, la civilisation égyptienne, les jeux vidéo, les promenades à vélo et la conquête de l'espace. Il ne restait plus de tout ça qu'un magma de sang noir. Dans son rapport, le médecin légiste parlait d'un « acharnement insensé ». Quand il relut cette observation, avec tous les détails afférents, Thomas Estoublon sentit ses yeux se remplir de larmes.

Bien sûr, les parents de Maxime ne se connaissaient pas d'ennemis. C'était toujours le même refrain, par ici : personne ne sait jamais rien, même pas l'heure qu'il est, ni le temps qu'il fait. Mais l'enquête confirma que c'était en effet un couple sans histoire. Le père était un fonctionnaire bien noté, qui supervisait le ramassage des ordures à la Communauté urbaine. Une honnêteté scrupuleuse, un sens reconnu de l'intérêt général et un avenir plein de promesses. À peine trente-cinq ans et déjà sous-directeur. Quant à la mère, elle élevait ses quatre enfants – moins un, désormais – tout en exerçant le métier d'institutrice et en animant avec son mari une association d'aide aux sans-papiers. Une sainte laïque, dans son genre.

Des gens bien sous tous rappors.

Sa cigarette terminée, Thomas Estoublon l'écrasa dans le cendrier et rentra dans l'appartement où il but son café d'une traite, avec une grimace, à cause de sa gorge qui le brûlait et des pensées qui l'assaillaient. Pourquoi tant de haine ? Qu'avait-on voulu faire payer au petit Maxime ? Comment peut-on en arriver à un tel niveau de barbarie ?

Après quoi, il prit sa douche. Il resta longtemps dessous et le miracle quotidien se reproduisit : ça le calma. Comme si l'eau savonneuse lavait aussi ses mauvaises pensées. Il se sentait bien. S'il avait été riche, il aurait passé sa vie sous la douche. Au bout de cinq minutes et quelques, il rajouta de l'eau chaude. Il aimait cette sensation de bouillir. Elle l'éloignait du monde.

En sortant de la douche, Thomas Estoublon transpirait à grosses gouttes. C'est pourquoi il s'essuya soigneusement. Quand il eut fini, il constata que sa migraine était de retour. Il faudrait passer encore quelque temps avec. Elle finirait par disparaître dans les midi avant de revenir avec la tombée du soir. Elle avait ses heures.

C'était samedi. Thomas Estoublon n'aimait pas le samedi. Il n'aimait pas les autres jours de la semaine mais il détestait particulièrement celui-là. C'était le jour des courses et des embouteillages. Il le mettait à profit pour travailler à son bureau, le matin surtout, pendant que sa femme continuait sa nuit. Il sourit tout d'un coup en pensant à la piste sur laquelle il était tombé, quelques jours plus tôt, pour le meurtre du petit Maxime. Une idée qui lui était venue comme ça. Il avait commencé à tirer la pelote. Et de fil en aiguille...

Il sortit en fermant doucement la porte, pour ne pas réveiller Laura.

2

Il était près d'une heure de l'après-midi quand Thomas Estoublon se rendit compte que sa femme n'avait pas encore téléphoné. Bizarre. D'habitude, elle se réveillait vers onze heures et l'appelait aussitôt, d'une voix ensommeillée, avant de boire son café, et demandait : « Tu as bien dormi ? »

Toujours la même question à laquelle il apportait toujours la même réponse. Non, il n'avait pas bien dormi. Et comment aurait-il pu, le « Christ du Vieux-Port », après tout ce qu'il avait vu et entendu la veille, pendant sa journée de travail ? Les éclaboussures de sang. Les vieillards dépouillés. Les sanglots des épouses devant leurs maris assassinés.

Depuis quelque temps, Thomas Estoublon sentait bien que sa femme s'éloignait de lui, de tout. Elle rêvassait tant qu'elle oubliait souvent d'entendre les questions qu'il lui posait. Il fallait parfois les répéter deux ou trois fois. Laura avait toujours eu des absences, mais elle était en voie de se retrancher du monde.

Il composa le numéro du portable de Laura. Pas de réponse. Il l'appela sur le fixe. Rien non plus.

Thomas Estoublon retourna à son travail et puis n'y pensa plus. C'était normal. Il tenait le bon bout dans son enquête sur le meurtre du petit Maxime et quand il le tenait, il ne s'appartenait plus. Il éprouvait toutes sortes de sensations en même temps. Le syndrome du chien courant qui a levé un lièvre. Un affolement général de toutes les membranes. Un mélange de fièvre et de fringale. Une démangeaison vitale.

Il était tout en eau, avec des auréoles de sueur sur sa chemise, en train de contrôler la liste des appels que le père du petit Maxime avait reçus ou passés sur son portable au cours des dernières semaines. Un travail long et fastidieux, mais qui le mènerait au bout, il le sentait.

À quatorze heures trente, Laura ne s'était toujours pas manifestée. Thomas Estoublon commença à s'inquiéter avant d'éteindre son ordinateur, puis de se lever d'un bond.

Laura était le genre de femme pour qui on a tout le temps peur. Belle, grande, blonde, le pétadou chantant, elle était une invitation à l'amour et les hommes avaient du mal à ne pas se retourner sur son passage. Mais quelque chose ne passait pas, chez elle, et la figeait, comme une arête dans le gosier. La vie, la mort, le monde, Dieu sait quoi. Elle était née, il y a trente-quatre ans, avec un chagrin qu'elle n'avait jamais réussi à évacuer et qui, par périodes, revenait la hanter. Elle pouvait pleurer des heures. Pour s'en sortir, elle avait tout essayé. La psychanalyse. Le sport. Le travail. Rien à faire. En conséquence de quoi, elle avait tout arrêté. Elle se contentait maintenant de se soleiller des journées entières au Cercle des Nageurs de Marseille. Ce n'était plus qu'une plante, juste bonne à s'affliger sur son sort. Elle avait un pois chiche à la place du cœur.

Quand il ouvrit la porte de leur appartement, dans le quartier d'Endoume, Thomas Estoublon reconnut tout de suite l'odeur. Un mélange de sucre chaud et de feuilles pourrissantes. Avec, aussi, des relents de brûlé et d'eau de Cologne.

Son cœur cognait dans sa cage et ses mains commencèrent à trembler malgré lui : ça sentait la mort.

Il se dirigea vers la chambre, à pas comptés, comme pour retarder le moment où il faudrait affronter la vérité.

Dans la chambre, aucune trace de lutte. Tous les meubles étaient à leur place. Mais il y avait du sang partout. Sur le parquet, sur le mur, sur le dessus et la tête de lit.

Son cœur battait de plus en plus fort, comme quand on va mourir, mais Thomas Estoublon ne mourait pas. Il éprouvait juste une grosse fatigue, une irrépressible envie de dormir. Ce n'était pas le moment.

Il souleva l'oreiller qui avait été posé sur le visage de Laura. Elle était couchée sur le côté, le cou transpercé par un couteau de cuisine, toujours planté dedans, les mains et les pieds noués avec du fil électrique.

Laura était nue au milieu d'une flaque de sang noir que les draps et les couvertures n'avaient pu absorber complètement. Sa chemise de nuit en soie crème avait été découpée, sans doute au couteau, et ses morceaux gisaient au pied du lit.

Thomas Estoublon s'assit de l'autre côté du lit pour mieux examiner le cadavre de sa femme. Ses tétons avaient été tranchés et ses poils pubiens brûlés.

Par terre gisait un sac en plastique.

« Laura, dit-il, qu'est-ce que je vais devenir ? »

Sur quoi, il fondit en larmes et se mit à parler tout seul, comme ces fadas qui, du fond de leurs asiles, yoyottent de la touffe.

« Je ne comprends pas », répétait-il entre des considérations sur l'horreur et l'absurdité de la situation.

Il resta ainsi, à baver et à s'épancher pendant au moins trois quarts d'heure avant de se décider, enfin, à appeler ses collègues de la police.

Quand ils arrivèrent, vingt minutes plus tard, il avait descendu une bouteille de pastis pur. Il fut donc placé en cellule de dégrisement jusqu'à l'arrivée de la commissaire Sastre, chargée de l'enquêtc.

Avant toute chose, elle le prit dans ses bras et l'embrassa comme on embrasse un enfant. Il y a des gens que le malheur vieillit. Ce n'était pas le cas de Thomas Estoublon. Il semblait avoir rajeuni de vingt ans, tout à coup.

3

Marie Sastre revenait de la scène du crime. Elle était encore sous le choc. Essoufflée, le regard fuyant et les pupilles dilatées comme les femmes amoureuses, elle ne se ressemblait pas.

C'était une femme pleine de grâce qui, d'ordinaire, semblait vider l'air partout où elle passait. Avec son menton décidé et sa bouche à baisers, elle était si naturelle qu'elle n'avait pas à se préoccuper de le paraître. Elle se fichait des apparences. De la sienne, notamment. Elle ne cachait donc pas son émotion. Comme Thomas Estoublon, elle faisait partie de ces gens qui ne s'habituent jamais. Ni à l'horreur ni au malheur.

Elle demanda à son collègue de la suivre dans son bureau. Il était toujours un peu pompette, mais il marchait droit, le buste raide, la voix pâteuse et la bouche sèche.

« Je boirais bien de l'eau, dit-il quand il se fut assis.
— Sers-toi. »

La commissaire lui montra le réfrigérateur derrière lui, puis ouvrit son ordinateur.

« Je ne sais pas quoi te dire, murmura-t-elle en tapant son code, mais j'ai tellement de peine pour toi. Tu as besoin de quelque chose ?

— Non. Je crois même que je n'ai plus besoin de rien. »

Il répéta avec solennité :

« De rien. »

Après quoi, Thomas Estoublon avala une grande gorgée d'eau en l'observant. C'est vrai qu'elle avait beaucoup de charme, Marie Sastre, mais ce n'était pas son genre. Trop garçon manqué. Il n'aimait pas sa façon de se fagoter comme l'as de pique, avec des chemisettes pas repassées et des jeans troués à la hauteur du genou. Il adorait les bellures qui tintinnabulent au cou et aux bras des femmes. Un collier ou un bracelet pouvaient le mettre dans tous ses états. Mais la commissaire ne portait jamais de bijoux. Même pas une bague.

« Elle m'en a fait baver, reprit-il, mais je sais que je serai incapable de vivre sans elle.

— En tout cas, sache que tu pourras toujours compter sur moi.

— Je le sais. »

Elle avait les yeux mouillés. C'est pourquoi elle détourna son visage un moment pour regarder, par la fenêtre, le grand paquebot blanc des « Algérie Ferries » qui sortait du port de la Joliette.

Un petit silence s'égoutta entre eux, le temps pour Marie Sastre de ravaler ou de sécher ses larmes.

« Avant de prendre ta déposition, dit-elle enfin, je voudrais te poser quelques questions, de façon tout à fait informelle.

— Je t'écoute.

— D'abord, Laura a été tuée avec un couteau à viande. Provenait-il de votre cuisine ?

— Je ne sais pas, je ne l'ai pas bien regardé, mais montre-le-moi, je te dirai.

— On verra ça plus tard. »

Elle se gratta la gorge, pour se donner du courage, puis :

« Ensuite, où étais-tu à l'heure du crime ?

— J'ignore à quelle heure il a été commis. Et pour cause, je n'en suis pas l'auteur. Si tu voulais me tendre un piège, il était un peu gros. »

Il l'avait fusillée du regard. Elle baissa la tête.

« Excuse-moi, ce n'était pas un piège. Le médecin légiste n'a pas encore fait son rapport, mais, d'après les premières indications, le crime aurait été commis autour de neuf heures.

— À ce moment-là, j'étais ici, à mon bureau. J'ai travaillé toute la matinée à l'Évêché.

— Quelqu'un peut-il en témoigner ?

— Mon ordinateur.

— Lui, ça ne prouve rien. N'importe qui aurait pu l'ouvrir à ta place. Mais as-tu vu d'autres personnes ?

— Le planton, à l'entrée. À part lui, je ne vois pas. Le samedi, comme tu sais, on ne croise pas grand monde. Surtout le matin.

— Réfléchis bien.

— C'est tout réfléchi. »

Elle fit le geste de chasser une mouche de la main. Mais il n'y avait pas de mouche.

« Ce n'est pas grave, dit-elle.

— J'espère bien. Tu ne me soupçonnes quand même pas ?

— Bien sûr que non. Mais j'ai le devoir de te poser ces questions.

— Je comprends, c'est normal.

— Il faut que je te demande également si tu t'étais disputé avec elle récemment.

— Oui. Il y a quelques jours au restaurant.

— C'était à quel sujet ?

— Elle voulait partir en vacances dans le désert, en Mauritanie. Et comme d'habitude avec elle, il fallait y aller de toute urgence, par le premier avion. Je lui ai demandé avec quel argent, avant de lui faire observer que je n'avais pas encore posé mes congés. Alors, elle a pété les plombs et s'est cassée du restaurant. J'avais l'air fin. Les plats arrivaient juste à cet instant. J'ai mangé mes pâtes tout seul, comme un con. »

Un sourire souffrant passa sur son visage.

« Elle m'en a fait voir de toutes les couleurs, reprit-il, mais je ne lui en voulais jamais. Ce n'était pas sa faute.

— Pourquoi est-ce que tu lui passais toujours tout ?

— Elle avait eu une enfance très difficile, avec un père qu'elle détestait. C'était étonnant qu'elle s'en soit sortie, finalement...

— Mais dans quel état !

— Je pensais que tu faisais partie, avec moi, des flics qui ne commencent pas par charger les victimes juste après la découverte des crimes. C'est une manie, dans notre métier. À croire qu'on a toujours besoin de tuer les gens deux fois.

— Je te demande pardon.

— Ce me sera d'autant plus aisé que, comme tu viens de le souligner, j'ai le pardon facile. »

Nouveau silence. Marie Sastre se gratta encore la gorge, puis se lança :

« Qu'est-ce c'est, son tatouage incroyable ?

— À la fesse ? »

Question idiote. Laura n'avait qu'un seul tatouage, et à la fesse. Thomas Estoublon se mordit les lèvres, l'air pénétré :

« Eh bien, c'est un aigle.

— Ça ne m'avait pas échappé, figure-toi. Mais c'est un aigle qui rappelle ceux du IIIe Reich.

— Possible.

— Ça crève les yeux.

— Elle avait déjà cet aigle tatoué quand je l'ai connue. Elle m'a dit qu'elle se l'était fait faire à Munich, pendant une Fête de la bière, quand elle avait vingt ans.

— Il était bien conservé.

— Elle l'avait fait repigmenter il y a quelque temps. »

La commissaire Sastre venait d'observer que Thomas Estoublon avait une tache de sang noir sur les manches de sa veste. Il remarqua son trouble et regarda cette tache à son tour. Malaise.

« Ce n'est quand même pas banal, reprit-elle, un gros tatouage comme ça. Il doit bien y avoir une raison.

— Elle aimait les aigles. On allait souvent les voir dans les Alpes du Sud. C'était magique.

— C'est un travail tellement sophistiqué, ce tatouage, que je me suis demandé s'il n'y avait pas des signes cachés, un code secret.

— Je ne crois pas. »

Il baissa la tête avec un air de bête soumise et ajouta :

« La première fois que j'ai vu ce tatouage, c'est le soir où on a couché ensemble, soixante-dix-huit jours après qu'on s'est rencontrés. Te rends-tu compte ? Soixante-dix-huit jours de cour effrénée avant d'arriver à mes fins. C'était tout le contraire d'une fille facile, Laura. En fait, c'était un bloc. Un bloc de béton, mais tout fissuré à l'intérieur. Il ne tenait debout que par miracle. »

Thomas Estoublon se mit à pleurer, à la façon d'un bébé, en faisant la lippe. On aurait dit qu'il poussait : sur son visage s'imprimait l'expression tragique et désespérée que provoquent les grandes constipations enfantines. Il n'était plus capable d'aligner une phrase. Aux questions de la commissaire Sastre, il ne répondit plus que par un mélange de sanglots et de bredouillis.

Elle sentit son aisselle la démanger. C'était le signe, chez elle, d'une grande émotion. Il y avait là, sous ses bras, un entrelacs de papilles et de vésicules saignantes, qui était une incitation permanente au grattage. Elle décida de ne pas céder à la tentation. Pour faire diversion, elle se leva, prit la main de Thomas Estoublon, le tira vers elle quand il fut debout, le serra à nouveau dans ses bras.

À ce moment-là, derrière eux, dans l'embrasure de la porte restée ouverte, apparut le directeur de la police judiciaire, William-Patrick Bézard.

C'était un petit homme avantageux, avec une forêt de verrues autour des yeux. Le genre pressé, qui va à l'essentiel sans jamais s'encombrer de détails. Comme s'il cherchait toujours à rattraper le quart d'heure de retard qu'il avait pris à sa naissance.

« Qu'est-ce que je vois, dit-il. Eh bien, c'est du joli ! »

Et il repartit en marmonnant quelque chose qu'ils n'entendirent pas.

4

« Marie, dis-moi, pourquoi une belle fille comme toi n'a-t-elle personne dans sa vie ? »

Le commissaire Karim Chérif avait lancé ça sans réfléchir alors que, comme chaque matin, ils buvaient leur petit noir devant la machine à café, à l'hôtel de police. C'était un homme doux avec des yeux battus sous des sourcils abondants. Rien de cruel chez lui. Pas l'ombre d'un vice. Juste une petite manie : ce chapelet oriental qu'il tripotait sans arrêt.

Marie Sastre n'avait pas répondu sur le moment, elle laissa glisser, mais cette question ne cessait plus de la travailler : elle était même en train de la dévaster.

Il y a des questions comme ça. Elles ont l'effet de l'œuf pondu par la guêpe dans la chair de la chenille qu'elle a murée dans un trou et d'où éclot bientôt une larve vorace qui la mangera vivante.

Cette question, posée par Karim Chérif trois semaines plus tôt, réveillait souvent Marie et l'empêchait de se rendormir.

La quarantaine se rapprochait et Marie avait peur de finir sa vie toute seule sans regard pour se rassurer ni épaule pour reposer sa tête. L'amour est tyrannique, surtout quand on vit sans lui. Son absence était devenue une plaie qui saignait en permanence. La commissaire pleurait souvent, sans raison, à petites gouttes.

Il lui fallait quelqu'un qui la cueille, la transporte, éclaire les yeux de son âme et chasse toutes ses mauvaises pensées. Plusieurs fois, elle avait allumé des cierges à Notre-Dame-de-la-Garde. Les plus grands et les plus chers. C'était ridicule, la Bonne Mère avait d'autres chats à fouetter que d'exaucer ce genre de vœu, mais bon, Marie n'avait pu s'en empêcher.

Cette nuit-là, elle ne dormit que deux heures et quelques : sa solitude commençait à lui faire horreur.

*
* *

Le lendemain matin, William-Patrick Bézard téléphona à Marie Sastre pour lui annoncer que, en accord avec le procureur de la République, il lui retirait l'enquête sur le meurtre de Laura Estoublon.

C'était dimanche et on n'entendait pas un bruit dans Marseille : à dix heures passées, la ville n'avait pas encore fini sa nuit. Il y avait eu match la veille et l'OM s'était imposé face au PSG, 2-0. Après l'échec de Paris, l'usurpatrice, la fausse capitale, la reine des crâneuses, les Marseillais avaient fait la fête jusqu'au petit matin.

La commissaire Sastre allait lancer une machine à laver quand le directeur de la police judiciaire avait appelé. Elle posa son panier de linge sale et resta interdite un moment, le portable dans une main, avant de gratter, de l'autre, une croûte entre les deux jambes.

« Vous n'avez pas le droit de me faire ça, finit-elle par protester.

— Vous l'avez embrassé. Je vous ai vus de mes yeux vus.

— Et alors ? Je le consolais, y a pas de mal à ça...

— On n'embrasse pas un suspect.

— Qu'est-ce qui vous fait dire qu'il est suspect ?

— Tout, répondit Bézard avec l'autorité de la compétence. Tout, à commencer par les deux sondes de Taser qu'on a retrouvées sur la victime.

— Qu'est-ce que ça prouve ?

— S'il a utilisé un Taser, il y a de fortes présomptions que l'assassin soit un policier. Disons que ça fait un élément de plus contre le commissaire Estoublon.

— Vous savez bien que tout le monde peut se procurer des Taser.

— Vous voyez comme vous êtes : vous voulez à tout prix protéger le commissaire Estoublon. Je ne pense pas que vous serez en mesure de mener, sur cette affaire, une enquête honnête, impartiale et rigoureuse. Vous êtes trop passionnée. »

Elle savait qu'il avait raison, mais elle n'était pas du genre à reconnaître ses torts ou ses faiblesses devant son patron, surtout celui-là, un manipulateur-né.

« À qui allez-vous confier l'enquête ? demanda Marie Sastre.

— À Christophe Papalardo. Un garçon qui ne fait pas de sentiment.

— Vous êtes vraiment convaincu que Thomas est coupable ?

— Non, mais je ne l'exclus pas. »

Quand la conversation fut terminée, Marie Sastre décida qu'elle démarrerait sa machine plus tard et s'installa dans son salon pour écouter de la musique. Les Bee Gees, les Kinks, quelques airs d'opéra et puis aussi *La joie de la fête* de R.J. de Chavarria, le prince du baroque latino-américain. Des choses gaies. Elle resta bien une heure et demie prostrée, à tourner ses idées dans sa tête.

C'est vrai que cette histoire de Taser la troublait. Le médecin légiste avait établi que, avant d'être saignée, Laura avait reçu une décharge de Taser X 26. Une arme électronique qui décoche sur sa victime, pendant cinq secondes, des impulsions électriques de 50 000 volts grâce à deux sondes propulsées par une cartouche d'azote liquide et reliées par deux fils au lanceur.

Les deux sondes restent fichées dans la chair et sur les habits de la victime comme des hameçons, ce qui permet, si nécessaire, de renouveler les impulsions. Elles provoquent chaque fois une contraction musculaire intense qui, sans la tuer, neutralise la personne. L'arme idéale pour ces pervers sexuels que sont les tueurs en série : leur proie est à leur merci, ils peuvent en user selon leur convenance avant de la sacrifier.

Marie Sastre n'arrivait pas à croire que Thomas Estoublon fût un bourreau. C'était même tout le contraire. Le genre à se faire toujours avoir. Par ses supérieurs, bien sûr, mais aussi par ses subordonnés. Une âme d'enfant, une victime offerte, comme le Christ. Un couillon.

5

C'était un homme d'une trentaine d'années avec, derrière ses lunettes, un beau regard bleu qui buvait tout autour de lui, de sorte qu'on ne prêtait pas trop d'attention à son visage qui semblait sculpté dans le fiel. Il avait une queue de cheval nouée d'un élastique, et portait un bonnet de laine noire, enfoncé jusqu'à la moitié du front. Un petit bout d'homme maladif, la peau sur les os, qui ne devait pas peser plus d'une cinquantaine de kilos. Le genre à s'envoler quand il éternuait. Il était franchement laid et en souffrait visiblement. C'était là tout son charme. Enfin, aux yeux de Marie Sastre qui, sur le plan sentimental, avait toujours eu une vocation d'infirmière.

Il était habillé tout en Levi's comme la commissaire : le jean, le tee-shirt, le blouson. À la différence près que ses vêtements étaient neufs. On aurait dit qu'il les avait étrennés.

Il avait téléphoné à la commissaire Sastre pour s'annoncer, quelques minutes seulement avant de sonner à la porte de sa maison de pêcheur, au vallon des Auffes.

« Je me présente, Abdel Baadoun, journaliste. »

Elle l'invita à entrer et, quand il se fut assis sur le canapé du salon, lui proposa un pastis.

« Je ne bois jamais d'alcool, dit-il. C'est une question de principe.

— Pourquoi ? Vous êtes musulman ?

— Non. C'est juste que l'alcool détruit les neurones et que je tiens à garder les miens le plus longtemps possible. »

Il demanda de l'eau. Il y avait chez lui un ascétisme que trahissaient ses mains décharnées et ses orbites profondes. Si elle avait remarqué ça, Marie Sastre aurait peut-être nourri quelques préventions à l'endroit de son visiteur mais elle ne pouvait pas le voir. Elle s'était laissé absorber par son regard où, déjà, brillaient tant de promesses.

Elle avait bien noté que ses yeux étaient injectés de sang et que ses cloisons nasales, étrangement rouges, semblaient irritées, mais il ne lui vint pas à l'idée qu'il pût être cocaïnomane.

Elle était sous son charme pendant qu'il racontait son histoire. Il était journaliste indépendant depuis une dizaine d'années et avait monté son propre site sur Internet, Postillon. Aucun journal n'avait jamais voulu l'embaucher. Trop sulfureux. Trop forte tête. Avec ça, spécialiste d'affaires financières qui, souvent, mettaient en cause les patrons de groupes de presse pour lesquels il travaillait.

Tout se tient, dans notre pays. La presse, l'argent, la politique. La même bouillabaisse. La plupart des groupes de médias appartiennent à des amis du Président qui y fait la pluie et le beau temps. Il nomme, promeut et fait virer qui il veut. En échange de quoi, il s'arrange pour que l'État fasse le jeu des entreprises de ses potes, si obligeants et si compréhensifs. Pour qu'il leur passe des commandes, notamment. C'est le règne de la consanguinité et du mélange des genres, sous la férule d'un petit clan. Au train où vont les choses, il n'y aura bientôt plus un seul journal libre en France.

« Il restera toujours *Le Canard enchaîné*, objecta Marie Sastre.

— Je ne peux pas y travailler. Je n'ai jamais compris pourquoi, mais sa direction m'a fiché sur sa liste noire. »

Comme il le lui avait déjà dit au téléphone, Abdel Baadoun confirma à Marie Sastre qu'il était le cousin de Thomas Estoublon. Cousin issu de germains, certes, mais cousin quand même. Il ne l'avait pas bien connu, c'est vrai. Il n'en reste pas moins que, depuis son enfance, il lui vouait une admiration sans bornes. Il n'arrêtait pas de le bader pendant les réunions de famille. Ce policier au grand cœur était devenu son modèle.

« C'est à cause de lui, dit-il, que j'ai une conception assez policière de mon métier de journaliste. Je n'aime que l'enquête. »

Convaincu de l'innocence du commissaire Estoublon, Abdel Baadoun était descendu de Paris pour la prouver. Il ne doutait pas que le « Christ du Vieux-Port » était victime d'une machination visant à l'empêcher de mener à bien ses enquêtes en cours sur des affaires explosives :

« Il allait mouiller beaucoup de beau monde, vous comprenez. Il fallait le faire taire.

— Je vous arrête tout de suite, dit Marie Sastre. Personne ne l'a encore accusé d'avoir tué sa femme.

— J'ai lu des articles qui laissent à penser qu'il le sera bientôt.

— Ce n'est pas moi qui les ai inspirés. Je crois, comme vous, qu'Estoublon est innocent. C'est peut-être pour ça qu'on m'a retiré l'enquête. »

Abdel Baadoun prit l'expression de quelqu'un qui viendrait de boire une bouteille entière de vinaigre.

« Comment ça ? éructa-t-il. On vous a retiré l'enquête ? Mais il faut réagir... »

La commissaire secoua la tête.

« Je vais faire un article », insista-t-il.

Elle secoua à nouveau la tête. Il baissa la sienne.

« Comme vous voudrez... C'est votre problème, après tout. »

Le soir commençait à tomber, tandis que la ville se recouvrait de fils roses : Marseille s'habillait pour la nuit.

La commissaire Sastre proposa à son visiteur de rester dîner avec elle et son fils Alexis, qui allait bientôt rentrer de Carpentras, où il était allé pour un match de football avec son équipe de minots.

Le journaliste accepta. Avec ses connaissances footballistiques, il réussit à impressionner Alexis. Avec son discours de révolté et ses analyses à la paille de fer, il acheva de conquérir Marie Sastre qui, en fin de soirée, lui proposa de le tutoyer et, plus tard, de rester dormir. Il accepta sans hésiter.

Elle ne s'était jamais offerte aussi vite, sans précaution ni préambule. Mais elle ne doutait pas d'avoir enfin trouvé l'homme de sa vie : un homme, un vrai. Du moins jusqu'à ce qu'il se déshabillât.

Même quand il eut retiré tous ses vêtements, il tint à garder son bonnet. Il expliqua à Marie qu'il ne l'enlevait jamais. Y compris quand il faisait l'amour.

« Et quand tu te laves les cheveux ?

— Je ferme la porte à clé.

— Pourquoi ne veux-tu pas qu'on voie tes cheveux ?

— Je ne sais pas, je ne veux pas. »

Quand il fut dans le lit avec elle, elle observa qu'il avait trois piercings. Un sur le nombril, les deux autres sur les tétons. Ça la chiffonna un peu, mais ça ne gâcha pas sa nuit.

6

Depuis que son fils Maxime avait été retrouvé mort dans la décharge publique d'Entressen, Angèle Thubineau n'était plus la même. Sa bouche se terminait désormais par deux plis amers, comme celle des gens qui ne pourront plus jamais sourire. Le regard mort au-dessus de grands cernes mauves, elle était entrée dans la catégorie des gens fatigués à vie.

Surtout, le stress étant le meilleur des régimes amincissants, elle avait perdu quatorze kilos en onze jours. L'assassinat de Maxime lui avait coupé l'appétit. Incapable d'avaler quoi que ce soit, fût-ce un biscuit, elle marchait aux comprimés que lui avait prescrits le psychiatre recommandé par la police. Elle avait un gros sac plein de boîtes au pied de son lit. Des antidépresseurs, bien sûr, mais aussi des somnifères et des vitamines.

Pour soigner son âme, elle avait aussi eu recours aux services d'un psychologue, un homme attentionné qui, apparemment, ne pouvait rien pour elle. Elle n'avait pas envie de parler, juste de pleurer.

Jean, son mari, enfilait, lui, les ennuis de santé. Une sciatique, une bronchite, une otite, une crise de colique néphrétique, une nouvelle sciatique, une chute dans l'escalier avec deux côtes cassées à la clé, on attendait la suite. Il avait tout perdu, en plus de son fils. Ses immunités, son sens de l'équilibre et puis aussi sa dignité. Il avait demandé un congé sans solde et passait ses journées dans les toilettes à parler tout seul.

Il n'y a que les trois enfants restants qui tenaient le coup. Mais ils veillaient à ne pas le montrer, pour ne pas décevoir leurs parents.

Les Thubineau habitaient une petite maison de trois étages, au Panier. Avec, dans la soupente, vue sur la mer dont on sentait partout l'haleine aimante, jusqu'au fond des placards. Il y régnait une grande animation avant l'assassinat de Maxime. Depuis, il n'en sortait plus aucun bruit.

La maison était plongée dans un silence de mort quand Angèle Thubineau descendit, sur le coup de minuit, boire un verre de grenache pour favoriser un sommeil qui ne venait pas.

Quelqu'un frappa à la fenêtre de la cuisine. Le cœur d'Angèle battit à tout rompre.

« C'est qui ? demanda-t-elle.

— Un ami. Qui voulez-vous que ce soit ? Ouvrez. »

Elle obtempéra après avoir vu le visage derrière la vitre, un visage recouvert d'un bas, afin de ne pas être identifié et, de ce point de vue, c'était tout à fait réussi. L'homme portait un costume clair, une cravate Hermès, une Rolex en argent et des chaussures blanches.

« Laissez-moi entrer, dit-il d'une voix douce, qui voulait rassurer. Je voudrais avoir une petite conversation avec votre mari et vous. »

Angèle partit chercher son mari qui était encore aux toilettes, ouvrit la porte de la maison et demanda au visiteur :

« Mais qui êtes-vous ?

— Un ami, je vous ai dit.

— Je ne vous connais pas.

— Moi, si. Je sais tout de vous, de votre mari et de vos enfants. Les goûts, les habitudes. Les heures et les trajets pour aller à l'école ou au travail. »

Elle fit signe d'entrer à l'homme aux chaussures blanches. Il s'assit sans rien demander sur une chaise de la cuisine en prenant ses aises, comme s'il était chez lui.

« Qu'est-ce qui vous amène ? demanda Jean d'une voix qui trahissait sa peur.

— C'est simple. J'ai été contacté par des personnes extrêmement puissantes qui m'ont demandé la confidentialité la plus totale. Je suis désolé de ne pouvoir vous donner leurs noms, mais c'est du gros, si vous voyez ce que je veux dire. Du super-lourd. Ces gens qui, pour le moment, sont bien intentionnés, m'ont mandaté pour vous faire passer un message. Il y a deux façons de le transmettre. La version douce : "On se calme, c'est mieux pour tout le monde." La version dure : "Arrêtez de foutre la merde. Sinon, ça va saigner." »

Il avait dit tout ça sans perdre de sa bonhomie. Il fit un trou dans son bas, à l'emplacement de la bouche, sortit un paquet de cigarettes de sa poche, en alluma une, puis :

« Me suis-je fait bien comprendre ?

— Je voudrais être sûr d'avoir vraiment saisi, dit Jean, les narines tremblantes, en regardant ses pieds.

— Réfléchissez. Qu'est-ce qu'on fait quand on a un mort dans la famille ? On le pleure, on l'enterre mais on n'a pas idée de monter une association, soi-disant pour faire la vérité, avant d'appeler à des manifestations. Lequel de vous deux a eu cette idée ?

— C'est moi, répliqua Angèle.

— Eh bien, vous avez eu tort. Votre association, je ne me rappelle plus bien son nom...

— L'Association pour la vérité sur la mort de Maxime. L'AVMM.

— Eh bien, cette association, elle a énervé les personnes dont je viens de parler. Des gens très respectables et très respectés qui ne veulent pas d'histoires. Ils détestent l'agitation, les polémiques stériles et les accusations sans fondement, qui nuisent à l'image de notre ville. Ils vous demandent donc instamment de dissoudre votre association et d'annuler la manifestation que vous aviez prévue pour mardi. Sinon, ils ne répondent plus de rien, ils laisseront faire ceux qui veulent du mal à vos enfants... »

L'homme aspira sa cigarette dont le bout rougeoya, expulsa une grosse bouffée et se leva d'un trait :

« Je peux compter sur vous ?

— Vous le pouvez, murmura Jean, qu'Angèle fusilla du regard.

— Je vous remercie de m'avoir entendu. »

Il leur serra la main et sortit.

7

Quand il arriva à sa moto, garée un peu plus loin, dans le Panier, l'homme aux chaussures blanches retira le bas sur son visage et enfila son casque flambant neuf. Après quoi, il roula très vite parce que ça sentait l'orage, une odeur d'eau tiède, et que des éclairs voletaient déjà au loin dans la nuit. Pas question de se faire saucer.

Quelques minutes plus tard, il s'arrêta devant un café du Vieux-Port, quai Rive-Neuve. Il se rendit sans hésiter au fond de l'établissement à sa table habituelle, où l'attendait un couple, une blondasse et un frisé.

« Va », dit le frisé à la jeune femme avec un signe de la main qui marquait un certain agacement.

Elle se leva en haussant les sourcils et partit avec un mouvement des épaules, à peine perceptible, en guise de salut, avant que ne s'assoie l'homme aux chaussures blanches.

« Alors, Ricky, tout s'est bien passé ? demanda le frisé.

— Bien, Peppino. Bien. »

Peppino Repato était moitié italien par son père et moitié mauritanien par sa mère comme l'attestait la grosse tignasse, vaguement crépue, qui poussait sur son crâne, tel un pied de lavande. C'était un petit homme au physique ingrat, mais il en jetait avec sa grâce naturelle et son raffinement vestimentaire qui faisaient de lui une publicité vivante pour plusieurs marques de luxe. Il portait ainsi une chemise Ralph Lauren, un blouson Saint Laurent, des chaussures Gucci, une chaîne en or Cartier et une montre Breitling.

« Il faudra quand même liquider les Thubineau un jour, tu ne crois pas ? demanda Peppino Repato.

— Je pense. Ils sont toujours dans le ressentiment. Ils refusent de tourner la page. Des pauvres cons. On fait ça quand ?

— On attend les ordres. »

Ricky consulta sa montre, puis :

« Il faut que je te dise, on a un rendez-vous avec Aurélio dans trois quarts d'heure. Tu sais comment il est, le Finisseur. Il te convoque toujours au dernier moment.

— Qu'est-ce qu'il veut ?

— Peut-être qu'il va nous donner un boulot à faire. Il n'a pas dit. »

Une heure, quatre joints et six bières plus tard, Ricky et Peppino se retrouvaient devant Aurélio-le-Finisseur. Il était arrivé avec pas mal de retard et cinq gardes du corps, deux devant, trois derrière.

C'était le vrai patron du Milieu, à Marseille, ce qui expliquait ses façons de coq de paroisse et l'espèce d'euphorie faussement conviviale qu'il dégageait, comme ces bêtes à scrutin que sont les politiciens professionnels. S'il s'était présenté quelque part, il aurait sûrement été élu. Rien qu'à le regarder, on avait envie de se ranger sous sa bannière.

Aurélio Ramolino aurait été le maître après Dieu de la région si, depuis quelque temps, n'avait brillé une nouvelle étoile dans le ciel provençal, celle de Charles Chiocca, l'empereur de la gadoue. Un gros malin, catholique, franc-maçon, libéral, progressiste, amateur d'art, de voitures et de femmes. Avec ça, écolo. Après avoir fait fortune dans Internet et dans l'immobilier, il s'était lancé dans les poubelles. Un métier plus sûr et plein d'avenir, assurait-il, car les ordures ménagères représentaient désormais 340 kg par an et par personne, soit deux fois plus qu'il y a quarante ans.

Avant de conquérir la mairie puis la députation de Marignane, près de Marseille, il avait donc racheté à Eugène Carreda, ministre du Commerce, toutes les décharges et déchetteries du département. Une méchante rumeur prétendait que pour obliger l'autre à vendre, il l'avait menacé d'étaler sur la place publique les preuves de ses turpitudes, mais on dit tant de choses. Il eût été au demeurant difficile d'imaginer Charles Chiocca en maître chanteur. C'était l'ami du Bien, de la Morale, des banlieues, des sans domicile fixe, des peuples opprimés et des grandes causes humanitaires. Il imposait le respect, notamment aux journalistes pour qui il était devenu l'incarnation vivante de l'intégrité et du désintéressement. D'autant qu'il savait y faire, avec eux. Il était toujours aux petits soins, ne mégotant ni sur les compliments ni sur les piges dans son groupe multimédia.

Le Finisseur en avait fait son principal ennemi depuis qu'il le voyait tourner autour du port et, surtout, de l'OM. Le jour où Charles Chiocca le rachèterait, c'en serait fini des trafics sur les transferts de joueurs, le Parrain de Marseille pouvait compter ses abattis. C'est pourquoi, au lieu de prononcer son nom, Aurélio Ramolino le crachait, la bouche tordue, comme une crevette avariée. Il ne savait pas comment arrêter son ascension : on ne tue pas un député, disait-il, preuve qu'il lui arrivait d'y songer.

Ce soir-là, Aurélio-le-Finisseur était particulièrement remonté. Il est vrai qu'il était bien chargé, à en juger par l'état de ses pupilles que seuls peuvent dilater à ce point l'amour, la mort ou la drogue. Dans son cas, c'était la cocaïne.

Il emmena ses deux sbires au comptoir et leur hurla dessus, à cause de la musique qui était à fond :

« Les petits, j'ai quelque chose à vous demander.

— Tout ce que vous voulez, monsieur, dit Peppino Repato.

— Je veux que vous donniez une bonne leçon à Boissière.

— Le patron du port ?

— Oui. Il ne tient plus ses engagements sur les conteneurs, il mégote sur mes commissions. Je sais qu'il fricote avec Chiocca. C'est son nouveau protecteur, figurez-vous. »

Peppino travaillait souvent au port, pour le compte du Finisseur. Même s'il n'avait rien déchargé de sa vie, il était officiellement docker, et puis aussi syndicaliste ou exécuteur des basses œuvres. Le trafic de conteneurs était, avec les cercles de jeux et le transfert de footballeurs, l'une des principales sources de revenus de l'organisation d'Aurélio Ramolino. Le principe : tous les conteneurs déchargés sur le port de Marseille sont numérotés. Mais certains portent le même numéro et sont vidés avant même que les services des douanes aient eu le temps de fourrer leur nez dedans. Au moment de l'inspection, les marchandises, généralement en provenance de Chine, sont déjà en cours d'acheminement vers leurs lieux de vente, sans avoir été taxées.

« Quel genre de bonne leçon voulez-vous ? demanda Peppino. On tue son chien ?

— Ce n'est pas un signal assez fort.

— On brûle sa voiture ?

— Non plus.

— On tire sur sa maison ?

— Par exemple.

— Vous voulez ça pour quand ?

— Cette nuit.

— Comme vous voudrez, monsieur. »

Aurélio-le-Finisseur leur attrapa l'épaule avec sa poigne de culturiste, puis :

« Mais attention, je ne veux pas de bavures. Pas de morts.

— Vous ne nous connaissez pas, monsieur, dit Peppino.

— Justement, je vous connais.

— Vous avez l'adresse de Boissière ? »

Le « Parrain » la lui glissa à l'oreille avant de lui faire signe de dégager. Peppino et Ricky sortirent de la boîte de nuit les yeux étincelants, au bord de la colère.

Dehors, l'orage s'était éloigné. On entendait encore ses gémissements derrière les collines, mais il ne pleuvait plus. Il avait laissé un vent noir qui sentait le carton pourri et l'ordure ménagère.

« C'est quand même pas une façon de nous parler, dit Peppino. T'as vu comment il nous traite ?

— Comme des merdes.

— Je n'en peux plus, de ce métier.

— T'appelles ça un métier, toi ?

— Je te dis, moi, qu'il faut arrêter de travailler pour ce bouffon et changer de camp, une fois pour toutes. On nous parlera mieux. »

Ricky serra la crosse de son revolver dans la poche de son blouson.

« Un jour, il faudra qu'on se mette à notre compte », conclut Peppino.

Ils enfilèrent leurs casques et montèrent sur leurs motos respectives, direction le Roucas Blanc où habitait Boissière.

Même si la nuit était sombre, une bordée de lumières continuait de clignoter dans la baie. Les lumières des raffineries, des entreprises ou des réverbères. Elles trempaient en clignotant, au gré des vagues, comme des étoiles.

À Marseille, il y a toujours des étoiles à regarder dans la mer, même quand le ciel est couvert. Mais Ricky et Peppino roulaient trop vite pour les voir.

8

Thomas Estoublon tremblait comme une feuille quand il entra, menottes aux poignets, dans le bureau du commissaire Papalardo, à l'Évêché. Il avait été interpellé à sept heures du matin dans la chambre de l'hôtel des Catalans où il venait de passer le week-end, tout seul, après la mise sous scellés de son appartement.

Ce qui frappa tout de suite Christophe Papalardo, ce fut cette peur que son collègue exsudait par tous les pores et qui, dès potron-minet, lui auréolait la chemise. Il faisait frisquet, pourtant, et le ciel avait mis son bonnet. De plus, Thomas Estoublon ne le regardait pas dans les yeux, mais bon, ça n'avait jamais été son fort.

Il avait l'apparence du coupable et ça ne prouvait rien. Christophe Papalardo savait, d'expérience, qu'il ne faut jamais suivre aveuglément sa première impression. Ce cinquantenaire était un excellent policier, l'un des meilleurs du Midi, parce qu'il savait changer d'avis. Instantanément, dès qu'un élément de l'enquête contredisait le précédent. Ce sont les rigides et les bornés qui tuent le métier.

Après lui avoir fait retirer les menottes, Christophe Papalardo avait invité Thomas Estoublon à s'asseoir sur une chaise un peu bancale, loin devant lui, pour le mettre en position d'infériorité. Il faisait toujours ça. Sauf que, dans le cas présent, il ne pouvait pas craindre que l'espèce d'épave qu'on lui avait amenée reprenne le dessus. Il décida qu'il resterait un moment dans l'ordonnancement prévu avant de se rapprocher de lui pour le serrer, puis lui porter l'estocade finale.

Après lui avoir énoncé ses droits, le commissaire Papalardo invita l'inspecteur Echinard qui l'assistait à ne pas prendre de notes. Pour l'heure, dit-il, ce serait une « conversation informelle ». Après quoi, il alla droit au but. C'était sa méthode, pour désarçonner. Pas de chemin de traverse, ni d'interrogatoire en entonnoir comme on l'apprend à l'École de la magistrature. Il préférait déstabiliser tout de suite le suspect en attaquant directement :

« L'arme du crime était donc votre couteau de cuisine. Un Zepter.

— Je l'apprends.

— C'est troublant.

— Je l'admets.

— Sur le manche du couteau, on n'a retrouvé que vos empreintes à tous les deux. Aucune autre.

— C'est normal, nous recevions peu.

— Apparemment, avant de l'égorger, le meurtrier a essayé d'étouffer votre femme en lui mettant la tête dans un sac en plastique. Et vous savez quoi ? On a retrouvé vos empreintes sur ce sac. Bizarre.

— Logique. C'est moi qui faisais les courses. »

Il y eut un mauvais silence, comme une eau sale et vicieuse. Il donnait envie de s'en aller ou de s'essuyer. Le commissaire Papalardo finit par le briser, les yeux mi-clos, avec l'air de savourer quelque chose :

« Vous aviez des problèmes avec votre femme ? »

Thomas Estoublon le regarda avec un air étonné avant de baisser les yeux :

« Excuse-moi, reprit Papalardo, mais je préfère te vouvoyer. C'est plus correct, déontologiquement parlant.

— Je comprends, fit l'autre avec un rictus qui contredisait ses propos.

— En fouillant votre ordinateur et celui de votre épouse, nous avons trouvé des échanges de mails qui montrent que votre relation s'était sérieusement dégradée au cours des derniers mois.

— On peut dire ça.

— C'est même une litote, si j'en juge par certains mails. Pourriez-vous lire ça, par exemple ? »

Le commissaire Papalardo se leva, fit quelques pas et tendit une dizaine de feuillets à Estoublon qui commença à parcourir les premières lignes en se mordant les lèvres.

« À haute voix, s'il vous plaît », insista Papalardo.

Estoublon fronça les sourcils, comme pour indiquer qu'il réfléchissait mais en fait, il dévisageait ce collègue sûr de lui et si suffisant qu'il s'était toujours cru nécessaire. Une machine à réussir, un grimpion qui ne manquait jamais de répéter qu'il n'avait aucun lien de parenté avec le truand du même nom, assassiné il n'y a pas si longtemps.

Il n'avait pourtant pas été gâté par la nature, Papalardo. De petite taille, deux incisives proéminentes, une tête de lapin malade. Mais il n'avait jamais semblé souffrir du moindre complexe. Et il plaisait. Aux hommes comme aux femmes. Sans doute parce qu'il savait adapter son caractère à celui des autres. Un artiste de la tchatche.

Il y a des années que le commissaire Estoublon jalousait ce morveux qui avait épousé l'une des filles du président de la Chambre de commerce, mettant ainsi fin à une grande carrière de pistachier. Et voilà maintenant que Papalardo l'humiliait sans pitié, avec un plaisir malsain. Il se gratta la gorge, puis lut d'une voix morne, sans mettre le ton :

« de : Laura
à : Thomas
Je n'en peux plus. J'ai toujours de l'affection pour toi mais nous sommes comme deux corps étrangers l'un à l'autre. Deux corps et puis deux âmes qui n'ont plus rien à se dire. Il faut prendre une décision. C'est la conversation que je voulais avoir avec toi, hier soir, mais, comme d'habitude, tu es rentré trop tard et trop fatigué pour parler. Essayons aujourd'hui, à ton retour du travail, je t'en supplie. »

« de : Thomas
à : Laura
C'est vrai que nous traversons une mauvaise passe et si elle devait se prolonger, il faudrait trancher mais rien ne presse. Nous pouvons donner du temps au temps. "Patience et longueur de temps font plus que force ni que rage." »

« de : Laura
à : Thomas
Je ne sais pas pourquoi tu parles de rage. Ce n'était pas du tout l'esprit de mon dernier mail. »

« de : Thomas
à : Laura
C'était juste une citation. »

« de : Laura
à : Thomas
Je sais, merci. En tout cas, je t'ai écrit calmement, après avoir bien réfléchi, et en me faisant mal parce que la vérité fait mal. Inutile de se la cacher. Nous sommes assez grands pour l'affronter. Tirons les conclusions. »

« de : Thomas
à : Laura
On ne divorce pas par mail. »

« de : Laura
à : Thomas
Je n'ai pas parlé de divorcer. »

« de : Thomas
à : Laura
Ah bon ? De quoi as-tu parlé, alors ? Je ne comprends pas. Explique-moi. »

« de : Laura
à : Thomas
Je savais déjà qu'on ne pouvait pas se parler à la maison. Je m'aperçois que nous ne pouvons pas davantage communiquer par mail. C'est dire où nous en sommes. D'ailleurs... »

Thomas Estoublon s'arrêta net, soupira avec ostentation, puis laissa tomber :

« Je ne peux pas aller plus loin. À partir de là, ça devient trop intime.
— Essayez.
— Je ne comprends pas ce que vous cherchez.
— La vérité. J'aimerais que vous lisiez dans les dernières pages un autre échange de mails avec votre épouse, cinq jours avant son assassinat.
— Qu'est-ce que ça prouve ?
— Rien. Ou tout. Je ne sais pas encore...
— C'est une coïncidence.
— Ça peut être aussi un mobile.
— Mais tous les couples s'engueulent ! protesta le commissaire Estoublon.
— Franchement, ça dépasse le cadre de la dispute entre amoureux. Lisez, pour voir, si vous osez... »

Une façon d'obliger le suspect à relever ce défi. Ce qu'il fit d'une voix de plus en plus blanche :

« de : Laura
à : Thomas
Il y a une chose que je voulais te dire ce matin, avant que tu partes en claquant la porte comme un malade (ne refais pas ça deux fois). L'amour est éternel, disais-tu. C'est vrai. Mais il est éternel jusqu'à ce qu'il meure. Et le nôtre est mort, mort de chez mort, il faut que tu te rentres ça dans la tête. »

« de : Thomas
à : Laura
L'amour est la seule création des humains qui reste éternelle, même quand ils sont morts. »

« de : Laura
à : Thomas

Nos nuits ne seront jamais éternelles. À qui feras-tu croire ça ? »

« de : Thomas
à : Laura
L'amour est fort comme la mort. C'est ce que dit le Cantique des cantiques, VIII, 6, et je le crois. »

« de : Laura
à : Thomas
Notre amour n'a même pas vécu jusqu'à sa mort. Je me demande même si je l'ai porté. Tu n'as jamais été capable d'engendrer quoi que ce soit et si tel avait été le cas, je sais aujourd'hui que j'aurais dû avorter. J'ai pris un avocat. Il te contactera dans la journée. »

Alors qu'il lisait le dernier mail, sa gorge se noua à deux reprises, mais il ne cala pas. Pour une fois, il regarda Papalardo, puis Echinard, bien droit dans les yeux et commenta :

« Ne croyez pas ce que je vous ai lu. Laura n'était pas cruelle. C'était juste une femme et les femmes pratiquent la rupture chirurgicale. Nous les hommes, nous sommes beaucoup plus longs...

— ... et plus lâches.

— Disons moins brutaux. On a toujours peur de se faire mal. »

Le commissaire Papalardo sourit :

« Je ne sais si c'est scientifique ou philosophique, mais c'est très intéressant. Notez, Echinard.

— En tout cas, reprit Estoublon, imperturbable, il y a une chose que ces mails ne disent pas, c'est que ça allait beaucoup mieux entre nous, dans les jours qui ont précédé sa mort.

— Pourquoi ?

— C'est une question à laquelle on ne peut pas répondre dans une relation amoureuse. Je peux vous parler du comment, mais pas du pourquoi.

— Le mystère du pourquoi, notez ça aussi, Echinard. C'est un propos d'expert. Vous avez une preuve qui permette d'étayer ce prétendu rabibochage ? »

Estoublon hésita, puis :

« Des conversations téléphoniques.

— Intéressant. Elles ont été enregistrées ?

— Pas à ma connaissance.

— Donc, rien de concret ?

— Non.

— Si vous croyez vous en sortir avec cette prétendu réconciliation... Je peux vous dire qu'ils vont vous rigoler au nez, les jurés d'assises.

— J'ai confiance en la justice de mon pays. »

Le commissaire Estoublon transpirait toujours, mais il était en train de remonter la pente. Il avait de l'insolence dans les yeux. Une garde à vue, c'est comme une guerre : elle se gagne par surprise, en ne laissant jamais de répit à l'autre camp. Il fallait donc changer le plan de bataille. Pour reprendre la main, Christophe Papalardo sortit son arme de choc. Celle qu'il gardait souvent pour la fin. Les photos de la scène de crime. Il avait sélectionné une douzaine de gros plans de la victime. Du visage, surtout.

« Regardez ça. »

Il s'amena avec la pochette de clichés devant Estoublon et les sortit un à un, en examinant avec un regard intense les expressions du suspect. Pas un tressaillement, ni un battement de cils, mais on aurait dit que ses yeux se vidaient. Que la vie dedans s'enfuyait. Au bout d'un moment, il n'y avait plus rien à l'intérieur, sauf une infinie tristesse.

Souvent, c'était en montrant les photos des scènes de crime que Papalardo se forgeait son opinion sur les suspects. Il y avait les névropathes que ça remplissait d'effroi, parfois jusqu'au spasme, et puis les faux braves qui esquissaient un petit sourire satisfait, celui du travail accompli. Les deux pires ennemis des coupables étaient le remords et la vanité. C'est toujours ce qui les perdait.

En l'espèce, le commissaire Papalardo ne savait pas qu'en conclure.

« Alors, je suis coupable ? demanda Estoublon qui connaissait les ficelles.

— Ici, c'est moi qui pose les questions.

— Ôtez-moi d'un doute. J'ai réagi comme il fallait, n'est-ce pas ?

— Je ne sais si vous avez vraiment mesuré l'horreur de ce crime. Apparemment, ça ne vous a même pas révulsé. »

Thomas Estoublon haussa les épaules :

« J'aurais dû vomir, c'est ça que vous auriez voulu ?

— C'est une réaction que j'aurais comprise devant les photos que je vous ai montrées. »

La porte s'entrebâilla, dans le dos d'Estoublon. Indifférent au monde, il ne se retourna même pas. William-Patrick Bézard, le directeur de la police judiciaire, pointa son nez, puis une main qu'il agita pour demander au commissaire Papalardo de venir le rejoindre.

Il prit son subordonné par le bras, fit quelques pas avec lui dans le couloir et demanda à voix basse :

« Vous restez convaincu que c'est lui qui a tué sa femme ?

— Il faut toujours se méfier de ses intuitions.

— À ce stade, sont-elles plutôt confirmées ou infirmées ? »

Le commissaire Papalardo fronça les sourcils, avec une mimique de concentration, puis laissa tomber :

« Si ce n'est pas lui, c'est que c'est un autre. »

Le directeur de la police judiciaire sourit et tapota affectueusement la joue du commissaire :

« Toujours aussi prudent, Papalardo. »

Puis Bézard posa sa main sur l'épaule de son subordonné, qu'il palpa un instant avant de s'écarter :

« C'est pourquoi je vous fais confiance.

— Je sens qu'il va me donner du fil à retordre.

— C'est normal. Les interrogatoires, il connaît.

— J'ai la prétention de penser que j'ai toujours été meilleur que lui dans cet exercice. Il ne sait pas improviser. Il suit son chemin et c'est tout.

— Je vous demande seulement de ne pas vous acharner, Papalardo.

— Ce n'est pas mon genre, ironisa le commissaire.

— Je ne plaisante pas. C'est un très bon flic, Estoublon. Vous savez, je préférerais tellement qu'il ne soit pas coupable.

— Moi aussi, monsieur le directeur. L'avenir nous le dira. »

Le lendemain, quand, après la garde à vue, il déféra Estoublon devant le juge d'instruction, le commissaire Papalardo était convaincu que son collègue était coupable. Pour lui, il y avait, chez le « Christ du Vieux-Port », quelque chose de déstructuré, d'irrationnel et d'hypocrite aussi, qui en faisait un criminel en puissance.

Il est vrai que Papalardo ne l'avait jamais aimé, ce donneur de leçons, Messie de poche et crucifié professionnel, qui prenait si souvent le parti des délinquants. Il avait une théorie là-dessus. Les chevaliers de la vertu ont toujours quelque chose à se faire pardonner. C'était apparemment le cas de saint Thomas Estoublon. Il suffisait d'observer son regard, toujours fuyant.

C'est pourquoi le commissaire Papalardo n'avait jamais pu se départir d'une certaine gêne envers ce collègue. Même quand ils se croyaient amis et jouaient au poker ensemble. Il fallait toujours que l'autre lui distille son jus de morale, sa moraline.

Son travail terminé, Papalardo alla en rendre compte au directeur de la police judiciaire. C'était le subordonné idéal. Il ne faisait jamais perdre de temps. Il allait toujours droit au but.

« J'ai une intime conviction, dit-il à Bézard. Thomas cache quelque chose, je ne sais pas quoi mais c'est lié au meurtre, j'en mettrais ma main à couper. »

9

Marseille est un fourmillement de villages jetés entre la mer et des collines. Ils ne peuvent pas s'échapper. Ils sont encloués là pour toujours.

La géographie les empêchant d'aller proliférer ailleurs, ils cultivent chacun leurs différences, leurs traditions et leurs cuisines locales. Ici, on est du Panier ou d'Endoume avant d'être de Marseille.

Laura Estoublon était de Mazargues. Elle fut donc enterrée à Mazargues, dans le caveau familial. Celui de ses grands-parents maternels, pour être précis.

Il y avait foule à la cérémonie funèbre, dans l'église de Mazargues. La famille, les amis, quelques autorités locales, mais aussi beaucoup de curieux venus observer le mari de la morte à qui le directeur de la police judiciaire avait refusé que l'on retire les menottes, afin de n'être pas accusé de favoritisme. Déjà que la justice, dans sa grande clémence, l'avait autorisé à assister aux funérailles de Laura. Il ne fallait pas exagérer.

Jusqu'à nouvel ordre, Thomas Estoublon était le suspect numéro un pour le meurtre de Laura. Quand il s'avança dans la nef, encadré par deux policiers, une rumeur murmurante s'éleva sur son passage. La même que l'on entend parfois dans les cours d'assises quand entre l'accusé, pour l'énoncé du verdict. Il marchait comme un automate, la tête baissée.

Convoqué à Paris, le directeur de la police judiciaire s'était fait représenter par Marie Sastre. Mais on comptait au moins une douzaine de policiers en sus, pour attester la popularité de Thomas Estoublon à l'Évêché. Sans parler des avocats, emmenés par le bâtonnier, et des représentants d'associations diverses.

Au fond de l'église, sur l'avant-dernière travée, se tenait un couple éploré : Angèle et Jean Thubineau, les parents du petit Maxime. On ne savait s'ils pleuraient la mort de leur enfant, celle de Laura ou l'incarcération du commissaire Estoublon en qui ils avaient toujours eu confiance, mais ils avaient trop de larmes pour pouvoir les sécher. Ils bavaient comme des escargots en regardant leurs chaussures.

Le curé de Mazargues parla très bien de Laura. Apparemment, il était un spécialiste de l'oraison funèbre. Il savait jouer en virtuose de sa voix, tour à tour harpe, violoncelle, mandoline, piano ou grandes orgues. C'est ainsi qu'il tira les larmes de l'assistance, à plusieurs reprises, quand il évoqua son enfance « ombrageuse », sa personnalité « contrastée » ou son caractère « insoumis » avant de terminer *crescendo* sur cette péroraison :

« Vous étiez incomprise parce que vous saviez qu'avoir du caractère, ce n'est pas nécessairement avoir bon caractère. Quand il est bon, c'est d'ailleurs qu'on n'en a pas. Vous en aviez pour deux, pour trois, pour quatre, pour nous tous.

C'est pourquoi vous allez tant nous manquer, Laura. »

À la fin de l'office, il n'était pas prévu de condoléances : les menottes d'Estoublon n'auraient pas facilité les embrassades. Alors que les fidèles se dispersaient pour prendre le chemin de la sortie et signer en passant le registre, s'ils ne l'avaient déjà fait, la commissaire Sastre qui était assise derrière lui se précipita sur Thomas Estoublon et le serra dans ses bras, comme elle en avait désormais l'habitude.

« J'ai tant de peine pour toi, murmura-t-elle.

— C'est comme un cauchemar, dit-il, mais en vrai. Je n'arrive toujours pas à y croire.

— Je sais que ça n'est pas toi.

— Je suis déshonoré. Or, c'était tout ce qui me restait, l'honneur. Maintenant, j'ai perdu ma dernière raison de vivre. »

Il réprima un sanglot, puis :

« Il y a des tas de choses que je ne comprends pas, dans cette histoire. Par exemple, le dossier qui a disparu dans l'appartement, après le meurtre. Le dossier OM. »

Il avait dit ça d'une voix si basse qu'elle était presque imperceptible. Normal, il n'allait pas bien. On lui voyait le blanc des yeux. Au bord de l'évanouissement, il laissa tout son corps peser contre les épaules de Marie Sastre qui faillit tomber à la renverse.

« Faites quelque chose, il a un malaise, s'écria-t-elle.

— Bon, on y va, dit un des policiers en le soutenant par l'épaule.

— Soyez humains, dit Abdel Baadoun qui venait d'arriver.

— On l'a déjà été assez. »

Le commissaire Estoublon observa Abdel Baadoun avec étonnement :

« Comme tu as changé ! Je ne t'avais pas reconnu. »

Il poussa un soupir qui semblait désapprobateur, puis s'abandonna dans les bras des deux policiers.

« Qu'est-ce que ce dossier ? lui chuchota Marie à l'oreille.

— L'OM », susurra-t-il.

Sur quoi, Estoublon tourna de l'œil. Il aurait dû s'affaler, mais les deux policiers le tenaient si ferme qu'il traversa la nef, les pieds ballants, jusqu'au fourgon de police qui l'attendait devant l'église.

« Il faut appeler du secours, dit Marie Sastre qui les avait suivis.

— Ne vous inquiétez pas, on s'en occupe. »

Alors que le fourgon s'éloignait, Abdel Baadoun prit la main de Marie Sastre et lui demanda :

« Qu'est-ce qu'il t'a dit ?

— Il m'a parlé d'un dossier sur l'OM qu'on aurait volé chez lui, le jour du meurtre.

— C'est peut-être une piste. »

Abdel lui serra la main un peu plus fort, avec tendresse, et elle sentit quelques larmes lui monter aux yeux. Mais là, ce n'était plus du chagrin. C'était de l'amour.

10

Élisabeth était un petit bout de femme d'une soixantaine d'années avec de grands yeux bleus, bordés d'écarlate, qu'elle se frottait souvent, comme les bébés fatigués. Elle passait ses journées et ses nuits à attendre le retour d'Horace, son mari. Elle se faisait un sang d'encre, ces temps-ci, parce qu'il rentrait de plus en plus tard, avec des airs de mort vivant.

Depuis son retour de l'hôpital, il avait pris l'habitude de déserter leur maison de pêcheur, aux Goudes, dès le matin, pour marcher. Elle comprenait. Ils habitaient l'un des plus beaux villages de Marseille, loin de la ville, dans un endroit de rêve. C'était tentant, de déambuler sur les calanques, au milieu du ciel, ou sur les rochers, au bord de la mer : ça permettait de tout oublier et Horace avait beaucoup de choses à oublier.

Il était invalide à 100 %. Il n'avait pas trop de séquelles. Quelques tics, une grimace étrange, comme un sourire forcé, vissé à vie, mais il s'en était très bien tiré pour quelqu'un qui avait une balle dans la tête. Les médecins n'avaient pas voulu la lui retirer. Trop risqué. Elle était mal placée, son extraction aurait pu diminuer ses facultés mentales.

N'était-ce cette irascibilité qui ne le quittait plus, ces facultés eussent été intactes. La balle avait juste changé son caractère. Avec tout le monde, sauf avec sa femme. Il n'avait pas d'enfant, sa mère était morte, Élisabeth était la seule personne qui comptait pour lui.

Cette nuit-là, Horace rentra chez lui à quatre heures et demie du matin. Grand et mince, il fleurait la soixantaine. Il avait été bel homme et il restait sur son visage quelque chose de l'angelot dont s'était jadis amourachée Élisabeth. Un regard d'enfant, des cheveux bouclés et des cils allongés. Mais une espèce de secousse tellurique avait cassé cette jolie gueule, lui donnant un air triste.

Horace avait veillé à tourner la clé sans faire de bruit, mais à peine ouvra-t-il la porte que sa femme, tapie dans l'ombre, surgit en criant :

« Mais où étais-tu encore passé ? »

Il alluma la lumière, puis :

« J'ai été à Cassis par les calanques et puis je suis revenu.

— Impossible, Horace. Il fait nuit noire.

— Et alors ?

— Tu serais tombé tout le temps, avec les pierres.

— J'ai fait attention.

— Ne me raconte pas d'histoire, Horace. Dis-moi si tu as quelqu'un. Allez, dis-le-moi...

— Je n'ai personne d'autre que toi.

— Je comprendrais très bien que tu en aies assez de moi.

— Non, tu ne comprendrais pas et tu aurais raison, après tout ce que tu as fait pour moi. »

Sa rencontre avec Élisabeth avait changé sa vie. C'était au lycée Thiers. Elle avait seize ans. Lui, quinze. Il tétait encore le sein maternel. C'était un secret entre sa mère et lui : chaque soir, avant de se coucher, ils se retrouvaient dans la salle de bains où, après avoir dégrafé son corsage, il suçait ses tétons, pas avec la fougue d'un nourrisson, non, avec le respect d'un amoureux, même s'il lui arrivait de presser un peu trop les mamelles comme s'il espérait toujours qu'en sortirait ce jus nacré au goût divin de miel et de foin coupé.

C'était bien. Malheur à ceux qui n'ont pas connu le plaisir de téter quand ils étaient en âge d'en profiter. Plaignons-les.

Horace vénérait cette mère battue, victime d'un mari alcoolique, et souffrit du sevrage forcé qu'entraîna son amour pour Élisabeth. Il ne retrouva jamais les mêmes moments de bonheur en suçant les seins arides de sa femme.

Sauf quand il décréta qu'elle était sa mère. La mort de la vraie, quelques années plus tard, facilita la chose. Il ne s'était jamais remis de ce deuil, ni de son enfance, ni de son sevrage, ni de sa balle dans la tête, mais bon, c'était grâce à Élisabeth qu'il tenait encore debout.

« Je t'aime, dit-il.

— Moi aussi, je t'aime. Mais tu me fais peur.

— T'inquiète. Je vais nettement mieux qu'il y a un an.

— Il faut que tu dormes, insista-t-elle.

— J'ai trop de temps perdu à rattraper.

— Le médecin t'a dit de toujours bien prendre tes cachets. Pourquoi tu ne l'écoutes pas ?

— Je n'en ai pas besoin. »

Ils restèrent longtemps allongés sur le lit, à parler en regardant le plafond blanc cassé où s'observaient une araignée et un papillon de nuit au torse poilu. Comme ça lui arrivait souvent, il évoqua ce jour où son père avait flanqué une telle pâtée à sa mère qu'il fallut la conduire à l'hôpital.

« Je suis tombée dans l'escalier », ne cessait-elle de répéter à des médecins à moitié convaincus.

Ce soir-là, après avoir laissé sa femme à l'hôpital, le père passa son fils à tabac dès qu'ils furent rentrés à la maison. Il avait cru voir une lueur accusatrice dans ses yeux. Un mélange de désaveu et d'insolence. En conséquence de quoi, il cassa un bras à Horace. Il faillit aussi lui crever un œil. Cet homme ne connaissait pas sa force.

« C'est à cause de lui que j'ai cette colère qui me bout les sangs, dit Horace. En plus de ça, il était tellement considéré, tu comprends. Un monsieur très bien sous tous rapports, un modèle pour le genre humain. On me répétait sans arrêt : "Comme tu as de la chance d'avoir un père pareil !" Tu parles ! Si j'ai un regret, c'est de ne l'avoir pas tué de mes propres mains. Il est mort trop tôt.

— Mais je suis sûre qu'il a souffert.

— Je ne le crois pas, hélas. Il était bourré quand la camionnette lui est passée dessus, sur le Vieux-Port. Il n'est pas décédé sur le coup, c'est vrai, mais l'alcool atténue les souffrances, tu sais bien. J'aurais tant aimé qu'il morfle vraiment. D'un bon cancer, comme maman. Avec des métastases osseuses, si possible. »

L'araignée s'approchait du papillon de nuit, lentement, par cercles concentriques. Il semblait ne s'apercevoir de rien.

« Je voudrais que tu te reposes, dit Élisabeth.

— Je verrai ça après ma mort.

— Il ne faut pas plaisanter avec sa santé, Horace.

— J'ai trop de choses à régler. »

C'est quand le papillon de nuit fut à la portée de l'araignée qu'il s'envola soudain, en froufroutant vers la lumière de l'abat-jour, sur la table de chevet.

« Avant de quitter cette terre, dit-il, je voudrais faire plein de trucs bien. Réparer les injustices. Aider les victimes de la vie. Nettoyer les plaies. Éradiquer le malheur.

— Mais il y a trop de malheur ici-bas. Tu ne pourras jamais.

— Dieu n'est pas là. Il nous a laissés tout seuls. Il faut donc le suppléer, dans la mesure de nos moyens. C'est ça, la vérité du monde. Nous autres humains, on devrait s'en tenir à cette ligne de conduite au lieu de nous goinfrer en regardant notre nombril. »

Sur ces paroles, Horace embrassa Élisabeth, puis éteignit la lumière. L'air était tiède et chargé de sommeil. Elle s'endormit tout de suite. Au bout d'un moment, il se leva et partit écrire plusieurs pages du livre auquel il s'était attelé depuis plusieurs mois. Un livre sur l'argent, le mal et la corruption qui pourrissent tout, dans notre monde de brutes, de jean-foutre et de gloutons hédonistes.

À ses yeux, pour qu'une vie fût réussie, il fallait pouvoir se dire, au moment de rendre l'âme, qu'on laisse derrière soi une maison, un jardin, des enfants ou un fonds de commerce. Chacun son château de sable. Lui, ce serait d'abord ce livre.

Il s'appellerait *La Vache rousse* du nom de l'animal, couleur de sang, que sacrifie dans la Bible le prêtre Éléazar, fils d'Aaron, et dont les cendres servent à fabriquer une eau purificatrice.

En exergue du livre, il avait cité le Siracide :

« Souvenez-vous que la colère ne tardera pas longtemps à venir. »

11

C'est devant le juge d'instruction que Thomas Estoublon craqua. Un débutant, le visage encore pourléché d'amour maternel, avec un gros bouton d'acné, prêt à couler, qui trônait sur son menton. Il le caressait souvent, ce rubis de pus, avec un contentement enfantin.

Un débutant, mais aussi un roublard, doublé d'un fin psychologue, Yves Barbaroux. Avec ça, très cultivé et pourvu de cette expérience incomparable de l'âme humaine que procure la lecture des grands classiques de la littérature. Il avait par conséquent tout de suite tapé dans l'œil du président du tribunal de grande instance qui commençait à lui confier les affaires délicates. Ce garçon sauterait les étapes, c'était écrit.

Il portait une cravate jaune citron sur une chemise mauve. Comment pouvait-on rendre la justice avec une cravate pareille ? C'est la question qui vint à l'esprit du commissaire Estoublon dès qu'il se fut assis.

Il se demandait aussi pourquoi le magistrat ne l'autorisait pas à retirer ses menottes. Sans doute voulait-il l'humilier. Mais pour l'humilier, il aurait fallu qu'il y eût quelqu'un au-dedans de lui. Or, il n'y avait plus personne depuis la mort de Laura.

Au début de l'interrogatoire, Yves Barbaroux chercha le point faible de Thomas Estoublon et quand il l'eut trouvé, il grattouilla la plaie, avec un sadisme enjoué, avant de tourner son couteau dedans. Le commissaire était un agneau qui portait tous les péchés du monde. D'où ce visage sans expression, ce regard démissionnaire et ce dégingandement fataliste des bêtes de boucherie.

Il était fait pour le couteau auquel ses pas n'avaient jamais cessé de le mener. Il tendait la gorge. Il ne restait plus qu'à la trancher.

« Je sais que vous êtes rongé de remords, dit Yves Barbaroux, d'entrée de jeu, et c'est ce qui vous sauve. »

Thomas Estoublon fit un geste de ses mains menottées pour indiquer qu'il voulait parler, mais le juge l'arrêta :

« Laissez-moi continuer, monsieur. Vous répondrez après. Je ne suis pas sûr à cent pour cent que vous êtes coupable du meurtre de votre femme, il y a de fortes présomptions, mais bon, rien de concluant. N'empêche que si vous vous en sortez, aux assises, il vous faudra vivre avec un remords qui augmentera au fil des ans, vous verrez.

— Mais je suis innocent ! protesta Estoublon.

— Rien ne ressemble plus à un innocent qu'un coupable qui s'ignore. En tout état de cause, vous êtes coupable de n'avoir pas su rendre cette femme heureuse. Quand elle a été assassinée, vous aviez déjà commencé à la tuer à petit feu, pas par méchanceté, non, par indifférence, par lâcheté, parce que vous n'étiez pas à la hauteur. Vous la laissiez couler.

— J'ai tout essayé. Tout...

— Laissez-moi terminer. Elle souffrait beaucoup avec vous et c'est une litote. Là-dessus, j'ai un dossier accablant. Des mails, des lettres, des témoignages, en veux-tu, en voilà. Avec elle, vous avez fait preuve de cruauté mentale et je sais, parce que je crois vous connaître, que vous vous en voudrez jusqu'à la fin de vos jours d'avoir fait tant de mal à un être sans défense, avant de l'abandonner lâchement à son destin.

— J'ai une autre vision.

— Ma version doit être la bonne puisqu'elle est scientifique : elle s'appuie sur des documents incontestables.

— Ils ne prouvent rien.

— Vous expliquerez ça aux autres. Mais vous n'avez aucune chance de sortir vainqueur d'un grand déballage. Toutes les pièces sont accablantes.

— Elle était dépressive de naissance.

— Non. Vous l'avez enfoncée. Notamment en la trompant au vu et au su de tout le monde. Vous savez que vous allez passer un mauvais moment aux assises ?

— C'était des histoires d'un soir. Je ne l'ai jamais vraiment trompée.

— Je crois que vous avez intérêt à reconnaître les faits et à jouer, pour votre défense, les circonstances atténuantes. Pour éviter toute cette boue qui va vous tomber dessus. Pour garder la tête haute. Réfléchissez. »

Thomas Estoublon se mordit les lèvres et une bordée de larmes dégoulina sur son visage. Il ne les essuya pas, encore qu'il aurait pu, malgré les menottes, utiliser une manche de chemise. Après avoir reniflé, il murmura :

« Je vais réfléchir.

— Voulez-vous que je vous laisse tranquille un quart d'heure ?

— Je crois que ça demandera plus de temps que ça. »

Son avocat, Me Chouffan, un grand échalas au regard protecteur, avait répondu à la place d'Estoublon.

« Revoyons-nous dans deux ou trois jours, dit le juge.

— Oui, ce sera mieux », approuva l'avocat.

Un innocent était entré dans le bureau d'Yves Barbaroux et un coupable en sortit.

12

C'était la journée de la gentillesse. Il paraît que c'est très bon pour la santé, la gentillesse : elle déstresse. Grâce à elle, on peut vivre beaucoup plus vieux, plusieurs études scientifiques l'ont établi.

Puisqu'il y a une journée pour tout, pour les maladies, les opprimés, les thons rouges ou les légumes oubliés, je ne sais pas ce qu'on attend pour faire une journée du savon, de la propreté ou de la balayette.

Longtemps, je me suis demandé ce que j'exécrais le plus, la bêtise ou la haine. Je sais maintenant que c'est la saleté. Elle nous tire vers le bas. Elle nous ramène à cette condition animale dont il nous a fallu tant de générations pour sortir.

C'est pourquoi je me sens si souvent agressé quand je marche dans la rue. Toutes ces racadures par terre, c'est la honte. Les papiers, les mégots, les trognons, les mollards et les chewing-gums. Je suis mêmement révolté par l'état des toilettes dans les cafés et plus particulièrement des urinoirs que certaines personnes prennent pour des poubelles, au risque de les boucher. Trop souvent, j'en ai retiré des trognons de pomme ou des mégots de cigare à l'aide des mouchoirs en papier que j'ai toujours sur moi. Et je ne parle pas du sans-gêne de tous ces enfants de cochons qui ne supportent pas la moindre réflexion.

Ce jour-là, par exemple, j'étais sur le Vieux-Port, à la hauteur du marché aux poissons, derrière une grosse pétasse qui portait son bébé d'un an environ comme un trésor qu'on voulait lui voler. Elle moucha son chiard et, sans se tourner, jeta son Kleenex par-dessus son épaule. Je faillis le recevoir en pleine figure.

« Madame, dis-je sur mon ton le plus poli, je crois que vous avez oublié quelque chose. »

Elle s'arrêta net et m'aboya dessus :

« Qu'est-ce qu'il veut, le peigne-cul ? »

Là-dessus, son mari, qui marchait devant, rappliqua. Un balèze, la boule à zéro, une caricature de cacou, le genre à ne pas se prendre pour la moitié d'une boîte d'allumettes.

« Y a quelque chose qui ne va pas ? demanda-t-il.
— Non, rien.
— Je préfère. »

Des incidents comme ça, j'en ai connu plein. Pour un peu, il faudrait s'excuser d'être propre et de ne pas tout transformer en cagadou. J'avais un couteau dans la poche de mon jean. Un Opinel. J'ai serré le manche très fort. Je brûlais d'une envie folle de le leur planter dans le cou pour leur apprendre les manières, mais bon, je me suis retenu. Il y avait plein de monde autour de nous et, surtout, cette voiture de police qui, depuis des années, prend racine au pied de la Canebière. L'endroit n'était pas idéal pour donner une leçon.

C'est ainsi que j'étais très énervé quand je me suis rendu aux Arcenaux, le restaurant du cours d'Estienne-d'Orves où j'avais naguère eu mes habitudes. Il a mes faveurs parce que je sais, pour les avoir visitées, qu'il règne, dans les cuisines, une hygiène de fer. Je me suis installé en terrasse et j'ai commandé une salade de poulpes et des calamars grillés à l'ail. Les céphalopodes sont des animaux intelligents et j'ai un principe dans la vie, je mange toujours des animaux intelligents. C'est bon pour la mémoire et les réflexes. Les sardines et les daurades, j'évite : elles sont trop connes.

J'attendais mon hors-d'œuvre quand mon attention fut attirée par des éclats de voix, quelques tables plus loin. Un homme d'une trentaine d'années, très bien sapé, genre petit dieu vivant, se leva, soudain, et donna une gifle à l'une des filles qui partageaient son repas. Il se blessa la main sur la boucle d'oreille en émeraude qu'elle portait et qu'il envoya dinguer sur le cours, avec un bout de lobe de la demoiselle.

J'ai tout de suite reconnu ce tocard en chaussures blanches : Ricky Esposito. J'étais après lui depuis quelques jours. Un salopard de première.

Ils pissaient tous les deux le sang et elle hurlait. Ricky lui ordonna de se taire et, comme elle n'obtempéra pas, lui donna un coup de poing en plein visage. Sur ses dents de devant, très exactement. Elle tomba, la bouche en sang, en crachant des morceaux d'incisives, avant de partir, clopin-clopant, sous les insultes du petit dieu vivant. Elle fut vite rattrapée par un serveur qui se proposa de lui venir en aide, mais elle l'envoya bouler.

Quand je parlais plus haut de tout ce que je détestais, j'oubliais de mentionner la violence. Surtout quand elle est dirigée contre les faibles, les femmes ou les enfants. Chaque fois, ces manifestations se traduisent chez moi par les mêmes symptômes : suées, frissons, palpitations. Sur ce plan, je suis une petite nature. Lorsque je vis le petit dieu vivant filer aux toilettes pour se laver les taches sur sa veste et sa chemise, je décidai de le suivre.

Je ne suis pas irresponsable. Si je n'avais pas étrenné, ce matin-là, ma perruque et ma fausse barbe, je n'y serais pas allé. Avec mon déguisement, les serveurs d'autrefois ne m'avaient pas reconnu. En plus, je portais des gants de daim, pour éviter les empreintes. Donc, pas de risque. Avant de pousser la porte, j'enfilai le K-Way que j'ai toujours avec moi dans la poche de ma veste, en cas d'urgence.

Quand je suis entré dans les toilettes, le petit dieu vivant était penché sur le lavabo, en train de rincer sa chemise à grande eau. C'était stupide. Il aurait mieux fait d'aller en acheter une autre. Le sang ne part jamais facilement. À l'évidence, il faisait partie de ces hommes qui ne savent pas s'occuper de leur linge.

Je ressentais une pression gonfler en moi, comme une poche de sang dans la tête, ça me cognait les tempes et je transpirais à grosses gouttes. Comme je déteste transpirer, ça m'échauffait encore plus. Je l'appelai :

« Monsieur ? »

Il se retourna.

« Vous n'auriez pas dû vous comporter comme ça, ai-je dit en soufflant, à cause de l'émotion. C'est sale.

— De quoi je me mêle ? Casse-toi, connard. »

Je n'ai pas réfléchi. J'ai sorti l'Opinel de ma poche et tout en lui prenant les cheveux d'une main, pour l'empêcher de bouger la tête, de l'autre, je lui ai tranché la gorge en un éclair. Après ça, je l'ai poussé loin de moi, pour qu'il ne m'éclabousse pas de son sang.

Ricky est tout de suite tombé, à la façon des bêtes saignées, et a porté ses mains à son cou, comme s'il cherchait à arrêter la fontaine vermillon qui glougloutait. Pour que personne n'entre, j'ai bloqué la porte des toilettes avec mon pied et je l'ai regardé mourir.

Il ne criait pas. C'est l'avantage, quand on égorge : les cordes vocales ont été coupées, du coup la mort s'amène en silence, sans ces hurlements de tragédie qui, souvent, l'accompagnent. N'étaient ces chaussures blanches qui s'agitaient dans tous les sens, il y avait une certaine dignité dans cette façon de rendre l'âme.

Je dois à la vérité de dire que j'éprouvais de la jouissance à le regarder mourir et que cette jouissance n'était pas seulement intellectuelle. Toutes les fibres de mon corps vibraient en même temps. Ce n'était pas tant à cause de la puissance que j'éprouvais devant cette pauvre chose qui se ventrouillait à mes pieds. Non, c'était l'idée d'avoir été utile à quelque chose en punissant une pourriture. J'avais le sentiment du travail accompli.

« Pauvre con, ça t'apprendra », lui ai-je dit.

Il a dû entendre, car à ce moment-là l'homme aux chaussures blanches se tortillait encore. Après, je ne me suis pas attardé. Le robinet du lavabo continuant à couler, j'ai passé ma main et mon Opinel dessous, dans une position acrobatique, parce que je bloquais toujours la porte avec mon pied. Ensuite, j'ai enlevé, puis rincé mon K-Way à grande eau.

J'avais du sang sur mes baskets et sur l'ourlet de mon jean. J'ai pris du papier essuie-mains pour les nettoyer avant de le fourrer dans mes poches. Pas question de laisser d'empreintes génétiques. Pour ne pas que la police puisse identifier mon odeur, j'ai aussi vaporisé dans l'air un parfum à la verveine.

J'ai inspecté une dernière fois les toilettes d'un regard circulaire et puis, après avoir laissé un gros billet sur ma table, je suis parti comme un voleur. J'ai marché un bon moment. Il y avait longtemps que je ne m'étais senti aussi bien.

La pression était retombée. J'éprouvais maintenant une griserie qui m'emportait très haut, là où les oiseaux ne vont jamais. Je me surpris même à pousser un cri de joie. Combattre le mal, c'est encore la meilleure façon de se faire du bien. Je savais déjà que je dormirais comme un bébé, la nuit prochaine.

13

Quand Marie Sastre arriva à l'Évêché, le lendemain matin, le planton lui annonça qu'elle avait de la visite. Un certain Mattéi. Charles Mattéi. Elle sourit.

C'était l'Immortel qui, parfois, se faisait appeler comme ça : Mattéi était le nom de sa mère, morte il y a longtemps déjà. Tout de blanc vêtu, l'ancien Parrain de Marseille avait l'air d'un vieil acteur qui vient de descendre de son yacht. Le visage buriné, le regard azur et transperçant, Charly Garlaban n'avait, à soixante ans passés, rien perdu de son charme.

« Commissaire, commença-t-il, je crois que vous vous occupez d'une affaire importante.

— J'ai en effet repris l'assassinat du petit Maxime Thubineau.

— Ce n'est pas de cette affaire-là que je veux vous entretenir.

— Ah oui. Vous voulez parler du crime d'hier, cours d'Estienne-d'Orves ?

— Exactement.

— Apparemment, il s'agit d'un règlement de comptes entre des gens du Milieu. De la routine.

— Justement. Je sais, commissaire, le peu de cas que vous faites, dans la police, des meurtres de truands. Je peux le comprendre. Mais voilà, dans le cas d'espèce, le mort est mon neveu.

— Désolé.

— Non, ne soyez pas désolée. Ce garçon était un fifre, un cabestron, un chapacan, toutes les insultes du parler marseillais ne suffiraient pas à le définir, tellement c'était un sale type. Avec ça, tordu et vicieux. Mais je veux la vérité sur ce crime. C'est ce que j'ai promis à sa mère qui est ma sœur.

— Je vais voir ce que je peux faire.

— Autant vous le dire tout de suite, j'ai décidé de retrouver le coupable. »

La commissaire Sastre s'étrangla :

« Comment ça ?

— Vous avez bien entendu. Je vais enquêter sur ce crime. Vous avez donc le choix. Ou bien je me mets à votre service. Ou bien je travaille à mon compte.

— Vous marchez sur la tête !

— Je vous préviens, c'est tout. Comme j'ai beaucoup de respect pour vous, et même davantage, je voulais vous tenir au courant. Bien entendu, je bénéficierai de toute l'infrastructure d'Aurélio-le-Finisseur pour qui mon neveu travaillait, à l'occasion. Il portait sur cet immonde personnage le même jugement que moi, mais il fera ça pour moi et pour ma sœur. Elle veut savoir qui a tué son fils, vous comprenez. C'est son droit. »

Pour l'émouvoir, Charly Garlaban lui parla de sa sœur, une marchande de fruits et légumes du marché de Noailles qui luttait contre une leucémie à l'hôpital de la Timone. Une merveille de femme qui n'avait jamais nourri aucune illusion sur son fils unique. Mais il était, avec l'Immortel, ce qu'elle avait de plus cher au monde. À son propos, elle avait repris un jour une vieille formule entendue dans un film américain : « Right or wrong, it's my country. »

Après un silence, Charly Garlaban demanda :

« On pourrait former une bonne équipe tous les deux, vous ne croyez pas ?

— N'y pensez pas. Ce serait complètement illégal.

— Comme vous le savez, ce n'est pas mon problème.

— Mais c'est le mien. »

Elle avait dit ça comme on ferme une porte.

« Tant pis, fit Charly en se levant. En tout cas, sachez que ce fut un grand plaisir de vous revoir. »

Elle l'accompagna jusqu'à la sortie et le regarda descendre vers la cathédrale de son pas glissant de vieux matou.

De dos aussi, il y avait quelque chose en lui qui inspirait confiance. Elle ne pouvait l'entendre, mais il chantonnait son air préféré de la *Tosca* de Puccini : « E lucevan le stelle ».

14

Un matin, en prenant sa douche à la prison des Baumettes, Thomas Estoublon avait trouvé ce qu'il cherchait. La petite faille d'un système judiciaire qui, avec maniaquerie, proscrit partout le coupant, le tranchant ou le nouant.

Les huit fenêtres de la douche s'ouvraient à l'aide d'un loquet qui se levait quand on tirait un bout de ficelle. Chacune ne dépassait pas les cinq centimètres mais en liant les huit l'une à l'autre, ça faisait presque quarante centimètres, autrement dit de quoi se pendre confortablement.

Thomas Estoublon avait la cote, dans la prison. Non pas que les détenus appréciaient le genre de crime dont il était accusé. Du travail de pervers sexuel. Mais ils savaient que le « Christ du Vieux-Port » avait été un ami de leur cause et qu'il s'était beaucoup remué pour l'amélioration de la condition pénitentiaire, allant jusqu'à participer à des manifestations devant la préfecture.

Il n'eut donc aucun mal à trouver un coupe-ongles puis l'aide d'un détenu à tête d'enfant, surnommé le Criquet, maigre comme un squelette qui, juché sur ses épaules, récupéra les ficelles. Estoublon les cacha dans ses chaussures et, la nuit venue, les noua l'une à l'autre avant d'écrire plusieurs lettres. À sa mère, à son frère, à ses deux sœurs. À Marie Sastre aussi :

Chère Marie,
Je ne comprends pas bien ce qui m'arrive. Je suis convaincu de n'avoir pas commis le crime dont on m'accuse mais j'éprouve un tel poids dans mon corps que je ne vois pas d'autre issue que d'en finir. Un écrivain français dont je ne me rappelle plus le nom a trouvé, un jour, l'une des plus belles formules que je connaisse : « Ne me secouez pas, je suis plein de larmes. » Moi, en plus, je suis plein de merde, de pus et de remords. J'aurais été incapable de faire ça à Laura, mais je m'en veux comme si j'étais le meurtrier. Au point que j'en viens à penser qu'après tout, c'était peut-être le cas. Dans un cauchemar, l'autre nuit, je me suis même vu en train de l'assassiner. C'est dire si je ne tourne pas rond.

Tu me connais trop pour ne pas savoir que mon courage n'a jamais consisté qu'à cacher ma peur. Depuis quelque temps, j'ai l'impression qu'elle me dévore. C'est pour la tuer que je vais me tuer tout à l'heure. J'ai bien réfléchi, il n'y a pas d'autre solution.

Parce que tu n'es pas comme tous ces « monstres froids » de notre métier, tu as été la seule, à l'Évêché, à essayer de me comprendre. Je sais que je peux compter sur toi pour faire éclater la vérité, un jour. Nous vivons dans un monde où tout se tient, le bien, le mal et le reste, dans une chaîne infernale. Je ne doute pas que tu puisses être le grain de sable qui bloquera cette affreuse mécanique.

Pour cela, il faut que tu retrouves le dossier dont je t'ai parlé et qui a mystérieusement disparu. Toi seule peux aller au bout du chemin qui est tracé. Tu verras qu'il y a de quoi faire sauter du grand monde.

Je suis fier d'avoir été ton ami et je t'embrasse trois fois,

Thomas.

Quand il eut écrit ses cinq lettres d'adieu où il évoquait systématiquement le fameux dossier, Thomas Estoublon se pendit à la poignée de la fenêtre. À en croire les experts en matière d'exécution, c'est la mort la plus rapide. Pas le temps de se voir succomber. Sous l'effet de son propre poids, les cervicales se brisent et on est emporté avant même de passer. C'est ce qu'on appelle le coup du lapin. Sauf qu'en l'espèce, selon le médecin légiste, ça mit au moins un quart d'heure.

Le lendemain matin, le visage tuméfié de Thomas Estoublon avait la couleur violacée des figues mûres. Mais s'il venait de rater sa mort – esthétiquement s'entend –, il avait au moins réussi sa sortie. Les jours suivants, tous les journaux firent grand cas du dossier disparu. Sur le mode allusif qu'ils affectionnent souvent, du genre : on en sait bien plus long qu'on ne peut le dire.

Après avoir lu la lettre qu'Estoublon avait laissée à son intention, la commissaire Sastre ne décoléra pas :

« Je ne comprends pas. Il aurait quand même pu nous donner des éléments sur ce soi-disant dossier. Nous mettre au moins sur une piste.

— Il était trop obnubilé par son suicide », observa Abdel Baadoun.

C'était le soir. Marie et Abdel avaient été aux Catalans regarder en amoureux l'orange du soleil se noyer dans son jus, au fond de l'horizon, avant d'aller dîner dans un restaurant sicilien, le Don Corleone, rue Sainte.

Elle lui avait dit qu'Alfredo, le patron, natif de Corleone, faisait les meilleurs spaghettis à l'encre de seiche du monde, et que Bernardo Provenzano, l'ancien chef de la mafia italienne, en avait raffolé quand il était venu à Marseille pour soigner sa prostate.

Alexis, le fils de Marie, n'avait pas voulu venir au restaurant avec eux. À huit ans, il ne supportait toujours pas les intrus qui tournaient autour de sa mère et le faisait savoir. Il avait préféré partager une pizza avec un camarade de classe qui habitait à côté de chez eux, au vallon des Auffes.

Pour la première fois, Marie avait décidé de ne pas céder à Alexis, professionnel du bris de ménage, en annulant cette soirée au restaurant. Elle n'avait simplement pas envie de rater sa chance avec Abdel qui lui semblait l'homme qu'elle attendait depuis si longtemps.

Elle aimait tout chez lui. Notamment ce qu'elle avait toujours détesté chez les autres. Les piercings, les idées toutes faites, le narcissisme ostentatoire. Mais c'était la phase 1 quand tout est pur, beau et drôle, même les pets. Elle redoutait déjà la phase 2, quand le doute s'insinue partout.

Juste avant qu'ils entrent dans le restaurant, Abdel avait dit qu'il lui annoncerait une grande nouvelle. Elle s'attendait à une déclaration d'amour, une demande en mariage ou quelque chose de ce genre. Elle avait déjà préparé sa réponse.

Aussi, elle éprouva une pinçure de déception quand, après qu'ils eurent trinqué au champagne, Abdel laissa tomber :

« Je crois que j'ai trouvé quelque chose d'intéressant. Il y a deux ou trois ans, mon cousin avait enquêté sur une affaire de transferts de joueurs pour l'Olympique de Marseille. Une grosse carambouille, plusieurs personnalités avaient trempé dedans. Mais elle était trop bien montée, il avait dû abandonner, car il n'arrivait à rien. Je me demande s'il ne s'agit pas là du fameux dossier OM. Je vais balancer ça sur mon site et on verra bien si les loups sortent du bois. »

Après quoi, il prit la main de Marie et la baisa. Elle se sentit soudain petite fille, une petite fille avec un plein bon Dieu d'amour dans le cœur.

Plus tard, au cours du repas, Abdel lui dit, les lèvres luisantes d'encre de seiche :

« Je n'ai jamais éprouvé avec personne ce que je ressens aujourd'hui avec toi. »

Le cœur de Marie s'affolait et elle manqua de défaillir quand, au dessert, il se redressa et approcha son visage pour lui donner un baiser au cassettedi, un chausson à la ricotta avec de la cannelle.

Sur le chemin du retour, ils s'arrêtèrent deux cents fois, pour s'embrasser. Apparemment, ils auraient bien passé le reste de leur vie dans la bouche l'un de l'autre.

Quand ils arrivèrent devant la porte de la maison, Marie lui dit :

« Il faudra que tu m'aides à régler mon problème avec Alexis.

— Il a un comportement de mari trompé. Il suffit de lui expliquer que tu n'es pas sa femme.

— Il a besoin de se sentir aimé.

— Moi aussi. Tu connais la meilleure formule sur les enfants : "J'adore les enfants, surtout quand ils pleurent. Parce qu'on les emmène." »

La passion est une bicyclette. Il faut pédaler toujours. Sinon, on tombe. Après cet échange, elle avait le sentiment d'avoir perdu l'équilibre et de s'être retrouvée par terre.

Tout à coup, elle n'aimait plus Abdel comme avant : la phase 2 venait de commencer, celle des questions et des petits agacements. Par exemple, elle ne supportait plus vraiment ce bonnet ridicule. Elle se promit de le lui dire un jour.

15

Souvent, je me sens sale. C'est une sensation qui me prend par surprise, quand je fais les courses, par exemple. Ou bien quand je me rends chez le médecin. Pour régler ça, il suffit, direz-vous, d'aller se laver les mains dans le premier bar venu. Pas si simple. Vous ressortez des toilettes plus souillé encore que vous ne l'étiez en entrant.

C'est ce qui me fait dire que les humains sont plus sales qu'au temps de Neandertal. Observez-les vaquer à leurs occupations. Des sagouins, des saligauds qui, à en juger par les odeurs qu'ils dégagent, semblent sortir des égouts ou des bédoules d'immondices qui croupissent aux portes des villes. Quand ce n'est pas au coin de la rue, à cause d'une nouvelle grève du ramassage des ordures. La plupart retrouvent leur vraie nature dans les toilettes où ils se défoulent en caguant jusque sur les murs ou en pissant sur la lunette.

Je n'étais pas fait pour cette époque. J'essaie de survivre en m'imposant un certain nombre de règles strictes auxquelles je ne déroge pratiquement jamais :

Porter des gants.

Ne jamais les retirer pour serrer la main des gens. Souvent, comme ils ne se les lavent pas après être allés aux toilettes, elles sont porteuses de matières fécales. Après ça, ne vous étonnez pas d'attraper des gastro-entérites.

Toujours fermer la lunette des toilettes avant de tirer la chasse d'eau. Sinon, vous risquez de récupérer quelques-uns des germes que le tourbillon projette dans l'air et bonjour les infections.

Éviter les endroits climatisés. Ce sont des bouillons de culture.

Ne pas toucher les pots de fleurs, pour les mêmes raisons. Ils peuvent même vous donner la maladie du légionnaire.

S'interdire les piscines qui sont des nids à mycoses.

Se laver les semelles au détergent quand on rentre chez soi. Ce sont des usines à bactéries.

Ce jour-là, j'avais encore eu un incident avec un de ces pouacres qui nous gâchent Marseille. Un jeune avec un œil crevé et un anneau au nez. Il était en train de pisser tranquillement contre un des murs séculaires de l'abbaye de Saint-Victor, au bout de la rue Sainte. Je me suis approché et lui ai dit avec un agacement que je m'efforçais de contrôler :

« Vous ne pouvez pas faire ça ailleurs ? »

Il ne s'est pas démonté. Il m'a répondu en continuant son pissou :

« Où voulez-vous que j'aille ?

— Je ne sais pas, moi. Dans un jardin public.

— À cette heure-là, il n'y en a pas un d'ouvert. »

Il était dans les six heures du matin et j'avais marché toute la nuit. Trop fatigué pour me disputer. Je me suis donc éclipsé sans rien dire. Quand je sais que je n'aurai pas l'avantage, je n'insiste pas. Mais je rumine. J'ai ruminé comme ça jusqu'à ce que j'arrive devant la villa du docteur Klossovski, à la Pointe-Rouge. Un grand médecin, spécialiste réputé de la prothèse de la hanche. Père de quatre enfants qu'il a bien réussis : tous ont de belles situations. Veuf depuis plus de quinze ans, mais la mort de sa femme ne l'a pas beaucoup marqué. C'est normal. Il ne l'aimait pas et, en plus, il est pédophile. Par ailleurs, président d'une association de lutte contre la pédophilie, SAS Enfants, SAS signifiant Stop Abus Sexuels.

Je suis entré dans son jardin, un jardin magnifique, peuplé d'essences rares, et me suis assis sur un banc d'où il ne pouvait me voir, depuis sa villa. Je me sentais en sécurité. J'avais tué son chien, la veille. Un boxer baveux. Je lui ai donné des boulettes de viande empoisonnées. Il est mort sous mes yeux, dans d'atroces souffrances, avec des yeux stupides qui me suppliaient de l'achever. Mais je n'ai pas abrégé son martyre. Il ne me faisait pas pitié. Son maître non plus ne me ferait pas pitié. Je le savais déjà.

Je n'ai pas encore dit à quel point je hais l'hypocrisie, quand le vice se prend pour la vertu, avec la bonne conscience en plus. Le docteur Klossovski en était l'incarnation vivante. Depuis longtemps déjà, rien que de penser à lui, je sentais monter en moi une haine terrible qui me terrifiait.

Le docteur Klossovski était un homme très respecté, officier de la Légion d'honneur, médaille de la Ville et tout le toutim. Une sorte de référence morale, dans son genre. Il a su passer entre les mailles du filet où la police a tenté de le prendre, en 1994. Elle n'avait rien contre lui. Même pas d'indices. Juste des présomptions. Pour ma part, j'ai recueilli un jour un témoignage qui ne laisse aucun doute sur ses travers. C'était au Maroc. En s'amusant avec un garçon de six ans, il l'avait tellement amoché qu'il dut le conduire lui-même à l'hôpital. Le médecin qui s'occupa du gosse m'avait tout raconté. Les fissures, les plaies, les frissons, l'hébétude. Mais il n'avait pas voulu dénoncer son collègue. Trop pleutre. Comme tous les grands pédophiles, le docteur Klossovski fichait la trouille. D'une prudence de Sioux, il ne s'adonnait, de surcroît, à ses activités qu'à l'étranger et sous une fausse identité.

C'était dimanche. Le docteur Klossovski traînait au lit. Quand, enfin, il a ouvert la porte de la véranda pour prendre son petit-déjeuner sur la terrasse, j'ai décidé de m'approcher. Je suis passé derrière la villa, pour qu'il ne me voie pas arriver. Il faut se méfier des personnages de ce genre. Ils fuient la justice de Dieu et comme s'ils s'attendaient à ce qu'elle déboule à tout bout de champ, ils sont toujours sur le qui-vive. Pour preuve, au premier coup d'œil, il a su pourquoi je venais. Il a roulé de grands yeux effrayés avec la bouche étonnée de Lee Harvey Oswald quand, après avoir tué John F. Kennedy, il reçoit la balle de Jack Ruby.

Je n'avais pas encore tiré, pourtant. Je n'avais au demeurant pas d'arme à feu. Mais il anticipait. À juste titre. Quand les deux petits harpons du Taser se sont plantés dans sa chair, à la hauteur du ventre, et qu'est passé le courant de 50 000 volts, son visage s'est tordu, avec l'expression du condamné à mort à l'instant fatal. L'instant de l'électrocution s'entend. Il ne manquait que la fumée.

« Vous savez pourquoi je suis venu ? » ai-je demandé.

Bien sûr, il n'a pas répondu tout de suite. Ses muscles étaient bloqués. Quand le courant s'est arrêté au bout de cinq secondes, il lui a fallu un moment pour retrouver ses esprits. Je me suis agenouillé et lui ai reposé la question :

« Vous savez pourquoi je suis venu ? »

Il a fait non de la tête. Les deux sondes étaient encore piquées dans son ventre. Je me suis relevé et lui ai mis une seconde décharge. Il m'a semblé qu'il l'a encore moins supportée que la première. J'ai attendu un peu et, pour faire passer le temps, j'ai pris le pot de confiture d'abricots qu'il venait de poser sur la table de jardin. À la vanille comme j'aime. Je l'ai mangée à la cuillère, en songeant que c'était vraiment ma confiture préférée, après la groseille.

Tout en m'empiffrant, je l'observais par terre sur le carrelage dans sa robe de chambre en soie rouge cerise. Le teint hâlé, les cheveux blancs, les mains manucurées, il était plutôt bien fait de sa personne. Avec ça, sportif, comme le montraient ses mollets galbés. N'étaient ses lèvres trop épaisses, il eût été l'archétype de ces sexagénaires qui incarnent le succès, dans les films américains. Un vieux beau.

Il gargouilla quelque chose. Je me suis approché de lui, le pot de confiture à la main, et lui ai dit sur un ton faussement affectueux :

« Vous pensiez que vous alliez vous en sortir comme ça et mourir de votre belle mort sans avoir jamais de comptes à rendre à personne ?

— J'ai mal », bredouilla-t-il.

À ce moment-là, il s'est mis à chialer et j'ai perdu le contrôle de moi-même.

J'ai été poser le pot de confiture sur la table avant de sortir mon Laguiole, de me pencher sur lui et de faire mon travail, avec une telle vitesse qu'en me redressant je n'avais pas une seule éclaboussure de sang sur moi.

Après quoi, je suis parti avec la cuillère et le pot de confiture, pour le finir, et puis aussi parce que je ne laisse jamais rien derrière moi. Ni regrets ni empreintes génétiques.

16

William-Patrick Bézard avait convoqué ce qu'il appelait son équipe de choc dans la salle de réunions de l'Évêché. Elle se composait de ses trois commissaires préférés, les mieux notés de l'hôtel de police : Christophe Papalardo, Karim Chérif et Marie Sastre.

Il était arrivé avec vingt minutes de retard et un air catastrophé, comme si le ciel venait de lui tomber sur la tête. Mais c'était juste le rosé de la veille au soir, consommé sans y regarder, qui passait mal. C'est souvent la même histoire avec les patrons. On croit, à leur expression, qu'ils vont sauter ou déposer le bilan, et puis non, c'est juste une gastro. Ou un lendemain de cuite.

Même avec la gueule de bois, William-Patrick Bézard ne perdait pas de temps. Il alla droit au but :

« Avec le meurtre d'hier, il est possible sinon probable que nous ayons affaire à un tueur en série. Bien entendu, je compte sur vous pour garder votre langue dans votre poche. »

Il regarda les trois commissaires tour à tour dans les yeux :

« J'ai une confiance totale en vous et je vous demande instamment de ne rien communiquer à la presse. Outre qu'elle affolerait les populations, toute fuite serait préjudiciable à l'enquête. S'il s'agit bien de ce que je pense, il ne faut pas que ce fumier se sache épié, observé. »

Le directeur de la police judiciaire se gratta un bouquet de verrues au coin des yeux, puis :

« Nous avons sur les bras trois meurtres qui ont des similitudes. Deux, ceux de Laura Estoublon et du docteur Klossovski, ont été précédés d'une neutralisation de la victime à l'aide d'un Taser. Si on ajoute l'assassinat de Ricky Machintruc, le nervi d'Aurélio-le-Finisseur, les trois ont été commis avec un petit couteau, extrêmement aiguisé, par quelqu'un qui connaît l'art de la saignée.

— Je persiste à penser que c'est Thomas Estoublon qui a tué sa femme, observa Christophe Papalardo.

— Je vous crois bien volontiers mais pour l'heure, je ne veux exclure aucune piste. Nous devons travailler avec un écran large. »

C'était une de ses formules préférées, au directeur, et il l'utilisait à tout propos.

« Qu'attendez-vous de nous ? demanda Karim Chérif, toujours concret.

— Que vous travailliez ensemble, pour une fois. Que vous recoupiez systématiquement vos informations. Que vous les croisiez. Et que vous les confrontiez. Tout ça, sous ma responsabilité, car c'est moi qui superviserai cette enquête. »

Il y eut un silence désapprobateur. Si William-Patrick Bézard avait un défaut, c'était de toujours vouloir être sur la photo, bien au milieu, de préférence. Travers fâcheux pour un patron qui, au contraire, doit chercher à valoriser ses subordonnés afin d'en tirer le meilleur. Mais il était trop épris de lui-même. Il aurait brûlé leur maison pour se faire cuire une omelette.

« Récapitulons, dit-il. On a passé au peigne fin toutes les scènes de crime. Je n'attends pas grand-chose des toilettes où s'est déroulé le deuxième meurtre. Trop de passage, vous comprenez. Avec tous les cheveux qu'on a trouvés là-bas, on aurait de quoi soupçonner l'équivalent de la ville d'Aubagne, et je plaisante à peine. Mais chez les Estoublon, et surtout chez le docteur Klossovski où tout est encore frais, il y a sûrement de quoi faire notre miel. Butinons, butinons, on finira bien par tomber sur quelque chose. Un poil, de la salive, un bout de peau. Enfin, une empreinte génétique. Quand on l'aura identifiée, on aura fait l'essentiel. Pour moi, il n'y a pas d'autre priorité, aujourd'hui, que de découvrir le truc qui nous permettra de tirer le fil, jusqu'au coupable. »

Il se leva. L'intérêt, avec lui, c'est que les réunions ne s'éternisaient jamais.

« Vous êtes les meilleurs, dit-il. Je veux que vous vous focalisiez chacun sur un crime. Christophe sur celui de Laura, Marie sur celui du nervi et Karim sur celui du docteur. Comme ça, on ira plus vite, putain de bordel. Je compte sur vous pour tout explorer, vous parler entre vous et ne pas jouer perso. »

Rendez-vous fut pris pour un point quotidien, à huit heures du matin, jusqu'à la résolution des crimes.

17

Quand Marie Sastre rentra du travail, ce jour-là, il était onze heures du soir. En début de soirée, Abdel Baadoun lui avait proposé de donner à manger à son fils, puis de le coucher, mais Alexis, fidèle à sa ligne de conduite, refusa tout net. Il préféra rester dormir chez son copain.

Marie Sastre était préoccupée par l'attitude négative de son fils vis-à-vis d'Abdel Baadoun. Elle s'en ouvrit à son amoureux pour trouver des solutions, alors qu'il ne songeait, pour sa part, qu'à la faire parler des derniers développements de l'enquête. Ce qui provoqua une conversation de sourds, comme ils en avaient de plus en plus souvent.

Il tenait à ce qu'elle lise, avant de passer à table, l'article qu'il allait envoyer, le lendemain matin, sur son site, Postillon. Elle finit par s'exécuter :

EXCLUSIF : LA MAIN D'UN « PARRAIN »
DANS LE CRIME QUI A SECOUÉ MARSEILLE.

D'après nos informations, le dossier « mystérieux » qui a disparu du domicile du commissaire Estoublon après le meurtre de sa femme, et dont la presse s'est largement fait écho, concerne l'Olympique de Marseille. Nous sommes en mesure de révéler que le policier qui s'est suicidé à la prison des Baumettes, vendredi soir, menait depuis longtemps une enquête sur des commissions occultes pour un montant de plusieurs millions d'euros, versées lors de transferts de plusieurs joueurs, notamment Zaza, Escoffier et Ihouda. Quand sa femme a été sauvagement assassinée, il arrivait enfin au terme de son travail. Tous les regards se tournent aujourd'hui vers Aurélio-le-Finisseur, le principal caïd de Marseille, Bruno Lafonta, sénateur des Bouches-du-Rhône, et Martin Beaudinard, ancien adjoint au maire, trois grandes figures du football, spécialistes du transfert de joueurs, que l'on voit souvent ensemble, lors des matchs, au stade Vélodrome. Coïncidence troublante : un des hommes d'Aurélio-le-Finisseur a été assassiné près du Vieux-Port, cinq jours après le meurtre de Mme Estoublon. Va-t-on vers une nouvelle guerre des gangs dans la Cité phocéenne ? C'est en tout cas la crainte des milieux autorisés.

Marie Sastre n'en croyait pas ses yeux. Elle relut l'article une seconde fois avant de demander :

« C'est de l'insinuation. Comment peux-tu être sûr de ce que tu avances ?

— J'en suis convaincu.

— Mais tu n'as aucune preuve !

— Je n'en ai pas besoin. »

Abdel Baadoun lui donna un cours de journalisme en lui racontant la célèbre histoire de Mark Twain.

Lorsque le grand écrivain américain était encore reporter dans un journal local de Virginia City, dans le Nevada, il lui avait été demandé de ne jamais rien écrire qui ne fût vérifié. Suivant la consigne à la lettre, il rédigea ainsi ce compte rendu : « Une dame qui dit s'appeler Mrs James Jones, et qui serait l'une des personnes qui comptent dans la ville, aurait donné ce qui semble être une fête avec un certain nombre de femmes ou supposées telles. L'hôtesse assure être l'épouse d'un procureur réputé. »

« La morale, dit Abdel, c'est que nous autres journalistes, on est par définition approximatifs. S'il fallait tout vérifier, on ne pourrait plus rien écrire, comprends-tu. On est obligés de prendre des risques.

— Tu fais quand même un drôle de métier.

— On peut dire qu'il consiste à raconter ce qu'on ne sait pas ou à expliquer ce qu'on ne comprend pas soi-même. Mais bon, ça reste, malgré tout, le bastion de la vérité. Le refuge de la liberté.

— Tu as sûrement raison, soupira-t-elle, l'air pas convaincu. Mais rien ne permet de dire qu'Aurélio-le-Finisseur est impliqué dans cette histoire. »

Pour toute réponse, il l'embrassa et Marie s'abandonna, les joues empourprées, à ce baiser.

Quand elle eut retrouvé la maîtrise de ses lèvres, Marie lui dit :

« J'ai beaucoup réfléchi. Je crois que ça serait mieux de se voir un peu moins, pendant quelque temps, pour faire baisser la pression.

— La pression d'Alexis, veux-tu dire ?

— Par exemple. Qu'en penses-tu ?

— Rien. Méfie-toi. La mère est le seul être au monde qui aime sans attendre de retour. Elle donne toujours tout, mais il est rare qu'elle reçoive ensuite. Elle meurt souvent seule. »

Il avait une figure d'accident et ça fendit le cœur de la commissaire.

« Donne-moi juste une ou deux semaines, dit-elle.

— Tu ne m'aimes plus ?

— Si, je crois.

— Tu crois que tu m'aimes, c'est ça que tu es en train de me dire ?

— Oui.

— C'est donc que tu ne m'aimes pas. Sinon, tu en serais sûre. Tu parles vraiment comme un mec. Tu ne sais pas casser. C'est pourtant simple. »

Il se leva, l'embrassa sur les deux joues et partit sans se retourner.

18

Les funérailles de Thomas Estoublon se déroulèrent, comme celles de sa femme, dans la petite église de Mazargues et c'est le même curé qui célébra la messe, avec son art du mot juste, ni trop, ni trop peu.

Marie Sastre ne détestait pas les enterrements. C'est une formalité bien moins désagréable que la mort elle-même et qui, à la longue, permet de l'apprivoiser. Elle aimait bien pleurer. On se sent toujours toujours mieux après.

La famille du défunt qui connaissait ses liens avec la commissaire l'avait placée au troisième rang, pas loin d'Abdel Baadoun, le neveu de Thomas, apparemment très ému.

En fixant le cercueil en fleurs devant elle, Marie se dit qu'elle comprenait le geste de son collègue. On se suicide généralement pour se faire plaisir ou pour embêter les autres. C'est idiot. Thomas, lui, s'était tué parce qu'il se sentait dépassé par les événements, pour reprendre le contrôle. C'était logique.

Là-haut dans son ciel, il ne se regrettait sûrement pas, le « Christ du Vieux-Port », mais il était très regretté, à en juger par la foule qui remplissait l'église et où figuraient des représentants d'associations en tout genre. Humanitaires, d'entraide sociale ou de défense des droits des détenus.

L'administration aussi était venue en force, emmenée par William-Patrick Bézard et le préfet de police. Sans parler d'un imam, d'un rabbin et de plusieurs élus, de droite ou de gauche. Il avait fallu que Thomas meure pour faire enfin l'unanimité.

Le curé le souligna dans son oraison funèbre, le commissaire Estoublon avait été une sorte de saint qui devait beaucoup au pécheur qu'il fut aussi. Un personnage que l'on croyait connaître mais qui était un autre de l'intérieur et qui doutait de tout, y compris de lui-même, comme tous les gens bien.

À la sortie de l'église, Marie Sastre tomba sur un couple étrange. Deux ombres bancales et fourbues, la peau aussi tendue qu'un arc, qui semblaient porter un fardeau trop lourd pour elles. La femme prit le bras de la commissaire et murmura :

« Nous sommes les parents du petit Maxime, vous savez, Maxime Thubineau. On sait que c'est vous qui vous occupez maintenant de l'enquête sur l'assassinat de notre garçon.

— En effet, c'est moi.

— On aimerait vous voir rapidement, on a des choses à vous dire, on a reçu des menaces. »

Abdel Baadoun s'interposa :

« Ce n'est pas le lieu. Appelez-la plus tard à son bureau. »

Marie Sastre fit un geste d'apaisement, sortit son portable du sac à main, entra dans l'agenda et leur donna rendez-vous pour le surlendemain.

« Sois prudente, je t'en supplie, dit Abdel Baadoun en raccompagnant Marie à sa voiture. J'ai entendu parler de ces gens-là. Ce sont des escrocs.

— Ce sont les parents du petit Maxime. J'enquête sur son assassinat. Je devais de toute façon les convoquer.

— Fais attention.

— Ne t'en fais pas pour moi. »

Il prit congé avec un sourire pincé. Elle eut envie de l'appeler, pour qu'il revienne sur ses pas, mais rien ne sortit de sa bouche.

Une grande tristesse s'abattit sur elle. Pourquoi a-t-on toujours la nostalgie de ceux qu'on n'aime plus alors même qu'on ne les a pas encore quittés pour de bon ?

En arrivant au cimetière pour la mise en terre, elle tomba sur Me Chouffan, l'avocat de Thomas Estoublon. Il baissa la tête, jusqu'à ce que ses lèvres arrivent à la hauteur de l'oreille de Marie, puis murmura avec une mine de conspirateur, entre des toussotements de nervosité :

« Je suis heureux de vous voir. Il y a longtemps que je devais vous faire passer un message de la part de notre pauvre Thomas. Un message personnel, de la plus haute importance.

— Qu'avez-vous attendu pour le donner tout de suite ?

— C'est que... »

Il leva la tête avec inquiétude, puis, après un regard circulaire, la rapprocha à nouveau de l'oreille de Marie :

« Thomas m'a dit que c'était très dangereux.

— Puis-je connaître le contenu de ce message ?

— Il m'a dit que pour l'affaire Thubineau, Chiocca était la clé, mais qu'il fallait faire attention.

— Et encore ?

— Rien d'autre. Il a répété plusieurs fois cette phrase et c'est tout. »

Après une rafale de toussotements, l'avocat reprit :

« Oh, oui, j'oubliais. Il a parlé aussi de ramifications partout.

— Des ramifications de Chiocca ?

— Il n'a pas précisé. »

La commissaire sentit la colère monter en elle. Contre cet avocat et son incompétence désinvolte, mais aussi contre Thomas et ses messages obscurs. Elle allait exploser quand, soudain, elle se mit à pleurer. Dans un cimetière, c'était mieux.

19

J'ai fait une expérience. J'ai passé la journée dans l'appartement de ma future victime, qui donne sur l'avenue du Prado, les Champs-Élysées de Marseille, sauf qu'il y a la mer en plus, au bout.

Je suis entré en bricolant la serrure. Aucune ne m'a jamais résisté. Ce sont les alarmes que je crains, mais elle n'en avait pas. Au premier coup d'œil, une fois la porte ouverte, j'ai compris à qui j'avais affaire. Je le savais déjà, en vérité. Disons que j'en ai eu la confirmation.

Une rupine. Jamais je n'avais vu autant de dorures sur les meubles et autant de marbre sur les sols et les murs. Il y en avait partout. Jusque dans les toilettes qui, soit dit en passant, n'étaient pas très nettes.

J'ai eu tout mon temps pour pénétrer dans l'intimité de Bérangère Buisson. Me coucher dans son lit. Fouiller dans son dressing. Inspecter sa salle de bains. Je savais que je ne serais pas dérangé. Sa femme de ménage passait les quatre premiers jours de la semaine. On était vendredi, son jour de congé.

C'était très instructif. De la sorte, j'apprenais à la connaître. Je me mettais dans sa tête qui, en l'espèce, était de linotte. Elle n'avait pas de bibliothèque, par exemple. Les seuls ouvrages que j'ai trouvés étaient des livres de cuisine.

Jolie femme, Bérangère. Apparemment, elle s'aimait beaucoup. Son domicile était parsemé de photos d'elle dans des cadres de bois ou, plus souvent, de plastique. En vacances, en famille, en tenue de soirée. Toujours en beauté.

Elle avait des fossettes. J'adore les fossettes. Même si elle était bronzée, à la marseillaise, c'est-à-dire à la limite de la carbonisation, avec le teint anthracite des mineurs de fond, j'aurais juré que c'était une vraie blonde.

Bérangère Buisson vivait seule comme les gens qui ont beaucoup vécu. Trois divorces et deux enfants dont elle avait laissé la garde à son premier mari. Ces temps-ci, semblait-il, c'était le calme plat. Pas de vraie histoire d'amour en cours ; l'absence d'odeur masculine dans son appartement en témoignait. Avec mon grand nez flairant, je l'aurais tout de suite repérée. N'ayant vu nulle part de photo d'homme, j'en ai conclu qu'elle sortait d'une rupture.

La vie m'a appris que la propreté est le seul luxe des pauvres. Les riches étant servis, bichonnés et pris en charge, ils se laissent parfois aller, sur ce plan. Les femmes de ménage des grands palaces auraient beaucoup à raconter sur les chambres que leurs clients huppés laissent à l'état de cloaque. La rupine aussi était une souillon, dans son genre. La table de la cuisine ressemblait à un champ de bataille avec un bol où croupissait un fond de thé, une sorte de jus pisseux. Un couteau maculé de beurre, assez pour se faire une tartine. Trois cuillères sales, comme si une seule n'aurait pas suffi. Des déjections de confiture de fraises. Sans parler des miettes. Je hais les miettes.

Pendant des heures, j'ai tout lavé, récuré, nettoyé, avec cette rage qui me prend toujours devant le désordre, la pollution ou les cochonneries. Je ne suis pas né de la dernière pluie, j'avais pris mes précautions. Pour éviter les chutes inopinées de poils ou de cheveux qui auraient fait le bonheur de la police scientifique, je portais une cagoule, des bas sur les jambes et des gants en latex. Ce n'est pas demain la veille que la maréchaussée me chopera.

La rupine rentrait chez elle vers dix-huit heures trente. Je connaissais ses horaires pour avoir observé ses allées et venues pendant des jours. Aucune fantaisie. Elle était très minutée, comme femme. C'est une maladie. On appelle ça la chronocisation.

*
* *

Quand je l'ai entendue tourner la clé, j'ai eu peur d'avoir déréglé la serrure, mais non, comme je vous l'ai dit, je suis un professionnel en la matière, et la porte s'est ouverte naturellement. J'ai attendu qu'elle la referme pour apparaître, mais par-derrière, afin d'éviter ces hurlements qui m'horripilent tant qu'ils peuvent me faire perdre le contrôle de moi-même.

À peine a-t-elle eu le temps de pousser un cri, j'ai tout de suite posé ma main sur sa bouche. En se débattant, elle a tapé du pied, mais les talons hauts résonnent moins sur du marbre que sur du parquet. Je lui ai quand même tordu le bras de l'autre main et ça l'a calmée sur-le-champ, la rupine.

Je n'avais pas pris mon Taser. Inutile avec une femme, petite, peureuse et pas sportive. On aurait dit qu'elle était en marshmallow.

« Détendez-vous et tout ira bien », ai-je dit d'une voix rassurante.

C'était faux, mais il fallait que je lui donne une raison de rester tranquille.

« Que me voulez-vous ? a-t-elle soufflé quand je lui ai retiré ma main de sa bouche.

— Je suis venu parler de deux ou trois choses avec vous. »

Elle semblait affolée, au bord de la crise de nerfs. Je l'ai prise par la main et emmenée au salon où je l'ai fait asseoir à côté de moi, sur son canapé de riche.

« Qui êtes-vous ? a-t-elle demandé en roulant de grands yeux stupides.

— On ne pose pas ce genre de question à quelqu'un qui porte une cagoule. »

J'ai sorti de la poche de ma veste un vieil article de journal, illustré par une photo où figuraient deux filles avec leur maman, une brune aux cheveux très longs. La plus jeune avait cinq ans. L'autre, sept. Elles avaient le même sourire plein de dents blanches que leur mère. Un sourire américain.

Je me suis approché de la rupine et lui ai soufflé à l'oreille :

« Vous vous souvenez ? C'était en 1996... »

J'ai posé mon index sur la première lettre du titre de l'article :

UNE MÈRE ET SES DEUX FILLES FAUCHÉES
PAR UNE VOITURE.

Elle m'a regardé avec un air ahuri puis, en guise de réponse, s'est mise à pleurer crescendo avant de sangloter. Une pluie de bave et d'eau salée. Elle tombait dru. Il ne manquait que les grêlons. J'ai attendu une accalmie pour reprendre, en faisant moi-même les questions et les réponses :

« Vous rouliez à combien quand c'est arrivé ? À cent dix à l'heure ? En pleine ville, par-dessus le marché, et devant une école, pour aggraver votre cas. Mais vous aviez un taux d'alcoolémie normal et un très bon avocat, le meilleur de la région, vous vous en êtes bien sortie. Pour un peu, ce beau parleur aurait tiré les larmes du tribunal, c'était vous qu'il fallait plaindre. Paraît-il que vous n'étiez pas dans votre assiette ce jour-là, en plein divorce, et que vous auriez été assez punie comme ça. Enfin, bon, quinze jours de prison avec sursis quand on a tué deux personnes, la mère et la fille aînée, et qu'on a laissé la cadette paralysée à vie, ça n'est quand même pas cher payé, convenez-en. Félicitations, en tout cas. Et la partie civile n'a même pas fait appel. Là, ça m'en a bouché un coin. Mais je me suis laissé dire que votre père lui avait graissé la patte. C'est bien, d'être riche. On a moins de comptes à rendre. »

Après ce que je venais de lui dire, elle a ouvert les cataractes. C'était très impressionnant, ce déluge et les hoquets qui l'accompagnaient. Des hoquets de l'autre monde. Chaque fois, elle manquait de s'étrangler. J'étais très embêté. Outre qu'elle me recouvrait de ses crachotements et expectorations, elle me retardait. J'avais exceptionnellement promis à mon épouse de rentrer tôt parce que nous allions dîner chez des amis, à Cassis. Or, je ne peux pas tuer une femme qui pleure. J'ai mis ma main sur son épaule et tenté de la consoler avec des formules idiotes, du genre :

« Je comprends votre chagrin. Ce doit être terrible de vivre avec ce qui vous est arrivé. Je ne souhaiterais ça à personne. Même pas à mon propre ennemi. »

Elle continuait à fondre en eau. Alors, j'ai décidé de regarder la télévision. Pour tuer le temps et aussi pour faire baisser la pression. Elle avait un écran plat tellement grand qu'on se serait cru au cinéma. J'ai zappé pas mal avant de trouver un bon film. C'était *Ratatouille*, un dessin animé comme je les aime. Il a eu l'effet escompté : à la fin, la rupine n'avait plus de larmes dans les yeux.

Quand le générique a commencé à défiler, je lui ai demandé :

« Qu'est-ce qui s'est passé exactement, ce jour-là ? Racontez-moi.

— J'ai perdu le contrôle de ma voiture.

— Pour quelle raison ?

— Une raison inconnue.

— Il y a une chose que je ne comprends pas dans cette histoire, c'est que vous ne vous soyez jamais manifestée auprès de la famille. Depuis, vous ne vous êtes jamais préoccupée ni du père ni de la fille cadette, Lisa, la seule survivante de l'accident, qui est paraplégique et qui, aujourd'hui, doit avoir... dix-sept ans, c'est ça, puisque l'accident a eu lieu il y a douze ans. Pourquoi ne leur avez-vous jamais rendu visite ?

— Vous avez vérifié ? »

J'ai hoché la tête et elle s'est mordu les lèvres. Il ne fallait pas qu'elle recommence à pleurer.

« Ne vous inquiétez pas, dis-je. C'est juste pour savoir. »

Elle hésitait. Comme elle vit dans mes yeux que j'attendais la suite, elle a fini par lancer :

« Je ne peux pas supporter le regard des autres, sur cette affaire. J'ai trop de honte et de chagrin. C'est pour ça que j'ai tourné la page. »

Ce fut le déclic. J'ai sorti mon couteau. J'avais encore changé de marque. C'était un Nogent, ce coup-là. Avec une lame dentelée. Elle a hurlé et j'ai saisi ses cheveux, lui ai tourné la tête, puis tracé sur sa gorge un grand sourire qui a rétabli le silence.

20

À la réunion de huit heures du matin, le surlendemain, William-Patrick Bézard avait sa tête des mauvais jours, avec un tic affreux à l'épaule. Devant la liste des catastrophes, le premier réflexe du directeur de la police judiciaire était toujours de s'en prendre à ses collaborateurs. C'est donc ce qu'il fit :

« Après l'assassinat de Bérangère Buisson, nous avons clairement affaire à un tueur en série, comme je n'ai cessé de le répéter. La presse n'est pas encore au parfum et quand elle le sera, tous ses fusils seront braqués sur nous. Avec elle, ce sera, comme d'habitude : "Feu sur le quartier général." C'est pourquoi je vous demande solennellement de vous bouger le cul, pendant qu'il est encore temps. Je ne sais pas ce que vous fabriquez tous, putain de bordel, à vous la couler douce comme des ronds de flanc, mais il faut vous reprendre. »

Il chercha à maîtriser son tic à l'épaule avec l'expression de quelqu'un qui ravale un rot, mais non, c'était plus fort que lui. Alors, il haussa le ton :

« Je suis tout seul. Désespérément, atrocement seul. C'est incroyable, j'ai plein de collaborateurs, mais c'est moi qui dois tout faire tout seul. Vous n'avez donc pas compris qu'il n'y a qu'une chose qui compte, dans notre métier ? Le résultat. Et je veux des résultats, putain de bordel de merde...

— Je comprends votre irritation, dit Karim Chérif, mais il faut savoir que nous avons affaire à un adversaire redoutable. Jusqu'à présent, il n'a pas commis une seule erreur.

— Un assassin commet toujours des erreurs.

— Celui-là est trop méticuleux. En attendant de tomber sur un indice, on doit travailler sur sa psychologie.

— C'est prévu, fit Bézard. J'ai demandé à Paris qu'on nous envoie une profileuse. Elle arrive à midi et restera aussi longtemps que nécessaire. »

Pendant cet échange, Marie Sastre s'était gratté le bras, puis l'aisselle où elle s'acharna sur une croûte qui finit par tomber. Elle était nerveuse. Elle redoutait que la foudre bézardienne ne finisse par lui tomber dessus. Pour conjurer sa peur qui montait, elle prit la parole :

« Je me demande si le tueur n'essaie pas de se faire passer pour un pervers sexuel. Dans le cas de Laura Estoublon comme dans celui de Bérangère Buisson, il n'y a pas eu de pénétration vaginale ni de masturbation sur le corps : le médecin légiste est formel là-dessus.

— Encore faudrait-il qu'il s'agisse du même tueur dans les deux cas, dit Christophe Papalardo.

— Je constate que dans les deux cas les poils pubiens ont été brûlés et les tétons tranchés, après la mort de la victime. Cela fait beaucoup de coïncidences.

— Elle a raison, trancha William-Patrick Bézard. C'est évidemment la même personne qui a commis les quatre meurtres.

— C'est effectivement plus que probable, concéda le commissaire Papalardo, mais comme vous savez, j'aime garder toutes les options tant que l'enquête n'est pas bouclée.

— Ces scrupules vous honorent, mais ils ne sont plus de mise. Ça fait quinze jours que le premier meurtre a été commis et on est toujours dans le brouillard. Je ne veux pas de branlette, je veux des arrestations, putain de bordel de merde. »

Sur quoi, le directeur de la police judiciaire annonça qu'il y aurait désormais deux autres rendez-vous quotidiens, à midi et à dix-huit heures, et que les commissaires pourraient s'y faire représenter par leurs adjoints. Quand il se retira, il faisait de la peine. Il était tout penché d'un côté. On aurait dit qu'il avait l'épaule démise.

21

Il était dix heures du soir passées quand Marie Sastre gara sa voiture, puis descendit la ruelle qui mène à sa maison du vallon des Auffes. Il flottait dans l'air des effluves de miel salé qui chatouillaient les poumons et rendaient heureux. Même après une mauvaise journée comme l'avait été celle de la commissaire.

À l'entrée du port, quelqu'un l'appela et elle reconnut tout de suite la silhouette, sûre d'elle mais légèrement claudicante, de Charly Garlaban. Il portait une casquette de marin pêcheur et un jean troué à la hauteur du genou, comme Marie, souvent.

« Il faut que je vous parle, dit-il.

— Venez prendre un verre. »

Elle était seule et le vivait mal. Depuis qu'Abdel Baadoun ne partageait plus ses nuits, elle avait quelque chose qui la pinçait, dans le ventre. Parfois, ça la mordait et la tenait éveillée une grande partie de la nuit. Mais d'un autre côté, ça allait mieux aussi : elle avait retrouvé Alexis qui, depuis sa « pause » avec le journaliste, daignait dormir à nouveau à la maison.

Une fois entrée, la commissaire Sastre vérifia qu'Alexis dormait, posa un baiser sur son front, puis sortit deux verres et une bouteille de pastis.

« Je ne sais pas où vous en êtes de votre enquête, dit Charly après avoir bu la première gorgée, mais j'ai l'impression que vous pataugez, à l'Évêché.

— En effet, et le mot est faible.

— Je ne suis pas sûr que vous preniez l'enquête par le bon bout.

— On fait ce qu'on peut.

— Peut-être l'avez-vous remarqué, mais toutes les victimes ont un point commun, ce sont des ordures.

— Toutes ?

— Ricky, mon neveu, un salopard. Le docteur Klossovski, un pédophile. Bérangère Buisson, une chauffarde.

— Mal conduire n'est pas suffisant pour faire de vous une ordure.

— Elle a tué une mère et sa fille de sept ans. L'autre, la cadette, a survécu, pour finir sur une chaise roulante.

— Comment le savez-vous ?

— J'ai été sur Internet. Après, j'ai pris des renseignements sur cette dame. Eh bien, figurez-vous qu'elle ne s'est jamais manifestée auprès de la survivante et de sa famille. Rien, aucun signe de vie, pas même une lettre pour exprimer un regret. Elle s'est juste contentée de pleurnicher sur elle-même et sur les misères qu'elle subissait, après son accident. »

L'Immortel se servit un deuxième verre de pastis. Il en buvait une dizaine par jour. Du Ricard. Il prétendait que c'était mieux que le ginseng, le curcuma ou la gelée royale. Un diurétique et un remontant, les deux en un, qui adoucit aussi l'estomac et régule les fonctions intestinales. Avec ça, vasodilatateur, pour le plus grand bonheur des cardiaques, ce qu'il n'était pas, et des amoureux, car il facilite la chosette. Dans le pastis se trouvait, d'après lui, le secret de son éternelle jeunesse.

« Et Laura Estoublon ? demanda Marie Sastre avec un air sceptique. Était-ce une ordure ?

— J'enquête sur elle, actuellement. Je vous dirai plus tard. Mais je suis sûr que je vais découvrir des choses. Dans ces histoires de tueurs en série, il y a toujours un lien entre les crimes et je crois que je le tiens.

— Merci, ironisa la commissaire. C'est ce qu'on apprend en maternelle, dans nos écoles de police.

— Moquez-vous. J'ai déjà quelques longueurs d'avance et je suis convaincu que j'irai plus vite que la police de Marseille, je n'ai aucun doute là-dessus. Savez-vous pourquoi ?

— Vous allez me le dire. »

Il n'aimait pas son ton grinçant. Il la fusilla du regard. Une petite fusillade, pour le principe.

Il prit sa respiration, une grande goulée, puis :

« Parce que j'essaie toujours de tout reprendre par le début. La vérité, elle n'est pas au bout d'un chemin détourné et tortueux, mais dans les sources auxquelles on devrait remonter sans cesse. On gagne tellement de temps quand on pense comme ça, vous n'imaginez pas. Droit à l'essentiel. Pile dans le mille. Mais c'est une démarche bien trop simple dans un monde qui veut tout compliquer, j'allais dire complexifier. C'est ainsi que le sens de la vie nous échappe de plus en plus. On a l'esprit embrouillé. On en sait moins sur le fond des choses qu'au temps de Socrate, voyez-vous. »

La commissaire Sastre ne savait s'il fallait l'imputer au pastis ou aux propos philosophiques de Charly Garlaban, mais elle sentait une grosse fatigue l'envahir. Il lui semblait que des morceaux d'elle-même s'étaient déjà endormis. Les jambes, par exemple, et puis aussi les bras. La tête résistait encore un peu.

« Votre raisonnement, dit-elle d'une voix molle, ne tient pas en matière criminelle face aux progrès incroyables de la police scientifique. Grâce à l'ADN, nous ne cessons de résoudre des affaires que nous aurions classées il y a quelques années.

— Je suis tout à fait d'accord avec vous. Je ne parlais pas de ça, mais de notre mode de raisonnement. »

Elle l'observa d'un air abruti. Elle n'avait pas compris où il voulait en venir.

« Je ne vais pas vous embêter plus longtemps, dit-il en se levant. Sachez que vous pourrez toujours compter sur moi et que je vous tiendrai au courant des avancées de mon travail.

— J'espère bien. »

Elle se leva à son tour et le raccompagna jusqu'à la porte.

« Mais avant de partir, murmura-t-il, je dois vous parler d'Aurélio-le-Finisseur. Votre ami Baadoun est parti sur une fausse piste. Il l'a accusé sans preuves, sur son site.

— L'avenir le dira.

— Moi, je vous le dis. Aurélio n'est pour rien dans tout ça. Est-ce que vous imaginez quelqu'un de son gabarit tuer la femme d'un policier, d'un grand policier, avec cette perversité de psychopathe ?

— Il aurait très bien pu en donner l'ordre.

— Non, chez nous, dans le Milieu, il y a des choses qui ne se font pas. On ne s'en prend jamais à la police ni à la justice. Ni à la presse. »

Elle avait ouvert la porte mais il restait dans l'embrasure.

« Aurélio, reprit-il sur le ton de la confidence, est un homme rangé qui fait des affaires et qui n'accepte pas d'être calomnié. C'est pourquoi il va intenter un procès en diffamation contre votre ami Baadoun. Il m'a demandé de vous prévenir. Il m'a chargé aussi de vous dire que vous devriez regarder de très près l'affaire de ce garçon, vous savez, le petit Maxime Thubineau, retrouvé sauvagement assassiné dans une décharge publique. Il est prêt à vous rencontrer quand vous voudrez. Pour vous parler les yeux dans les yeux, de manière informelle. C'était le message qu'il voulait que je vous transmette. Je vous l'ai transmis.

— Je suis d'accord pour le voir. Je nous trouve minables, à la police. On n'arrive à rien. Toutes les bonnes volontés sont bienvenues. »

L'Immortel lui fit une révérence, prit congé, puis chantonna, en rejoignant sa moto, un air de *Nabucco* de Verdi, « S'appressan gl'istanti ».

22

Le lendemain matin, après la réunion avec le directeur et les commissaires, Marie Sastre décida de rendre visite aux Thubineau. Le couple avait demandé un rendez-vous pour la veille, à l'Évêché, mais ne s'était pas rendu à l'heure précise, sans prendre la peine d'annuler.

Marie Sastre ne s'en était pas formalisée. Elle avait elle-même oublié que les Thubineau devaient lui rendre visite. Elle était trop débordée, ces temps-ci. Elle avait prévu de les rappeler dans la journée.

Mais après ce que lui avait dit Charles Garlaban à propos de l'assassinat de leur fils, Marie Sastre éprouva l'envie de les voir rapidement. Elle trouva leur numéro de téléphone et les appela à plusieurs reprises. Pas de réponse. Comme elle avait une petite heure de libre dans son emploi du temps de la matinée, elle décida de faire un saut chez eux sans attendre.

Ils habitaient non loin de l'Évêché, une maison en haut du Panier, le plus vieux quartier de Marseille, où tout est pentu et tortu. Haut lieu de la salacité et du mauvais esprit, au point que Louis XIV avait orienté dessus les canons du royaume, à tout hasard, au lieu de les diriger vers la mer. Les « bobos » étaient en train de le coloniser. Les Thubineau, caricatures de « bobos », s'y étaient installés, en éclaireurs, il y a plusieurs années déjà.

Elle sonna plusieurs fois. Rien. Elle serait tout de suite repartie si son attention n'avait été attirée par le bruit qui provenait du garage, un bruit de voiture en marche, et par l'odeur de gaz d'échappement qui empestait jusque sur le perron. Elle sonna encore. Toujours rien. Elle décida d'attendre : la porte du garage allait peut-être finir par s'ouvrir, et la voiture par sortir. Mais non.

Marie Sastre décida qu'il fallait entrer de force dans cette maison. Elle appela donc un des serruriers avec qui travaillait l'Évêché. Un personnage étonnant, croisé de cheval pour les dents et de singe savant pour les connaissances, qui parlait sans arrêt. Sa science était grande. Mais son travail ne dura pas assez longtemps pour qu'il l'étale à son gré. Trois minutes pétantes. Il n'eut le loisir que d'évoquer la cupidité de Napoléon et les nouvelles planètes repérées par des astrophysiciens américains, dans l'indifférence générale.

Marie Sastre n'écoutait pas. Elle était trop nerveuse. Dès que le serrurier eut ouvert la porte, elle se précipita dans le garage, plein de fumée âcre, où elle découvrit ce qu'elle subodorait : les Thubineau morts, asphyxiés dans leur voiture en marche. Ils se tenaient droit l'un et l'autre, plutôt dignes, la nuque posée sur l'appui-tête. Jean, le mari, avait le visage tourné en direction de la vitre, comme s'il dormait.

La commissaire ouvrit la portière et arrêta le moteur.

Il avait fait trop chaud, la veille, et les cadavres, plus très frais, ne sentaient pas la rose. Marie Sastre réprima une sorte de hoquet et mit sa main sur la bouche, elle avait le cœur sur les lèvres.

« On n'a pas idée de se suicider comme ça, par cette chaleur, dit le serrurier en feignant de se boucher le nez.

— Il n'y a pas de suicide propre », répondit la commissaire.

Apparemment, il s'agissait d'un suicide avec préméditation. Le couple avait déposé ses trois enfants chez les parents d'Angèle, l'avant-veille, sous prétexte qu'il partait en voyage en Espagne, « pour se changer les idées ». De retour dans leur maison, avant d'avaler chacun plusieurs flacons de Théralène, un sirop contre la toux pour les enfants, qui est aussi un puissant somnifère pour les adultes, ils avaient laissé une lettre sur la table de la cuisine.

Elle était écrite de la main d'Angèle, mais signée aussi de Jean. Le graphologue, consulté dans les heures qui suivirent la découverte macabre, n'avait décelé aucune anomalie dans la calligraphie, juste un peu tremblée, mais ça pouvait s'expliquer par l'émotion. C'était le contenu qui avait tout de suite chiffonné la commissaire :

Nous demandons pardon. Pardon à nos enfants. Pardon à nos parents. Pardon à tous ceux que nous aimons. Pardon aussi à tous ceux que notre chagrin a conduit à calomnier. L'assassinat de Maxime nous a rendus fous de douleur, nous ne savions plus ce que nous faisions, ni ce que nous disions. Nous avons pris notre décision, en toute conscience, après avoir beaucoup réfléchi : il n'y avait pas d'autre solution pour nous que d'en finir. Nous nous sommes donc donné la mort, ce mardi 27 mai, en fin de journée, parce que nous ne pouvions plus supporter l'idée de vivre après la perte de notre fils chéri. Que Dieu vous garde tous !

Angèle et Jean.

Quelque chose clochait dans cette lettre. Se suicide-t-on pour avoir calomnié quelqu'un ? Ce serait bien la première fois. La référence à la prétendue diffamation était trop appuyée pour être crédible. Elle semblait plaquée là, rajoutée.

Comme le graphologue, le médecin légiste aussi n'avait rien trouvé à redire, à en croire le rapport qu'il adressa à la commissaire, le lendemain.

Pas de trace de violences physiques sur les mains et les bras, par exemple. Tout indiquait que les Thubineau avaient agi de leur plein gré. Sauf que c'était impossible. Ils avaient tant de raisons de ne pas se tuer. Leurs enfants, leur caractère et, surtout, leur volonté de faire éclater la vérité sur la mort de Maxime.

Quand un suicide est presque parfait, c'est souvent un crime. Dans le cas d'espèce, la commissaire Sastre était convaincue que les Thubineau avaient été assassinés.

23

« Monsieur, je vous jure, je n'ai parlé à personne. »

C'était un petit homme sans cheveux ni lèvres ni menton qui se frottait les mains avec onction et qu'on aurait bien vu jadis dans une cour royale, coiffé d'un chapeau à plumes, en train d'éventer son souverain. Il tenait une épicerie à l'endroit précis où le petit Maxime Thubineau avait été enlevé.

« Pourquoi me dites-vous ça ? demanda Peppino Repato.

— Moi ? Parce que.

— Parce que quoi ? »

Un frisson traversa le petit homme de la tête aux pieds, comme la foudre. Il en avait trop dit. Il amorça un mouvement de recul mais Peppino Repato lui saisit le bras d'une main avant d'appuyer, de l'autre, sur le bouton qui actionnait la descente du volet métallique. Il était onze heures du soir. C'était l'heure habituelle de fermeture pour cette petite épicerie du Panier où l'on trouve de tout, même des journaux, des jouets ou des préservatifs.

L'épicier était à peine plus grand que Peppino Repato et ne semblait pas moins fort. Mais la peur le paralysait. Il ne chercha pas à se dégager.

Quand le volet fut descendu, Peppino Repato lui dit à voix basse :

« Excusez-moi, mais je n'ai pas compris de quoi vous vouliez me parler. Pouvez-vous m'expliquer ?

— Vous savez bien...

— Vous voulez suggérer que vous m'auriez reconnu après ce qui s'est passé l'autre jour ?

— Vous pouvez compter sur moi, je ne dirai rien.

— Je ne crois pas, voyez-vous. En plus, vous en avez même déjà trop dit. »

Il tordit le bras de l'épicier pour le pousser à tomber à genoux, puis à quatre pattes, sortit un couteau de son blouson, se baissa, lui trancha la gorge, comme il l'avait vu faire pour les moutons, en entrant la lame profondément à l'intérieur du cou avant de la retirer d'un coup sec, mais il peina un peu, faute de métier, et aussi parce qu'il ne voyait rien.

Après s'être redressé, il observa un moment l'épicier en train de gigoter par terre et laissa tomber :

« Je vous demande pardon, mais je ne pouvais pas faire autrement. Cette affaire me dépasse, elle met en jeu trop d'intérêts et de gens importants, il ne fallait pas prendre de risques, vous comprenez. »

Sur quoi, il fit un petit salut avant de sortir par l'arrière.

*
* *

C'est Marie Sastre qui se rendit la première sur la scène de crime, le lendemain matin. Le mode opératoire avait beau être le même, il lui sembla tout de suite que l'assassin de l'épicier ne pouvait pas être celui qui avait tué Laura Estoublon, Ricky

Esposito, le docteur Klossovski et Bérangère Buisson.

C'était du travail de jobastre. D'abord, le cadavre était violet, ce qui signifiait que la victime avait beaucoup souffert, comme semblait l'attester l'entaille, ou plutôt les entailles sur le cou car l'assassin s'y était repris à plusieurs fois. De la charcuterie d'amateur avec un couteau qui, de surcroît, n'était pas suffisamment aiguisé.

Le médecin légiste avait confirmé l'intuition de la commissaire :

« Il a été mal tué. Si les cordes vocales ont bien été sectionnées, la trachée artère n'a été qu'à peine entamée. L'agonie a bien duré vingt minutes. Contrairement aux autres, ce n'était pas du travail de professionnel. »

C'était une mauvaise journée. Le mistral frappait aux portes, sifflait dans les fenêtres et beuglait jusque dans les placards. Depuis le matin, Marie Sastre faisait sa ronflon et maronnait après le monde entier. Depuis qu'elle avait reçu un appel de Charly Garlaban, très précisément. Il lui avait appris que Postillon, le site Internet soi-disant indépendant d'Abdel Baadoun, était la propriété d'une société de Charles Chiocca, Eldorador, spécialisée dans les médias.

Coïncidence, le jour même, Postillon avait diffusé une interview exclusive de Charles Chiocca qui annonçait sa candidature aux prochaines élections municipales, à Marseille. Il y exposait son programme pour lutter contre la saleté, la corruption et la bureaucratie.

24

Ce soir-là, *Rigoletto* était à l'affiche de l'Opéra de Marseille. L'histoire d'un vieux monarque, incarnation vivante de la folie du monde, comme Verdi les aimait.

Marie connaissait bien cet opéra et elle en chantonnait les grands airs en même temps que le baryton qui ne lésinait pas sur les *ut* de poitrine, aussi stridents que les cris du chapon qu'on égorge. Elle était venue seule, dans l'espoir de retrouver l'Immortel.

Il aurait dû être là : *Rigoletto*, que Verdi considérait comme son chef-d'œuvre, était l'opéra préféré de Charly. Marie le chercha des yeux dans les travées, mais non, rien qui ressemblât à sa silhouette si particulière, raide et cassée à la fois.

En revanche, avant le spectacle, elle aperçut Charles Chiocca entouré de tout le gratin marseillais. Président de Handy-Cap, l'association humanitaire qui avait organisé cette soirée de charité, il se comportait en puissance invitante. C'était un homme assez grand avec un sourire commercial, un teint hâlé, une mâchoire sportive et des cheveux argentés, qui portait bien sa soixantaine. Il passait son temps à serrer les mains avec l'air modeste des vrais puissants, en baissant toujours cérémonieusement la tête.

À ses côtés, il y avait une femme d'une trentaine d'années au nez fin, presque translucide, et aux lèvres sanglantes, comme des boudins, qui semblait sortir du catalogue publicitaire d'une clinique de chirurgie esthétique. C'était Gracia B, une ancienne chanteuse de R n'B, qui avait connu son heure de gloire. Elle était la quatrième épouse de Charles Chiocca.

Après la représentation, Marie Sastre ne perdit pas Charles Chiocca des yeux. Elle avait décidé de l'accoster et de lui parler. Elle allait le faire, sur la place de l'Opéra, quand elle se rendit compte qu'il se dirigeait à pied vers le Vieux-Port avec sa femme, trois autres couples et son garde du corps, un ancien catcheur au regard triste, qui semblait chercher partout sa mère, jusque dans le regard des autres. Elle préféra les suivre.

Ils se rendirent à la Brasserie de l'OM, quai des Belges. Jean-Claude, le manager, avait déjà pris la commande quand elle s'approcha de Charles Chiocca qui fit signe à son musculeux cerbère, prêt à bondir, de ne pas s'inquiéter. Non que le titre de commissaire, décliné par Marie en se présentant, l'impressionnât le moins du monde. Il la trouvait simplement très belle et ne songeait déjà qu'à lui demander son numéro de téléphone.

« Avez-vous entendu parler de l'affaire Thubineau ? demanda-t-elle sans ambages.

— Bien sûr. Quelle histoire affreuse !

— Vous connaissiez les parents ?

— J'ai rencontré le père trois ou quatre fois dans le cadre de mes fonctions.

— Vous étiez en conflit avec lui ?

— Pas du tout. J'avais beaucoup d'estime pour lui. C'était un type bien. Un incorruptible. »

Il s'arrêta, puis, avec un sourire appuyé :

« Excusez-moi, mais je ne comprends pas. C'est à un interrogatoire que vous êtes en train de me soumettre ?

— Mon ami le commissaire Estoublon a dit, avant de mourir, que vous aviez la clé de l'affaire et je me demandais...

— Vous vous demandiez quoi ?

— Ne le prenez pas mal. Je pensais juste que vous pourriez me mettre sur une piste... »

Il vérifia que son épouse, à l'autre bout de la table, ne le regardait pas. Elle était trop occupée à parler avec la préfète, en se caressant les cheveux, avec l'expression absorbée de ces femmes qui semblent toujours s'admirer dans la glace.

Après quoi, il n'eut d'yeux que pour Marie :

« J'aimerais beaucoup vous revoir, mais pour vous parler d'autre chose. Je sens que nous sommes faits pour nous entendre. Si vous aviez un moment de libre, ce serait parfait... »

Ils échangèrent leurs numéros de portable et promirent de se rappeler le lendemain pour fixer une date.

« Vous êtes tout à fait mon genre, insista Chiocca. Je meurs de faire vraiment votre connaissance. »

Il attendait quelque chose en échange, le regard en suspens, mais Marie lui tendit la main, pour prendre congé.

« N'écoutez pas ce qu'on dit de moi, reprit-il.

— On ne dit pas tant de mal de vous...

— J'ai trop bien réussi pour qu'on n'en dise pas.

— Un peu, oui, mais jamais rien de grave. Les gens sont conscients de tout ce que vous faites pour aider ceux qui souffrent, dans le monde.

— Ne nous racontons pas d'histoires. J'ai commencé avec rien et je me retrouve avec un empire dans l'informatique, l'immobilier et les déchets, sans parler de mes autres activités : en France, mère patrie des aigris, ça ne pardonne pas. Mais franchement, ce n'est quand même pas un péché si j'ai compris, avant les autres, l'importance stratégique des ordures ménagères. Aujourd'hui, chaque personne produit, si j'ose dire, un kilo de déchets par jour. Sans parler du litre d'urine et du reste... Tout ça, c'est un marché et je l'exploite à mort. Où est le mal, je vous le demande ?

— Il n'y a pas de mal à ça, en effet.

— C'est un métier difficile, les ordures ménagères. Les politiques en veulent toujours plus, en commissions, subventions ou dessous-de-table, et je ne vous parle pas des syndicats qui me rackettent, littéralement. On n'est jamais tranquilles... Mais j'espère que nous parlerons d'autre chose la prochaine fois qu'on se verra. »

Elle lui serra la main une deuxième fois et repartit avec un grand sourire. Elle aimait la chaleur qu'il avait laissée dans sa paume.

Elle tint longtemps la main fermée, pour la garder.

*
* *

Marie décida de rentrer chez elle à pied et remonta le quai Rive-Neuve en direction du Pharo. L'air était plein de rires. Ils s'élançaient des terrasses des cafés et retombaient en tintant, comme des gouttes de pluie, dans l'eau du Vieux-Port.

Marseille n'est pas seulement une grande ville. C'est surtout un pays, une patrie, une nationalité. Sur le passeport marseillais, s'il est instauré un jour, le sourire sera obligatoire. Ici, les gens naissent avec, c'est un signe distinctif.

Le Marseillais est un Français qui ne fait pas la gueule. Il ne se prend pas la tête ni au sérieux. Même quand tout va mal autour de lui. Même s'il a, quoi qu'on dise, le sens du tragique. Marie, rayonnante dans la nuit, se sentait marseillaise comme jamais.

Ce soir-là, après s'être couchée, elle resta longtemps, la lumière allumée, à écouter un album des Righteous Brothers. Elle passa à plusieurs reprises *Ebb Tide* et puis surtout *Unchained Melody*, chef-d'œuvre kitsch de la variété américaine des années soixante.

Était-ce l'effet des Rigtheous Brothers ? Il monta en elle un plein bon Dieu d'amour qu'elle aurait donné au premier venu, mais pas à Abdel Baadoun pour qui elle n'éprouvait plus rien désormais, jusqu'à ce que, enfin, le sommeil l'emporte loin du monde.

25

Cette nuit, j'ai pris une décision : désormais, je m'introduirai, avant de passer à l'acte, dans les demeures de mes futures victimes. J'apprendrai ainsi à mieux les connaître, ça m'aidera dans ma tâche.

Après la chaleur du début de semaine, il faisait bon, ce jour-là. La mer était molle, on aurait dit du beurre fondu. Ce n'était pas un temps pour tuer, mais bon. J'avais arrêté depuis longtemps cette date pour mon travail et, vous l'avez compris, je ne suis pas quelqu'un qui change facilement d'avis.

Je suis entré sans difficulté, en cassant un carreau, dans la maison de Malmousque où habitaient les Froscardier, un couple de professeurs de médecine, qui possédait trois grosses cliniques, deux à Marseille et une à Aix-en-Provence.

Ils avaient une alarme mais elle n'était reliée à l'extérieur que par une ligne fixe, sans mobile pour prendre le relais en cas de panne. Il est vrai que les Froscardier étaient très près de leurs sous, ça se voyait au premier coup d'œil. Notamment à l'état de leurs canapés qui semblaient avoir été récupérés dans une décharge.

Deux heures auparavant, j'avais coupé la ligne téléphonique et puis aussi l'électricité, à tout hasard. L'alarme avait sonné un moment, mais personne ne s'était dérangé. Ni voisin, ni vigile. Je pouvais donc travailler tranquille.

Je plaignais la femme de ménage, une Comorienne tout en os, qui venait une demi-journée par semaine, le vendredi matin. Je l'imaginais, appuyée sur son manche à balai, les yeux hagards et les cheveux hérissés devant l'immensité de la tâche à accomplir. C'était une cause perdue. Pour remettre cette maison en état, il aurait fallu une semaine au moins de travail acharné.

Comme tous les radins, les Froscardier étaient très sales. Il n'y en avait pas un pour racheter l'autre. J'ai pu le vérifier en inspectant leurs salles de bains respectives. Ils n'avaient même pas l'idée de rincer leur douche ou leur baignoire, après usage, tant et si bien qu'elles étaient enduites d'une couche durcie de mousse grise.

On aurait dit qu'ils faisaient collection de sacs en plastique. Des sacs qui, avec tous les déchets de la même matière, sont la honte de notre civilisation. Quand on pense que c'est ce que nous laisserons aux générations futures. Tout est biodégradable, même Mozart, Bach, Spinoza, Einstein, Shakespeare, Molière, Verdi, Dostoïevski ou saint Augustin. Tout, sauf ça.

Il y avait une montagne de sacs en plastique à côté du réfrigérateur. Preuve que l'avare descend du hamster. Il garde tout. J'ai encore pu le constater en ouvrant le réfrigérateur où tout était périmé. Les yaourts, les fromages ou les jambons. Ces gens-là auraient préféré mourir d'intoxication plutôt que de jeter.

J'ai songé un moment à nettoyer le réfrigérateur, et puis non, le dégivrage aurait mis trop de temps. Je me suis contenté de balancer à la poubelle leurs nourritures avariées avant de passer aux choses sérieuses, je veux parler des ouaouas.

Je suis un spécialiste en la matière, si j'ose dire. Je ne supporte que les cuvettes nettes et, apparemment, les Froscardier économisaient aussi sur les produits d'entretien. J'ai vidé la moitié d'une bouteille de Destop à la soude dans leurs toilettes, avant de brosser et récurer, jusqu'à obtenir des ouaouas où je pourrais poser mon derrière. Des ouaouas de personne qui se respecte.

L'heure tournait. Avant de les attendre derrière la porte, j'ai encore fait la vaisselle et puis aussi leur lit. À dix-neuf heures, j'étais prêt. Ils ne sont rentrés qu'à vingt heures quinze. C'est peut-être pour ça que je les ai accueillis fraîchement, en leur ligotant tout de suite les mains avec du fil électrique que j'ai serré plus que nécessaire.

Les Froscardier avaient le même âge, dans les soixante ans, et la même taille à peu près : un mètre soixante-cinq. Ils étaient tous les deux assez maigres, encore que l'absence d'activité physique leur bombât le ventre : on aurait dit qu'ils portaient leur popotin devant.

Elle avait sûrement été jolie, dans le temps. Lui, pas. Ils avaient l'air renfrogné de ces ronflons qui, après s'être bien goinfrés, en veulent au monde entier, du haut de leur tas d'or. Jamais je ne me serais associé en affaires à des personnages de cet acabit, avec des têtes pareilles qui exsudaient la haine et la cupidité.

Ce fut l'erreur d'Emmanuel Lambertin. Au départ, il détenait 40 % de l'affaire que les Froscardier contrôlaient déjà. Quand elle se développa, ils lui proposèrent, avant de l'enjoindre, puis de le sommer, de leur vendre ses parts. Il refusait toujours. C'était un bel homme qui, sous une apparente nonchalante, dissimulait un caractère inflexible. Une tête de mule.

Après une période de grand froid, leurs relations se réchauffèrent. Jusqu'au jour où ils partirent tous les trois, les Froscardier et lui, faire un tour en bateau dans les calanques, du côté de Cassis. La femme de Lambertin ne les avait pas accompagnés. Elle souffrait du mal de mer, même quand la Méditerranée était d'huile.

Emmanuel Lambertin n'était jamais revenu de cette balade en bateau. À en croire les Froscardier, il était tombé dans l'eau alors qu'il se penchait pour regarder un poisson mort, et il avait coulé à pic, sans doute victime d'une hydrocution. C'est au demeurant ce qu'avait conclu l'enquête de police. Dans les mois qui suivirent, la veuve Lambertin vendit ses parts aux Froscardier qui avaient fait jouer leur droit de préemption. Affaire classée. Enfin, pour tout le monde, mais pas pour moi.

Quand le professeur Froscardier me demanda ce que je voulais, avec l'expression de la lavette prête à tout, y compris à baisser la culotte, je lui répondis :

« Je veux savoir ce qui s'est passé le 21 juin 1996.

— Pardonnez-moi, mais je ne vois pas de quoi vous parlez. »

Je ne crois pas qu'il mentait. À en juger par son regard, il était comme j'aime mes futures victimes, humble et soumis, à ma main.

« Je vais vous rafraîchir la mémoire. »

J'ai poussé les Froscardier jusqu'aux canapés du salon où je les ai fait asseoir. Là, j'ai observé un long silence que je troublai de temps en temps par un petit rire faux. Ils n'en menaient pas large. Quand leur malaise fut à son comble, je leur ai asséné :

« Vous avez sûrement compris que je suis à cran, aujourd'hui. Je viens encore d'avoir une nuit d'insomnie. Je n'aimerais pas m'être dérangé pour rien. Ça me mettrait en colère et quand je suis en colère, je fais des bêtises ou des choses que je regrette après. Surtout quand, en plus, je suis fatigué. Je voudrais que vous me racontiez comment vous avez tué Emmanuel Lambertin, le 21 juin 1996. »

Ils se regardèrent, interloqués :

« Mais on ne l'a pas tué. »

Ils avaient dit ça d'une même voix.

J'étais debout devant eux assis, et j'ai hoché la tête en poussant un gros soupir :

« Ma petite visite se terminera très bien si vous ne jouez pas aux cons avec moi. Sinon, je ne réponds plus de rien. Je suis très susceptible, comme type. Je vous aurai prévenus. C'est à vous de voir. »

Après avoir allumé leur téléviseur, un vieux rossignol du début des années quatre-vingt, j'ai zappé jusqu'à tomber sur *Fargo*, des frères Coen, avec William Macy. Un de mes films préférés. Au premier cadavre, j'ai changé de chaîne : « Il vaudrait mieux un film comique pour vous détendre », ai-je ironisé.

J'ai trouvé une comédie américaine stupide qui se passait sur un campus. Elle ne les a pas déridés, ce qui pouvait se comprendre. Alors que le héros du film se masturbait sur une pizza, je leur ai demandé :

« Avez-vous réfléchi ?

— Je vous répète que nous ne l'avons pas tué, a répondu le professeur Froscardier. De toute façon, ce garçon savait nager. »

Je me suis approché et lui ai tiré l'oreille :

« Je ne vous conseille pas de continuer sur cette voie. Je pourrais m'énerver...

— C'est une vieille histoire...

— Mais elle m'intéresse.

— Qui êtes-vous ? »

J'ai caressé ma cagoule à la hauteur du crâne, puis :

« Quelqu'un qui aime la vérité. »

Mon camouflage m'empêchait de les mettre en confiance, pour briser leurs défenses et les inciter à parler, mais bon, je n'avais pas le choix si je voulais me prémunir contre le moindre risque : la vidéo et l'ADN sont sans pitié, par les temps qui courent. Il n'était pas question que je perde un poil ou un cheveu pendant une intervention.

Ils se jetaient des regards obliques en multipliant les mimiques, comme s'ils essayaient de communiquer. Pour les laisser discuter, je me suis éloigné un peu et j'ai monté le son du téléviseur. Ils se sont bien concertés pendant cinq minutes, jusqu'à ce que le professeur Froscardier annonce :

« Hélène et moi avons décidé de vous raconter ce qui s'est réellement passé.

— Je vous félicite. »

J'ai posé un petit fauteuil devant eux et me suis assis dessus.

Ils s'observaient comme s'ils ne savaient pas lequel des deux allait prendre la parole. C'est finalement la femme qui se lança :

« Voilà. Notre balade en bateau se passait bien, l'ambiance était excellente. À un moment donné, alors qu'on était au large, à la hauteur du cap Canaille, on a eu si chaud que les hommes ont décidé de se baigner. Emmanuel a plongé directement du pont. Mon mari est descendu par l'échelle. Moi, je suis restée, il fallait bien que quelqu'un se dévoue pour garder le yacht, on ne sait jamais. En plus, il faut dire que je n'étais pas dans mon assiette, ce jour-là. J'avais subi une petite intervention chirurgicale dans le bas-ventre quelques jours plus tôt, un truc de femme, rien de grave, je ne me sentais pas de faire trempette. Au bout d'une vingtaine de minutes, mon mari est remonté à bord. Il ne nage jamais très longtemps. Emmanuel, lui, a continué à faire des longueurs, c'était un grand sportif. Il y avait bien trois quarts d'heure qu'il était dans l'eau quand mon mari a remis sur le tapis, depuis le pont, l'histoire de la vente des parts.

— Oui, ça m'est venu naturellement, commenta le professeur. Ça faisait longtemps qu'on n'en avait pas parlé.

— Emmanuel s'est tout de suite braqué, reprit la femme. Il a hurlé : "Jamais ! Jamais !" avec des yeux de fou. Il faisait peur, je vous jure. Alors, on a retiré l'échelle.

— Qui l'a retirée ? demandai-je.

— Moi, dit-elle.

— Sur mon ordre, précisa le mari, grand seigneur.

— Après, poursuivit-elle, on lui a dit qu'on remettrait l'échelle s'il changeait d'avis pour les parts.

C'était un jeu dans notre esprit, et on ne pensait pas qu'il tournerait mal. En plus, il aurait très bien pu nous promettre de vendre quand il était dans l'eau, en position d'infériorité, et puis se rétracter une fois sur la terre ferme. Encore que ça n'était pas son genre. Emmanuel aurait été incapable de mentir ou de se parjurer. Mais on ne pensait pas que ça finirait comme ça, on n'a pas maîtrisé les événements. Emmanuel essayait de remonter sur le bateau en enfonçant ses ongles sur la coque. Ses doigts saignaient, je m'en souviens. Mais il ne pouvait pas nous émouvoir parce qu'il n'arrêtait pas de nous insulter. On n'a pas envie d'aider quelqu'un qui vous insulte, c'est humain. S'il s'était calmé, on aurait redescendu l'échelle, mais il nous faisait peur, tellement il gueulait fort ses insanités. On a quand même fait preuve de beaucoup de patience. On a attendu près de deux heures qu'il revienne à la raison et puis il y a eu cette vague. Une grosse vague qui n'avait rien à faire là. Elle lui est passée dessus et, pfuit, on ne l'a plus revu après. On a cru que c'était une feinte, qu'il faisait du sous l'eau et qu'il allait essayer de remonter de l'autre côté du bateau, mais non. Alors, on a appelé, on a crié, on a remué ciel et mer, c'est le cas de le dire. Je vous jure sur la tête de mes enfants et petits-enfants qu'on a fait ce qu'on a pu.

— Je ne crois pas beaucoup à votre histoire, dis-je.

— Vous avez tort, protesta le mari.

— Par exemple, je ne pense pas qu'il vous ait insultés alors qu'il était à votre merci. Ça ne colle pas.

— Vous auriez dû l'entendre.

— Pour tout vous dire, je m'en fiche. Je me sens si oppressé chez vous que je n'arrive pas à avoir les idées claires. Dès qu'on entre, ça pue la bordille et la bédoule. Tout est trop dégueulasse ici, vous comprenez. Je n'en peux plus de cette saleté. Celle de la maison et puis la vôtre aussi. Avant de reprendre cette conversation, j'aimerais que vous preniez une douche. »

Après avoir installé chacun dans sa baignoire, puis ligoté leurs pieds, j'ai saigné les Froscardier avec mon Opinel. Quand j'ai quitté leur maison, après avoir vaporisé un parfum aux agrumes, un grand soulagement coulait en moi, comme une eau fraîche.

26

À la réunion du matin avec le directeur de la police judiciaire et ses trois commissaires, la « profileuse » dont il avait annoncé la venue apporta ses premières conclusions. C'était le lendemain de la découverte des corps du couple Froscardier. L'air était de plomb et, en plus du tic qui lui soulevait l'épaule, William-Patrick Bézard en avait maintenant un second qui lui tirait le sourcil droit.

La « profileuse » s'appelait Camille Uhlman. C'était une femme qui aimait les femmes et elle avait tout de suite aimé Marie Sastre qui ressortait, troublée et empourprée, de chacun de ses regards. Une grande blonde. Avec son front ovale cerné de boucles, elle rappelait la nymphe du *Printemps* de Botticelli. Elle portait un pantalon et une veste d'homme, mais se déplaçait avec une grâce inouïe, en jouant de ses courbures qui étaient à tomber par terre. Quant à sa bouche, elle semblait avoir été inventée pour les baisers.

« Je ne crois pas, dit-elle d'entrée de jeu, que nous ayons affaire à un tueur en série de type habituel. Sans doute a-t-il des pulsions, comme ces gens-là en ont tous, mais je ne pense pas qu'il ait de vraies motivations sexuelles.

— Il brûle quand même les poils pubiens de ses victimes, objecta William-Patrick Bézard.

— On dirait qu'il les brûle pour le principe, sans éprouver une vraie jouissance. Je n'exclus pas qu'il le fasse pour nous orienter sur de fausses pistes. En plus, il est au fait de nos méthodes et veille à ne jamais laisser de trace odorante, en aspergeant du parfum partout derrière lui. Impossible de l'identifier avec nos bergers allemands du groupe "odorologue". Surtout qu'il change tout le temps de marque. Je le vois comme un homme d'ordre, maniaque du travail bien fait, qui essaie de rendre la justice. Si l'on regarde les personnes auxquelles il s'est attaqué, c'est frappant. À part Laura Estoublon, il n'y en a pas une pour racheter l'autre.

— Ce qui laisse à penser qu'il n'est pas forcément l'assassin de Laura, observa Christophe Papalardo, toujours sur son idée fixe.

— Il est vrai que Laura n'a pas la même typologie que les autres qui étaient tous des salauds. Notre homme semble être un justicier. Il ne s'en prend qu'à des gros malins qui n'ont pas eu à payer pour leur forfait et il les punit pour des crimes qu'ils ont souvent commis il y a plus de douze ans.

— Pas tous, objecta Karim Chérif.

— Pas tous, mais la plupart des crimes ont eu lieu entre 1994 et 1996. »

On aurait dit que William-Patrick Bézard était frappé d'un séisme dont l'épicentre se trouvait à l'épaule. Il toussota pour indiquer qu'il voulait prendre la parole, puis :

« C'est cette piste-là qu'il faut creuser, les enfants : la période 1994-1996, ce qui s'est passé à cette époque, les points communs entre ces différentes affaires. De toute façon, on n'a rien d'autre à se mettre sous la dent et, vous avez vu la violence de la presse, on a intérêt à lui donner vite un os à ronger. Sinon, on va finir sous une avalanche de tomates pourries et bien méritées, putain de bordel. »

Quand la réunion fut terminée, Marie Sastre et Camille Uhlman restèrent un moment à deviser, dans le couloir. C'est la « profileuse » qui fit le premier pas en invitant la commissaire à déjeuner. Elle n'était pas libre. Elles convinrent de se retrouver le lendemain midi pour manger un poisson.

Le téléphone sonnait quand Marie entra dans son bureau. C'était William-Patrick Bézard.

« Je suis furieux, dit-il.

— Pourquoi ?

— Vous savez bien. Chiocca.

— Je l'ai vu, oui, et alors ? Où est le problème ?

— Je ne veux pas que vous l'embêtiez.

— C'est lui qui vous a dit que je l'importunais ?

— Non, mais quand j'ai appris que vous l'aviez abordé, ça m'a contrarié. Ce n'est pas parce que vous foirez tout en ce moment qu'il faut faire n'importe quoi. Si vous voulez l'interroger, convoquez-le et interrogez-le. À l'avenir, essayez de faire les choses dans la légalité, putain de bordel de merde. »

Il raccrocha et elle pleura, à petites gouttes.

27

Abdel Baadoun était arrivé le premier au restaurant de la rue Glandeves, près du Vieux-Port, où ils s'étaient donné rendez-vous. L'établissement, une pizzeria à l'enseigne du Vesuvio, s'appelait en réalité Chez Rose et était tenu par une Italienne octogénaire qui faisait la cuisine « comme à la maison » et aimait dire à ses clients, avec un regard de sainte mystique : « Et que Dieu vous protège. »

Installé à une table isolée, près de la fenêtre, Abdel Baadoun avait passé plusieurs coups de fil en attendant Marie. Mais il n'y avait jamais personne aux numéros qu'il demandait. Il laissait des messages. C'est sans doute pourquoi il avait l'air contrarié quand parut la commissaire Sastre.

Elle culpabilisa. Abdel Baadoun était très maniaque. Chose rare pour un journaliste, il était toujours à l'heure et ne supportait pas le retard des autres, fût-ce de cinq minutes.

« Quelque chose ne va pas ? s'enquit-elle, après qu'ils se furent embrassés. Tu as l'air fatigué.

— Le travail, répondit-il. J'en ai trop. J'aurais besoin de vacances. »

Il ne lui proposa pas d'en prendre avec lui. Peut-être y songea-t-il parce qu'il y eut un silence. Puis il demanda à Marie des nouvelles de son fils Alexis.

« Il va bien, dit-elle. Nous avons enterré la hache de guerre.

— J'en suis heureux pour toi. »

Sa voix était grinçante. Il fallait vite changer de sujet. Ils en avaient un tout trouvé. Le journaliste revenait de Paris où il avait rencontré plusieurs « sources » au ministère de l'Intérieur. Toutes lui avaient confirmé son intuition : Aurélio-le-Finisseur était bien derrière l'assassinat de Laura Estoublon.

En racontant ce qu'il avait appris à Paris, Abdel Baadoun comptait sans doute inciter la commissaire à lui donner, en échange, des informations sur l'enquête de la police. Un vieux truc de professionnel de la presse, du donnant-donnant. Mais Marie Sastre ne tomba pas dans le panneau. Elle se contenta d'écouter en opinant le journaliste qui éructait :

« On a égorgé dans des conditions atroces la femme de mon cousin Thomas et tout indique que la police de Marseille est en train d'étouffer l'affaire. Ou plutôt, le mot serait plus juste, de la noyer, oui, de la noyer dans cette histoire sordide de tueur en série qui tombe à pic parce qu'elle permet de tout embrouiller. Tu vas voir comme on va charger la mule de ce sadique. C'est logique, me diras-tu. Aurélio-le-Finisseur n'a pas intérêt à ce que l'on fasse la vérité sur l'assassinat de Laura. Or, comme me l'ont confirmé tous mes informateurs à Paris, il est le roi de Marseille, le maître après Dieu. Il a un tel goût du secret qu'on n'a pas le droit de prononcer son nom, sous peine de mort parfois, et il tient tout le monde, ici. Les politiciens, les policiers, les magistrats, les journalistes, les autorités préfectorales, les dirigeants sportifs. Sans parler de quelques hauts personnages de la police. Méfie-toi de Bézard, notamment. C'est un de ses affidés.

— Je ne te crois pas.

— Il est dans le collimateur, au ministère. On dit qu'il cherche à protéger Aurélio-le-Finisseur dans toutes les affaires en cours, mais tu dois en savoir plus que moi.

— Je démens.

— Mais tu ne peux nier que le Finisseur règne par la peur, l'argent, la séduction aussi, paraît-il, et que personne ne lui résiste. Surtout qu'il s'est mis l'Immortel dans la manche.

— Et Chiocca ? Il ne compte pas ?

— Rien à voir. Charles Chiocca est un aventurier transformé en personnalité politique. Nuance. Aurélio-le-Finisseur, lui, est un truand à l'ancienne qui s'est reconverti dans la modernité, c'est-à-dire dans Internet, les jeux et, surtout, le sport. Mais quand on l'enquiquine ou que l'on veut fouiller dans ses sales affaires, il utilise les méthodes d'autrefois. L'erreur de mon cousin Thomas est de n'avoir pas compris ça. Sa femme a payé pour lui. »

Elle pensa un moment lui demander pourquoi il avait oublié de lui dire que son site Internet appartenait, en réalité, à Charles Chiocca, mais non, ça n'aurait servi à rien, il se serait encore lancé dans des explications foireuses.

Marie Sastre envisagea aussi de lui annoncer qu'elle avait rendez-vous, le lendemain, avec Aurélio-le-Finisseur. Là encore, elle réussit à tenir sa langue. Finalement, elle n'avait confiance qu'en elle-même, sauf en Dieu, et encore, ça dépendait des jours.

Il fallut qu'arrivent les célèbres flans au caramel de Rose pour que la conversation en vienne enfin à eux, à leur amour et à son avenir. Ils n'étaient pas à l'aise, elle moins que lui, et leurs visages s'empreignirent de gravité, après qu'il eut laissé tomber :

« Tu disais que je n'avais pas l'air d'aller bien. C'est vrai. Je vais mal sans toi parce que je t'aime.

— Je suis allée très haut avec toi. Trop haut. Il fallait que je redescende.

— Pardonne-moi, mais je ne comprends pas.

— Quand on aime trop, c'est qu'on n'aime pas bien. On s'aveugle, on ne voit plus les choses, on se bourre le mou.

— Je comprends de moins en moins.

— Je voudrais juste retrouver ma lucidité et alors, tu verras, on aura une relation plus saine. »

Il observa un petit silence, puis demanda avec des yeux de veau mourant :

« On pourra se revoir ?

— Quelle question ! Mais bien sûr ! Autant que tu voudras, mais pas à la maison. Je ne veux pas perturber Alexis, tu comprends. Il faut le protéger. »

Il prit sa main et l'embrassa. Elle se leva d'un trait, son travail l'attendait à l'Évêché. Ils avaient décidé de se retrouver un soir prochain dans la chambre d'un hôtel de la rue Paradis. Elle ne l'en désirerait que plus. Attente et frustration sont les deux mamelles de l'amour.

Enfin, du sexe. En ce qui concerne l'amour, elle était entrée dans la phase 3, celle du commencement de la fin. Son éternel bonnet l'exaspérait maintenant, et tout le reste aussi.

Alors qu'elle rentrait au bureau, la question du commissaire Chérif lui revint en tête : « Pourquoi une belle fille comme toi n'a-t-elle personne dans sa vie ? »

Deux ou trois petites larmes lui montèrent aux yeux et puis elle n'y pensa plus.

28

Marie Sastre se réveilla avec un goût de terre dans la bouche, de terre et de vase. Elle se rendit comme une somnambule aux toilettes, le cœur au bord des lèvres, et au lieu de s'asseoir sur la lunette, s'agenouilla devant le siège avant de rendre sa gorge.

Même après qu'elle eut bu son café à petites gorgées, pour ne pas vomir encore, le mauvais goût resta. Elle avait la nausée, une grosse boule dans l'estomac, comme celle qui avait précédé, quelques années auparavant, la révélation de sa grossesse.

À l'époque, ses règles avaient été pareillement en retard et son visage exprima la désolation quand elle songea que si elle était enceinte, le père ne pouvait être qu'Abdel Baadoun. Rien que d'y penser, ça lui donnait de nouveau des spasmes.

Elle s'habilla et fila en vitesse à la pharmacie où elle acheta un test de grossesse pour y voir plus clair. En route, son portable sonna un coup. C'était un SMS qu'elle lut aussitôt :

« Je me languis de vous. Voyons-nous vite. Charles. »

Elle ne répondit pas. Elle n'avait envie de rien, ni de Charles Chiocca ni de quelqu'un d'autre, avec ces renvois acides qu'il fallait tout le temps ravaler. Elle verrait plus tard.

Le test fut négatif, mais la nausée ne la quitta pas.

Le lendemain, Marie Sastre avait la tête ailleurs pendant son déjeuner avec la « profileuse » dans un petit restaurant de la place de Lenche, dans le Panier. Au point que Camille Uhlman se demanda si la commissaire n'était pas tombée sous son charme, assez irrésistible, il est vrai.

Mais non, Marie Sastre ne songeait qu'à l'entretien qu'elle aurait, juste après son déjeuner, avec Aurélio Ramolino, au parc Borelly. Comme c'était son habitude, le Parrain de Marseille lui avait donné rendez-vous dans un lieu public sécurisé par une armée de gardes du corps qui faisait le guet à tous les points cardinaux.

Il s'amena à l'heure pile. Plutôt petit, la démarche souple, il portait une veste de cuir noir trop large pour lui mais comme boudinée, à cause du gilet pare-balles qu'il avait dessous. Pour le reste, il était d'une rare élégance, habillé en Prada, chaussé en Gucci, une montre Patek au poignet et des Ray-ban sur les yeux.

Il prit la commissaire par le bras, comme si c'était une vieille connaissance, et la conduisit sur un banc. Malgré sa voix suave et ses manières courtoises, c'était un patron, un homme qu'on ne contredisait pas et qui ne perdait jamais de temps. Quand ils se furent assis, il alla droit au but :

« J'ai demandé à notre ami commun d'organiser ce rendez-vous parce que je voulais rétablir la vérité. On raconte trop de menteries sur mon compte. Mais je veux, d'abord, que l'on soit d'accord sur les règles du jeu. Cet entretien n'a jamais eu lieu, n'est-ce pas ?

— Jamais.

— On veut tout me mettre sur le dos et c'est vrai que j'ai le dos large, mais quand même, il y en a qui exagèrent. Ils commencent même à me casser les agassins, figurez-vous. Que les choses soient claires, je ne suis pour rien dans l'assassinat de Laura Estoublon dont m'accusent les gens de Chiocca.

— Mais le commissaire Estoublon avait bien enquêté sur vos activités avant le meurtre de sa femme.

— Et il n'avait rien trouvé. Franchement, pourquoi aurais-je fait tuer son épouse ?

— Parce qu'il était en train de constituer un dossier contre vous. »

Le Finisseur retira ses lunettes noires et deux yeux transperçants apparurent, des yeux comme des glaçons, qui refroidirent l'atmosphère. Il s'approcha d'elle et murmura :

« Si vous faites allusion au fameux dossier OM dont a parlé la presse et qui a disparu de son domicile, le jour de l'assassinat de la femme du commissaire, dites-vous qu'il ne concerne pas l'Olympique de Marseille. Ce sont les initiales d'ordures ménagères.

— Qu'est-ce qui vous fait dire ça ?

— C'est la thèse de notre ami commun et elle tient la route. Il ne vous en a pas parlé ?

— Non, pas encore.

— La dernière enquête du commissaire Estoublon concernait l'assassinat du petit Maxime Thubineau. Il paraît qu'il avançait trop vite.

— Je ne peux pas le confirmer. Je n'ai pas trouvé grand-chose dans le dossier.

— Eh bien, justement. Je suis sûr qu'il avait deux dossiers, comme tous les policiers consciencieux et indépendants, qui travaillent sur les affaires délicates. Un, complet, qu'il trimbalait toujours avec lui. Un, pour la galerie, sur son ordinateur de bureau que le premier venu pouvait visiter. C'était le genre, pas vrai ?

— En effet. Il n'avait même pas confiance dans son propre ordinateur portable.

— Vous voyez. »

Aurélio Ramolino transpirait à grosses gouttes sous les cognées du soleil. Pour se rafraîchir, il ouvrit son blouson et Marie Sastre aperçut la crosse d'un revolver qui dépassait de la ceinture. Le Parrain de Marseille était en infraction – port d'arme prohibé – mais la commissaire n'était plus à une concession près. Elle décida qu'elle n'avait rien vu.

« Si on regarde de près l'affaire de l'assassinat du petit Maxime, reprit le Finisseur, inutile de chercher midi à quatorze heures, on est dans une histoire de règlement de comptes dans le monde des ordures ménagères. La décharge, ça paye bonbon, vous savez. C'est le nouvel Eldorado. La ruée vers l'or.

— Il paraît.

— Et là, désolé, ce n'est plus bibi qui est en cause, mais Charles Chiocca, le prince des racadures, le primat des cagassiers, le concessionnaire quasi exclusif des décharges publiques de Provence. »

Le Finisseur se pencha vers Marie et baissa la voix, avec le ton douceureux du curé dans son confessionnal :

« Loin de moi l'idée que Chiocca ait trempé, si peu que ce soit, dans l'assassinat de Laura Estoublon, mais le roi de la déboule a sûrement quelque chose à voir dans la mort du petit Maxime Thubineau. N'oubliez pas que ce garçon était le fils d'un décideur en matière de ramassage des ordures, une étoile montante de la communauté urbaine, l'honnêteté incarnée. Tout ça ressemble à s'y méprendre à une tentative d'intimidation. Une intimidation qui n'a rien donné puisque les parents, finalement, ont fini par y passer aussi. »

Il prit sa respiration, comme un sportif avant la course, puis :

« J'ai une confidence à vous faire. Un de mes hommes était impliqué dans le meurtre de Maxime. Ricky Esposito, le neveu de notre ami commun. Pour ça, il s'était acoquiné avec un autre de mes sbires : Peppino Repato. Une saloperie avec qui j'ai rompu toute relation. »

Il observa bien Marie, pour vérifier sur elle l'effet de la nouvelle, avant de poursuivre :

« Je soupçonnais depuis longtemps le neveu de Charly, mais j'en ai maintenant la conviction : ce fumier était passé à l'ennemi. Chiocca le faisait travailler pour lui, avec le dénommé Repato, parce qu'il savait qu'en cas de pépin, c'est sur moi que ça retomberait. Tout bénéfice pour lui. Je suis le coupable idéal, vous comprenez, le bouc émissaire de tous les crimes de Marseille. J'aime autant vous dire que je n'ai pas pleuré sur la mort de Ricky, oh, ça non, mais elle m'a beaucoup troublé et, après réflexion, je me suis fait une religion. Je voulais la partager avec vous. »

Il prit à nouveau sa respiration, mais, cette fois, comme s'il allait réaliser un exploit :

« Votre tueur en série est un justicier, un vrai de vrai. Ce n'est pas un hasard s'il a égorgé Ricky. Il savait que cette pourriture était mêlée à l'assassinat du petit Maxime.

— Comment l'aurait-il su ?

— En lisant le dossier OM qu'il a trouvé au domicile des Estoublon, quand il a tué Laura. Son nom figurait dedans, c'est sûr, parce que le "Christ du Vieux-Port" commençait à serrer Ricky de trop près. Il prenait des renseignements sur lui, ça commençait à sentir le roussi pour cette pourriture.

— Mais l'assassinat de Ricky ne semble pas avoir été prémédité, contrairement aux autres. Le tueur en série a pris beaucoup de risques, il a improvisé.

— Sans doute, mais je suis sûr qu'il suivait Ricky et, à la place de Chiocca, je me ferais du mauvais sang. Je compterais même mes abattis. Lui aussi est certainement sur la liste, son tour viendra, j'en prends le pari, à moins que ce soit lui, l'égorgeur de Marseille, ce serait bien son genre. »

Il sourit, puis soupira :

« Encore quelque chose qu'on m'imputera. Et pour tout vous dire, j'en ai assez que ces mabouls du couteau et de la barre de fer salissent ma réputation et celle de Marseille. Nous autres, dans le Milieu, nous avons des valeurs, vous savez. Nous aimons l'ordre, la discrétion, l'honorabilité. Comme vous l'a dit notre ami commun, je suis prêt à tout mettre en œuvre pour retrouver, sous sa direction, les jobastres qui souillent notre ville. »

Il y eut un silence. Le Finisseur fouilla dans les yeux de Marie. Il attendait une réponse. Elle finit par tomber :

« Tout ça doit rester entre nous parce que nous sortons de la légalité, mais au point où nous en sommes, je ne peux pas refuser.

— Marché conclu ? »

Il tendit sa main pour que Marie tape dedans, puis s'en alla d'un pas tranquille, avec sa noria de gardes du corps.

29

C'est le curé de Mazargues qui avait gardé le registre des condoléances, à l'entrée de l'église lors des funérailles de Laura Estoublon. Personne ne l'ayant récupéré après la messe, il l'avait emporté chez lui.

Le jour où Charly Garlaban était venu le lui réclamer, l'abbé Bidouré lui avait demandé :

« Vous êtes de la famille ?

— Une pièce rapportée. »

Pas d'autre question. Il était midi et quelques. Des œufs chantaient encore, à voix très faible, dans la poêle sous laquelle l'abbé avait éteint le feu, avant d'ouvrir à l'Immortel. Il lui donna le registre des condoléances, puis lui proposa de partager son repas :

« Deux œufs au plat et de la ratatouille froide, ça vous dit ?

— Allez, ça va. »

L'abbé Bidouré était un sexagénaire maigrelet au grand cœur. Très cultivé aussi à en juger par les livres empilés dans son petit presbytère. Il y en avait partout. Jusque dans la cuisine, au-dessus des placards.

« Vous connaissiez Laura Estoublon ? dit Charly Garlaban en s'asseyant à la table de la cuisine, après que le curé l'y eut invité d'un geste.

— Depuis deux ou trois ans. Connaître est un grand mot. C'était une femme très secrète. Très ombrageuse aussi.

— Elle avait de la famille ?

— Je ne crois pas. Elle n'en parlait jamais. Mais j'ai vu sa nounou, à l'enterrement. Une vieille dame. Elle était venue de Toulon.

— Comment s'appelle-t-elle ?

— Je ne me souviens pas, mais elle a dû signer le registre. »

Sitôt le déjeuner terminé, l'Immortel enfourcha sa moto, direction Toulon. Odette Vialla, l'ancienne nounou, habitait rue Lamalgue, dans le quartier des Morillons. Charly aimait cette ville qui, après tant de malheurs, semblait sortir de terre et retrouver confiance. Pendant une partie du trajet, il avait fredonné, pour se mettre en bouche, *Les marchés de Provence*, la chanson de Gilbert Bécaud, une gloire toulonnaise qui avait trouvé l'inspiration devant les montagnes de fruits, de légumes et d'herbes de cuisine qui dégoulinent, chaque matin, sur les étals dressés cours La Fayette.

Odette Vialla était un petit bout de femme dont les yeux semblaient s'amuser de tout, derrière des lunettes aux montures constellées de brillants, des lunettes de veuve américaine qui se la pète. Elle répondit sans difficulté aux questions de l'Immortel sur Laura et ses parents. Elle était comme ces vieux retranchés du monde, si heureux de parler qu'on ne peut plus les arrêter quand ils sont lancés.

Elle insista beaucoup sur la figure du père, un homme mystérieux d'origine autrichienne, qui peignait à la chaîne des paysages ou des natures mortes, dans un style impressionniste. Il semblait toujours de passage et ne disait jamais un mot, à peine bonjour.

« Il avait l'air très malheureux, dit-elle, et je crois qu'il rendait tout le monde malheureux.

— Où pourrais-je le retrouver ?

— Je n'en ai pas la moindre idée. Je ne sais même pas s'il est toujours vivant. Il faudra demander à la mère de Laura.

— Sa mère ?

— Eh bien, oui. Muguette, sa mère.

— Je croyais qu'elle était décédée.

— Pas du tout. Elle était juste fâchée avec Laura. À mort. Je ne sais pas pourquoi et ce n'est pas faute d'avoir essayé de les faire parler l'une et l'autre. Mais c'était un sujet tabou. Elles se braquaient dès qu'on l'abordait. Avec votre charme, peut-être que vous réussirez là où j'ai échoué, auprès de sa mère. »

Quand l'Immortel repartit, il avait l'adresse de Muguette, à Lauris, dans le Luberon.

30

Le monde mourra, un jour, de chaleur. La mer bouillira, tandis que la terre cuira. À Marseille, parfois, on a un aperçu de ce qui nous attend quand viendra l'heure du Jugement dernier. Il n'y a pas de mot pour le décrire. Cagnard et canicule ne sont pas appropriés. Apocalypse conviendrait mieux.

Les Marseillais descendent alors, hébétés, sur les plages, pour se baigner les uns contre les autres dans une mer tiède et jaunasse, au milieu des Kleenex, des sacs en plastique et d'autres objets flottants non identifiés que la décence m'interdit de préciser davantage. Je force un peu le trait, mais je ne galèje pas.

Pour ma part, quand c'est l'apocalypse, je vais dans les calanques, un de ces lieux qui excusent Dieu tant ils transcendent tout, et je passe ma journée sur un rocher qui tombe à pic dans l'eau turquoise, à l'ombre d'un grand pin. Du bonheur pur. Je n'ai besoin de rien. Juste d'eau, pour me désaltérer.

Je me trouvais dans les parages de la calanque de Sormiou, ce jour-là. J'avais élu domicile sous un pin dont le tronc formait un V et qui semblait sur le point de tomber dans la mer. J'avais de la peine pour lui. J'essayai de le rassurer, parce que je parle aux arbres, mais c'était une cause perdue. D'ici deux ou trois ans, il finirait dans l'eau, racines par-dessus tête.

J'ai somnolé jusqu'à ce qu'un couple s'installe près de moi, sur un rocher en surplomb. Des amoureux. Ils avaient mis la radio à tue-tête. Ce qui ne les empêchait pas de bavasser sans discontinuer, en passant du coq à l'âne, sur toutes sortes de sujets dont le point commun était la futilité, pour ne pas dire la stupidité.

Je crois qu'il faudrait retirer à certaines personnes le droit à la parole, car elles produisent un bruit de fond qui vous empêche de vous concentrer sur les choses importantes. En plus, elles nous énervent et c'est mauvais pour la santé. Je commençais à sentir des vrilles tourner dans ma tête.

En sus de leur musique et de leur parlage, il a fallu que je supporte leur jet d'épluchures, pendant le déjeuner. Je suis en mesure d'énumérer ce qu'ils ont mangé parce que j'ai tout vu défiler, quand ils balançaient leurs restes à la mer. Des trognons de tomate, des coquilles d'œuf ou des croûtes de fromage. J'ai failli recevoir quelques-uns de leurs rebuts sur la figure, il s'en est fallu de peu.

Tant que c'était biodégradable, je n'ai rien dit. Mais quand sont arrivés les desserts et qu'ils ont commencé à lancer des emballages de pots de yaourt, du papier alu et des canettes de soda, les sangs me sont tournés. J'ai dit à plusieurs reprises ce que j'avais à dire. Ils ont rigolé. Quand ils ne m'abreuvaient pas de sarcasmes. Je n'ai jamais répondu.

Mon heure viendrait. J'ai regardé encore un peu la mer et puis je suis parti. Après avoir quitté mon rocher, je suis monté en haut de la falaise d'où j'ai vérifié qu'il n'y avait personne alentour avant de les observer, puis de m'adresser à eux. C'était un couple moderne. Lui, jeune cadre friqué, avec des jambes de marathonien et des épaules de joueur de tennis. Elle, fausse blonde à fossettes, le genre à n'avoir pas froid aux yeux et programmée pour la réussite. Enfin, jusqu'à ce jour.

« Vous ne devriez pas jeter de plastique à la mer, ai-je remarqué. Pensez aux générations futures.

— C'est nous, les générations futures, répliqua le type avec un sourire supérieur.

— Personne ne vous a jamais enseigné le respect de la nature ?

— Et vous ? Personne ne vous a enseigné les bonnes manières ? Regardez, vous avez la braguette ouverte. »

J'ai vérifié. C'était vrai. Je l'ai laissée ouverte et puis j'ai observé, pour montrer que je garde, en toute circonstance, mon sens de l'humour :

« Il faut toujours laisser la fenêtre ouverte dans la maison du mort. »

Ils ont ri tous les deux, ce qui m'aurait amadoué si je n'avais perçu dans leur timbre quelque chose de condescendant. J'ai donc repris mon fil :

« C'est le manque de respect qui mènera l'humanité à sa perte. Le manque de respect de la nature, de l'avenir et de nous-mêmes. Mettez-vous ça bien dans vos petites têtes de jouisseurs égoïstes. Si notre espèce continue à se comporter comme ça, en conchiant et souillant la planète, l'homme deviendra vite quelque chose d'aussi rare et improbable que le tatou.

« — Je ne comprends pas, interrompit la jeune femme en feignant de bâiller. C'est trop compliqué pour moi.

— Et puis, de quel droit nous faites-vous la leçon ? ajouta le type. On est libres de jeter nos déchets où on veut. Rien ne nous l'interdit.

— Si, moi. »

En guise de réponse, le petit coq hédoniste a pris un sac en plastique et l'a jeté à la mer avant de me faire un doigt d'honneur. C'est alors que j'ai sorti le Taser X 26 de ma sacoche avant de commencer à descendre le seul chemin qu'ils pouvaient emprunter s'ils voulaient s'enfuir. Ils étaient faits.

« Au premier cri, je tire », ai-je menacé.

Ils se sont levés. Ils ne faisaient plus les malins. Je pouvais lire sur leur visage qu'ils étaient prêts à retirer leurs réponses de petits cons et à s'agenouiller pour se faire pardonner, mais c'était trop tard. Quand je fus devant eux, j'ai ronchonné :

« Vous me donnez du travail, beaucoup de travail, parce qu'une fois nos comptes réglés, il faudra que j'aille chercher toutes vos cochonneries au fond de l'eau pour les mettre dans une poubelle.

— Désolé. On peut aller les chercher nous-mêmes, si vous le souhaitez.

— Non. Votre temps est passé. »

Il y a deux modes d'utilisation pour le Taser. D'abord, le mode « tir » où l'on propulse jusqu'à 10,7 mètres les sondes, en forme d'hameçons, qui se fichent dans la chair ou les vêtements. Ensuite, le mode « contact » où il suffit d'une application directe pour neutraliser la cible.

Après les avoir ligotés avec du fil électrique, puis bâillonnés avec du chatterton, je me suis servi du mode « contact », puis je les ai saignés avec un couteau La Fourmi, une marque qui ne m'a jamais déçu. Je ne sais s'ils souffraient mais grâce au Taser, ils ne gigotaient pas. Peut-être pour la première fois de leur vie, il émanait d'eux une certaine dignité. Dommage que ce fût juste au moment de mourir.

31

L'Immortel connaissait bien Lauris, dans le Luberon. Il s'y était souvent rendu à vélo quand, enfant, il passait ses vacances chez ses grands-parents maternels, à Mérindol, à quelques kilomètres de là. C'est un de ces villages haut perchés de Provence où les maisons sont serrées les unes contre les autres, autour de l'église, pour ne rien laisser filtrer. Ni vent ni soleil.

Il trouva facilement la maison de Muguette Moll, la mère de Laura Estoublon, au fond d'une de ces ruelles en pente qu'on appelle, en Provence, rompe-cul. À peine eut-il toqué à la porte qu'elle lui ouvrit. C'était une grande dame, d'au moins un mètre quatre-vingts. Une septuagénaire qui soignait son âge à la gymnastique, ça se sentait à sa poigne quand elle lui serra la main. Le regard généreux mais les épaules un peu rentrées. On voyait tout de suite qu'elle aimait la vie qui, pourtant, ne lui avait rien rendu. Elle avait sûrement été belle, jadis, et le demeurait encore, après que la charrue des ans et des chagrins eut labouré son visage.

Quand elle se fut enquise de la raison de sa visite, elle proposa à Charly Garlaban de boire un café, un pastis ou ce qui lui ferait plaisir – inutile de préciser ce qu'il choisit –, avant de l'inviter à s'asseoir dans le séjour de sa maison de poupée aux poutres apparentes. Elle ne semblait ni surprise ni troublée par sa démarche.

« Depuis la mort de Laura, dit-elle après avoir rempli les verres, je m'attendais à ce qu'on vienne me poser des questions sur elle, mais apparemment personne n'a cherché à en savoir plus sur sa personnalité. J'en aurais, pourtant, des choses à dire.

— Pourquoi n'êtes-vous pas venue à son enterrement ?

— Ma fille et moi, on était fâchées. On ne se parlait plus depuis des années.

— Quand quelqu'un meurt, on fait la paix. Surtout si c'est son enfant.

— Je ne pouvais pas lui pardonner ce qu'elle a fait.

— Et qu'a-t-elle fait ?

— Ce qu'on peut faire de pire à une mère. De temps en temps, dans les années qui ont suivi son forfait, je me disais que j'aurais dû aller à la police pour tout raconter. Mais chaque fois, quelque chose me retenait. Une sorte d'instinct maternel mal placé, qui n'avait d'ailleurs pas lieu d'être. Depuis qu'elle est morte, je me sens comme libérée, prête à parler. »

Un petit sourire, puis :

« Encore qu'il faudra m'aider, cher monsieur. Mais avec vous, ce sera facile, j'en suis sûre. Vous inspirez tout de suite confiance. »

L'Immortel contempla l'improbable chicoulon de pastis qui restait au fond de son verre. Il l'avait vidé d'un trait, comme s'il venait de courir des heures dans la chaleur. Muguette reçut le message et lui versa une deuxième tournée. Après avoir bu une puis deux grosses gorgées, il demanda :

« Vous pouvez me dire ce que vous reprochez exactement à votre fille ?

— C'est bien simple, cher monsieur, elle m'a pourri la vie.

— Mais comment ?

— En tuant mon mari. »

Un silence. Pour l'occuper, l'Immortel but encore deux gorgées de pastis avant de murmurer :

« Vous pouvez me raconter comment ça s'est passé ?

— Quand elle avait dans les quinze-seize ans, Laura a commencé sa crise d'adolescence. Pas une crisette, non, une méga-crise avec coups, blessures et tout. Elle en avait après mon mari et ça montait, au point que j'avais le ventre noué chaque fois que je rentrais de mon travail, un travail usant. J'étais infirmière à l'hôpital de La Timone. Un jour que le ton montait pendant le repas d'anniversaire de ses dix-huit ans, elle a pris le couteau à viande et l'a planté dans l'avant-bras de mon pauvre époux. Vous voyez l'ambiance. À tuer.

— Oh ! oui, soupira Charly avec un air de connaisseur, pour simuler de l'empathie. Et que reprochait-elle, au juste, à votre mari ?

— Des choses.

— Et encore ?

— Des choses que je ne veux pas savoir. »

Elle but une rinçolette de pastis, puis sourit en roulant des yeux blancs :

« Désolée de ne pouvoir suivre votre rythme mais je ne tiens pas l'alcool.

— Moi, c'est l'alcool qui me tient. Mais parlez-moi de ces choses que vous évoquiez. De quoi s'agit-il exactement ?

— De son passé. Mon mari avait été militaire et Laura lui reprochait sa conduite pendant la guerre. En fouillant dans ses affaires, elle était tombée sur des papiers accablants. Soi-disant.

— Que faisait votre mari pendant la guerre ?

— C'était un officier allemand qui s'est battu jusqu'en 1945, pour sa patrie. La moindre des choses, me direz-vous, quand on est militaire de carrière. Mais quand je l'ai rencontré, en 1959, il avait refait sa vie. Il était devenu peintre, un bon petit peintre impressionniste façon Bonnard, après une période Van Gogh, et il vivait très bien de ses toiles, sur la Côte d'Azur. À l'époque, il avait quarante-sept ans, et moi, vingt-deux, ça faisait une sacrée différence d'âge, mais je l'ai aimé au premier regard. Il était tellement doux, vous savez. Un agneau. Toujours plein d'attention, aux petits soins, partageant avec moi toutes les tâches ménagères, jamais un mot plus haut que l'autre. L'homme idéal. C'est pourquoi il m'a semblé que je suis morte quand il a disparu.

— Parce qu'il a disparu ?

— Oui. Enfin, officiellement. En fait, il a été assassiné par Laura. »

Il s'écoula encore un long silence. L'Immortel n'avait pas fait l'École de police, ni celle de la magistrature, mais il savait, d'instinct, que dans des moments comme celui-là, il faut surtout ne rien dire. Laisser venir. Attendre tranquillement.

Stratégie payante. Muguette Moll toussa, pour décompresser, puis continua :

« Laura pouvait être très violente, comme je vous l'ai dit. Je ne comprends pas pourquoi, avec les parents qu'elle avait et l'éducation qu'on lui a donnée, mais enfin, le fait est. On a mis beaucoup de temps pour avoir cet enfant, on a sué sang et eau, on a fait le siège de tous les obstétriciens, gynécologues et spécialistes de la fertilité, on le voulait tant. Pensez ! Richard et moi, on s'est mariés en 1960 et ce n'est qu'en 1975 que j'ai accouché de Laura. Je ne sais si c'est à cause de notre angoisse parce que nous étions tellement en mal d'enfant avant sa naissance, toujours est-il qu'elle a toujours été très perturbée, comme fille. Dès la naissance. Elle gueulait tout le temps. À la fin, elle flanquait régulièrement des raclées à mon mari qui n'était plus en âge de se défendre. Avant que ça tourne mal, j'ai souvent demandé à Laura de quitter la maison mais elle finissait toujours par revenir quelques semaines plus tard, la bouche en cœur, et je n'ai jamais eu le courage de lui claquer la porte au nez. Je ne me pardonnerai jamais cette faiblesse. C'est à cause de ça que Richard est mort. »

C'était le moment, c'était l'instant. L'Immortel avait l'œil perçant et la narine flairante quand il demanda sur un ton dégagé :

« Comment votre mari a-t-il été assassiné ?

— Pour le savoir, il suffit de retrouver le corps. Je crois savoir où il est.

— Où ?

— Je vous le dirai après. Vous êtes en train de me faire perdre mon fil, cher monsieur. Bien sûr, rien ne prouve qu'il a été assassiné, mais c'est mon intime conviction. Je n'étais pas là, vous comprenez. Je m'étais absentée quelques jours pour aller là-haut, en Champagne. Un deuil dans ma famille. Une cousine que j'adorais. C'était en 1997, la semaine après Pâques, je me souviens très bien. Quand je suis rentrée, Richard n'était plus là. Volatilisé, évanoui dans la nature. J'ai demandé à

Laura ce qui s'était passé. Elle m'a répondu, en me regardant droit dans les yeux, comme les grands menteurs : "Il est parti." Elle a ajouté qu'elle ne savait pas où. Ça ne tenait pas debout. À quatre-vingt-cinq ans, on ne fait pas de fugue, sauf si on a la maladie d'Alzheimer, ce qui n'était pas le cas de mon mari qui gardait toute sa tête. En plus de ça, quelque chose me chiffonnait. Le passeport de mon mari avait disparu, avec une valise et quelques effets personnels, mais ses affaires de peinture étaient restées dans son atelier. Son chevalet, surtout, auquel il tenait comme à la prunelle de ses yeux et qu'il emportait toujours en voyage. Or, s'il avait quitté la maison, ce qui déjà était inconcevable, il ne l'aurait pas laissé. C'était son second enfant, le vrai.

— Avez-vous une idée de ce qui s'est passé ?

— Non, mais je suis sûre qu'après le meurtre, elle a enterré le corps dans le jardin. Dans les jours qui ont suivi la prétendue disparition, j'ai remarqué que la terre avait été remuée, sous le grand figuier. Je n'ai pas eu envie de creuser les premiers temps, j'étais dans le déni total, vous comprenez. Je n'ai rien dit du fond de ma pensée au commissaire qui enquêtait sur la disparition de mon mari et qui, à l'époque, est venu m'interroger à plusieurs reprises. Il était insistant, pourtant. Il sentait bien qu'il y avait un loup. Un malin celui-là. Mais je l'ai laissé dans le bleu. Mettez-vous à ma place une seconde. Je n'allais pas balancer ma fille. J'ai quand même pris deux décisions drastiques. D'abord, j'ai annoncé à Laura que je ne voulais plus jamais la revoir. Plus jamais. Elle n'a pas réagi. Or, les innocents hurlent toujours. Ensuite, j'ai demandé une retraite anticipée et vendu la maison de Mazargues pour m'installer à Lauris, où je vis depuis.

— Quelle était votre adresse, à Mazargues ?

— C'était rue Jules-Isaac. Mais je ne suis pas sûre du numéro. Il faut que je vérifie. Rassurez-vous, ce n'est pas l'âge, c'est juste freudien. »

Quand elle lui eut donné le numéro de la rue, Charly la quitta et appela Marie Sastre pour lui demander s'il pouvait passer chez elle, dans la soirée, afin de lui communiquer « une information de la plus haute importance ». Rendez-vous fut arrêté à vingt-deux heures. La commissaire voulait passer, avant, un peu de temps avec son fils Alexis. C'était l'anniversaire de ses neuf ans.

32

Marie Sastre tournait en rond dans son petit salon. En l'observant déambuler, Charly Garlaban se disait qu'elle était décidément la femme qu'il attendait depuis si longtemps. Le regard franc, le menton volontaire, le sourire engageant, rien n'était calculé chez elle. Sans parler de son derrière qui, monnayé, aurait valu une fortune.

L'Immortel chassa cette dernière pensée de son esprit. Ce n'était pas digne de lui, ni de leur relation. Il voulait que leur amour restât pur et l'amour est pur tant qu'il ne cherche pas à posséder, avec les ventrouillements afférents. Contempler suffit et, avec Marie, ça lui suffisait. C'était du moins ce qu'il pensait.

« Vous m'en bouchez un coin, dit-elle. Nous, dans la police, on est là, obsédés par les empreintes ADN, à chercher avec des pincettes des poils sur les scènes de crime, pour identifier les coupables. La méthode a d'ailleurs fait ses preuves, même si ça cafouille gravement dans l'enquête sur *le lessiveur*. Et puis vous, sans moyens ou presque, juste en marchant à l'intuition et à l'ancienne, vous venez de mettre la main sur quelque chose d'énorme, qui est peut-être la clé de tout.

— C'est simplement du bon sens, vous savez. Comme j'ai déjà eu l'occasion de vous le dire, je crois qu'il faut toujours revenir aux sources pour accéder à la vérité et c'est ce que j'ai fait, en la circonstance. »

Elle continuait d'arpenter son petit salon. Elle aimait bien sentir les yeux de Charly la transpercer, et, pour un peu, ça lui aurait tourné la tête.

« Ce n'est, hélas, pas moi qui traite le dossier Estoublon, dit-elle. Mais je vais donner l'information demain matin, à notre réunion de crise, au commissaire chargé de l'enquête.

— Sans citer votre source, bien sûr.

— Évidemment. Je dirai que j'ai eu le renseignement par un indic.

— Merci du compliment, ironisa Charly.

— Après ça, quand nous aurons fouillé le jardin et retrouvé le cadavre, vous aurez bien mérité de la patrie. »

Elle avait dit ça sérieusement. Ils s'observèrent un moment, les pupilles dilatées et les narines tremblantes. Il montait en eux une envie de s'embrasser et de faire des folies, et puis non, l'Immortel se leva, soudain, et disparut dans la nuit.

En rejoignant sa moto, il chantonna un air de *Gianni Schicchi*, de Puccini, « O moi babbino caro », jadis immortalisé par Maria Callas.

33

Quand j'ai vu l'Immortel entrer dans la maison de la commissaire Sastre, ce fut comme un tremblement de terre. Ma jambe droite a failli céder sous le choc, il a fallu que je me rétablisse. En même temps, j'ai ressenti dans la bouche ce goût de poussière qui monte à mes lèvres chaque fois que je suis colère. J'étais très colère.

L'Immortel est allé directement à la porte de Marie Sastre, comme s'il connaissait le chemin. Je ne sais pas ce que fricotent ces deux-là, mais ça n'est sûrement pas net quand on connaît Charly Garlaban. Du charme à revendre, certes, un quotient intellectuel très au-dessus de la moyenne, une libido sans bornes, un sens de l'honneur hypertrophié mais des litres de sang sur les mains, aucune morale, sans foi ni loi, si ce n'est, soyons honnête, la loi de la famille et de l'amitié.

Je reconnais que c'est un cas. Survivre à un guet-apens monté par d'ex-collègues du Milieu, après avoir reçu vingt-deux balles, n'est pas donné à tout le monde. Encore moins quand, parmi ces balles, trois ont traversé la cervelle, en entrant par l'arrière du crâne pour ressortir par la mâchoire. Pas banal.

Sur le plan physique, je comprends qu'il fascine mais je n'admets pas que, dans ce monde où tout est cul par-dessus tête, il fasse désormais figure de père-la-morale, adulé par toutes les rosières de France. Notre époque a la conscience si élastique qu'elle ne semble plus bonne qu'à accoucher d'impostures, à la chaîne.

Je le hais de toutes mes fibres. Me désole le respect qu'inspire ce coq de village à Marseille où il est devenu une des gloires de la ville, j'allais écrire *la* gloire, ce qui est presque vrai. M'indigne la légende que sont en train de fabriquer, à partir de ce bandit, quelques scribouillards en mal d'inspiration. Me révolte, et le mot est faible, la complaisance à son égard des autorités de la région.

La commissaire Sastre a toujours été une écervelée, voire une imbécile, et sa réussite professionnelle tenait, à mes yeux, du miracle. Sans avoir pris de décision à son sujet, je l'avais mise sous surveillance. Il y a longtemps qu'elle était dans mon collimateur, mais je n'avais pas encore eu le loisir de m'occuper d'elle. Trop débordé. Je suis quelqu'un de réfléchi, vous l'avez compris. Ne jugeant que sur pièces, je ne porterais la main sur elle qu'après avoir eu des preuves de ses turpitudes. Ce n'était pas le cas, pour l'instant. Mais quand j'ai vu l'Immortel sortir de chez elle au bout de quarante minutes, je me suis félicité intérieurement de mon intuition. J'ai souvent de bonnes intuitions.

Je ne savais pas où habitait l'Immortel. Il avait longtemps été domicilié à Cavaillon avec sa femme et son fils, mais la rumeur disait qu'après sa rupture avec elle, il s'était réinstallé à Marseille avec une certaine Djamila qui possédait plusieurs instituts de beauté dans la région. Il fallait que je le loge.

Un jour ou l'autre, je devrais m'intéresser à lui. Solder les comptes.

Par chance, j'avais pris ma moto, ce soir-là. Un vieux coucou si je la compare à la sienne, mais je n'ai pas l'honneur de travailler dans la pègre. Je l'ai suivi à distance, tous phares éteints, pour ne pas me faire remarquer. À un moment donné, alors qu'on descendait sur le Vieux-Port, à la hauteur du fort Saint-Nicolas, il a fait demi-tour en roulant sur la gauche. Je croyais qu'il me fonçait dessus mais il s'arrêta pile devant moi avant de me gueuler dessus, la main droite en l'air, comme les motards de la gendarmerie devant les contrevenants :

« Que me voulez-vous ?
— Moi, rien, monsieur.
— Ça vaut mieux. »

Après ça, il est reparti pleins gaz, me laissant dans un petit nuage de fumée, avec mon désarroi. Je ne suis pas pétochard, vous avez eu l'occasion de le vérifier, mais ses yeux d'acier avaient planté en moi quelque chose qui me mangea les sangs.

34

Le lendemain matin, quand il entra dans la salle de réunion, William-Patrick Bézard avait l'air d'un pantin désarticulé, avec son épaule folle qui sautait sous sa chemise, comme une bête enragée. Après que tout le monde se fut assis, le directeur de la police judiciaire déclara sur un ton où ne perçait aucune ironie :

« Après quelques semaines d'enquête, il est temps de dresser un premier bilan et je crois pouvoir dire que nous avons au moins fait une découverte, une grande découverte : le ridicule ne tue pas. Sinon, nous serions tous morts depuis longtemps, je vous le dis. Nous piétinons lamentablement, en donnant un spectacle désolant. J'ai honte pour la police, pour vous, pour moi, putain de bordel de merde. Et je tiens à ce que vous le sachiez, je me sens seul, je dirais même abandonné si ce mot n'avait une connotation sentimentale et comme vous le savez, pour moi, le travail et les sentiments, ça fait deux, vous allez bientôt pouvoir le vérifier, tous autant que vous êtes. »

Après l'orage, un silence plana, le temps d'absorber la colère directoriale, jusqu'à ce que Marie Sastre se gratte la gorge. Tous les regards se tournèrent vers elle.

« Je crois que j'ai une bonne nouvelle, dit-elle. Nous sommes en mesure de faire une grande avancée dans l'enquête sur la mort de Laura Estoublon.

— Merci de m'avoir prévenu, grommela le commissaire Papalardo en soufflant comme un caniche. C'est quand même moi qui suis en charge de l'enquête, non ?

— Je l'ai appris hier soir, très tard. Je ne voulais pas te réveiller.

— Allez, au fait, coupa William-Patrick Bézard. Pas de guerre des polices ici. »

Après que Marie Sastre eut répété tout ce que l'Immortel lui avait dit la veille, il y eut à nouveau, dans la salle de réunion, un long silence au terme duquel William-Patrick Bézard décida qu'il serait procédé au plus vite à la fouille du jardin de l'ancien domicile de Richard et Muguette Moll, à Mazargues.

« C'est bien, commenta le commissaire Papalardo, beau joueur. On a enfin un peu d'air. »

Après quoi, le directeur de la police judiciaire donna la parole à Camille Uhlman. La « profileuse » avait confronté les résultats de ses recherches avec plusieurs rapports du FBI sur les meurtriers sexuels. À ses yeux, le tueur en série entrait dans la catégorie des criminels organisés, mais elle doutait toujours que ses motivations fussent sexuelles.

Elle distribua un feuillet où étaient énumérées les principales caractéristiques, selon elle, de l'égorgeur de Marseille :

Quotient intellectuel élevé
Emploi qualifié
Haute idée de lui-même

*Aime les enfants
Sexuellement apte
Mature socialement
Prémédite ses crimes
Sait se contrôler
Très attaché à la justice
A besoin de victimes soumises
Ne les torture pas avant de les tuer
Soigneux de sa personne
Obsédé par la propreté.*

La liste était longue, mais c'est le dernier point qui fut le plus commenté.

« Qu'est-ce qui vous fait dire qu'il est un malade du balai ? demanda William-Patrick Bézard.

— L'ordre, évidemment relatif, qui règne sur les scènes de crime. Le tueur est allé jusqu'à égorger les Froscardier dans leur baignoire, pour ne pas salir la maison. C'est un maniaque de la propreté et s'il y avait un surnom à lui donner, ce serait *le lessiveur*.

— Je propose qu'on l'appelle comme ça, à partir de maintenant : le lessiveur. »

William-Patrick Bézard semblait moins stressé, tout d'un coup. La bête sous sa chemise avait cessé de le persécuter.

En sortant de réunion, Marie découvrit qu'elle avait reçu un nouveau SMS de Charles Chiocca :

« Rappelez-moi. Il faut que je vous parle. Votre Charles. »

Avec ce « votre », il était monté d'un cran et Marie sourit, comme le pêcheur qui a ferré son poisson.

35

Ce soir-là, Horace attendait le retour de sa femme devant la porte de leur maison des Goudes. Il était assis sur une grosse pierre et regardait le soleil se noyer au fond de l'horizon, dans une fontaine d'éclaboussures roses.

Il avait des yeux très doux qui buvaient tout, le ruissellement des mouettes, le frisson des vagues ou le chagrin du ciel. Des yeux pleins de mer.

Quand Élisabeth descendit de sa voiture, elle était rayonnante et Horace comprit qu'elle revenait avec ce qu'il désirait depuis si longtemps : une copie du disque dur de l'ordinateur de William-Patrick Bézard.

Le directeur de la police judiciaire n'avait qu'un seul ordinateur qu'il utilisait pour tout, ses affaires personnelles ou professionnelles, ses photos, son agenda ou sa comptabilité. Quand Horace aurait fini de l'étudier, il saurait tout de William-Patrick Bézard. Enfin, presque tout.

Élisabeth était depuis plusieurs mois femme de ménage chez les Bézard. Elle avait glissé un mot sous la porte d'entrée de leur appartement, juste après qu'ils eurent emménagé, en provenance de Lille, le poste précédent du directeur.

Le jour même, Mme Bézard avait appelé Élisabeth qui l'avait embobinée en lui racontant ses prétendues galères. Une enfance malheureuse, un mariage raté, un cancer du sein et toujours la niaque. Pas le genre à geindre ni à réclamer. La domestique idéale.

Depuis, Mme Bézard était très heureuse de sa recrue. Une perle, cette Élisabeth. Elle dépoussiérait la bibliothèque et passait le balai sous les meubles, sans qu'on lui demande. Sa patronne l'avait conseillée à l'épouse du procureur, sa nouvelle copine, qui en était pareillement satisfaite.

Horace se leva pour aller au-devant d'Élisabeth.

« Comment as-tu fait pour le récupérer ? demanda-t-il.

— Pourquoi penses-tu que je l'ai ?

— Ta tête. T'as l'air si contente.

— Bézard est parti jouer au golf sans emporter son ordinateur. Ce fut un jeu d'enfant. »

Les Bézard avaient reçu du monde, la veille au soir, et, comme toujours dans ces cas-là, Élisabeth était réquisitionnée pour tout nettoyer le lendemain matin.

C'était samedi. Quand les enfants furent partis chez leurs copains, Monsieur à son hobby et Madame à ses courses, elle était entrée dans l'ordinateur du directeur et avait tranquillement dupliqué son contenu.

« Donne », dit Horace.

Il prit le disque et coula un long baiser à Élisabeth qui ressortit de ses lèvres, les joues empourprées et le regard perdu.

Après quoi, Horace passa toute la nuit et une partie de la journée du lendemain à explorer chaque recoin du disque dur. Il était comme un somnambule, le soir, quand il tira pour Élisabeth les premières conclusions de son travail :

« Bézard est peut-être blanc-bleu, mais quand même, il passe beaucoup de temps avec Chiocca qui vient par ailleurs d'embaucher son fils aîné, un ancien élève de la London Business School. Ils sont copains comme cochons, ces deux-là. Ils font du golf ensemble, et puis aussi du bateau et du tennis. Ils se voient au moins une fois par semaine, te rends-tu compte ?

— Oui, mais ça ne prouve rien.

— Non et c'est ça qui me désole. »

Il posa son index sur le trou laissé par la balle qui lui était entrée dans la tête, puis grattouilla la peau qui avait recouvert l'orifice. C'était une de ses manies. Il appelait ça se caresser la cervelle.

« Quant à l'Immortel, reprit-il, il participe à l'enquête en rendant compte à la commissaire Sastre qui est finalement bien mieux que je croyais. N'empêche que cette ville est pourrie, tellement pourrie que ça m'en crève le bédelet... »

Il enfonça son index dans un trou, puis :

« Je crois quand même que l'heure de la purgeasse a sonné. »

Horace avait décidé que la ville était entre les mains d'une mafia qui se partageait tout : Charles Chiocca, Aurélio-le-Finisseur et William-Patrick Bézard. Avec des ramifications partout. Dans le sport, la politique, l'administration et le monde des affaires. Il ne dormait pratiquement pas et savait que l'insomnie chronique est dangereuse. Non seulement elle rend obsessionnel, mais, en plus, elle conduit à voir des complots partout. C'était son cas.

Quelque chose le rassurait : l'insomnie aiguise aussi l'intelligence, comme un cancer terminal ou un léger coma. Jamais depuis longtemps, il n'avait eu l'esprit aussi clair et perçant. Trop de sommeil fatigue.

Après avoir dormi trois quarts d'heure, il se remit à travailler sur l'œuvre de sa vie, *La Vache rousse*, où il donnerait les noms des pourris de Marseille. Il avait trop hâte de rajouter toutes les révélations découvertes dans le disque dur de William-Patrick Bézard. Il venait de trouver un sous-titre à son livre : *Journal d'une vérité*. Après sa publication, il en était sûr, des tas de têtes tomberaient.

Quand on lui demandait ce qu'il faisait dans la vie, il répondait :

« J'enquête. C'est le plus beau métier du monde parce que je ne sais rien faire d'autre. »

Et il ajoutait parfois :

« Quand je commence une enquête, rien ni personne ne pourra m'empêcher de la terminer. »

Le soir, lorsqu'elle rentra du travail, Élisabeth lui apporta les journaux où les éditorialistes se déchaînaient contre l'inefficacité de la police dans l'affaire du « lessiveur ». À croire qu'ils s'étaient donné le mot.

« Crois-tu qu'ils vont l'attraper un jour ? demanda Élisabeth.

— De mon temps, ce malade serait déjà sous les verrous, répondit Horace. Mais tout part en couilles, de nos jours. Tout, à commencer par la morale, et on ne fait jamais rien sans morale. Il faudrait leur dire, à tous ces connards qui nous gouvernent. »

36

William-Patrick Bézard et les trois commissaires supervisèrent la fouille du jardin des Moll, à Mazargues. Elle ne dura pas longtemps, deux heures à peine, le temps de déterrer le cadavre qui se trouvait effectivement sous le figuier, un grand échalas feuillu trônant au milieu de ses enfants, les repousses qu'il protégeait de ses grands bras tortus.

Plus de dix ans après sa mort, Richard Moll ne se résumait plus qu'à une bouillie de terre et d'habits décomposés. Elle s'était agglomérée autour de ses ossements et faisait encore, apparemment, la fortune des insectes qui proliféraient dans ce coin de jardin. Chaque coup de pelle, des petites pelles d'archéologues, provoquait une débandade d'insectes de toutes sortes, dont les moins déplaisants n'étaient pas les cloportes et les punaises.

Le crâne de Richard Moll avait été défoncé. Un grand trou béait au milieu du front. Sans doute l'effet d'un coup de marteau. Ou bien d'une pierre ou encore d'un glissement de terrain après qu'il eut été enterré. La police scientifique trancherait.

Avant même que son squelette fût reconstitué, avec soin, comme des restes préhistoriques sur un brancard d'hôpital, Muguette Moll confirma qu'il s'agissait de son mari.

« C'est lui », répétait-elle en ne pleurant que d'un œil, le gauche.

Marie Sastre était allée la chercher en voiture à Lauris et, en chemin, avait beaucoup sympathisé avec cette grande gigue énergique. La commissaire lui tenait le bras.

Plus les preuves s'accumulaient, plus son œil pleurait. D'abord, il y avait la dent en argent, la première molaire du côté gauche de la mâchoire supérieure, qui gâchait le sourire de Richard quand il était trop large. Après, vinrent les lunettes, les baskets dont la toile bleue avait bien résisté et une plaque de métal vissée sur un tibia fracturé à la suite d'une chute de cheval dans les années quarante. Enfin, la taille. Une première évaluation, très approximative, obtenue en mettant les ossements bout à bout, la situait entre un mètre quatre-vingt-deux et un mètre quatre-vingt-six. En réalité, c'était un mètre quatre-vingt-huit, mais bon, il manquait peut-être une vertèbre ou un os du pied. Là encore, il faudrait attendre le verdict de la police scientifique.

Avant qu'on emmène le squelette, Muguette demanda à l'embrasser. Elle se pencha sur la tête de mort trouée en prenant appui sur le bras de Marie. Quand elle eut posé son baiser, elle émit un sanglot de veuve éplorée.

« Maintenant, dit-elle, on va pouvoir lui donner une sépulture digne de lui. »

Elle passa le reste de la journée à l'Évêché où elle fut interrogée par le directeur et ses trois commissaires. Elle était encore sous le choc et se plaignait de maux de tête. Sans parler de son œil gauche qui continuait de pleurer toutes les larmes de la terre. Ils n'en tirèrent pas grand-chose et, à la tombée du soir, lui donnèrent congé après être convenus d'un nouveau rendez-vous.

Quand elle descendit de sa voiture pour raccompagner Muguette jusqu'à la porte de sa maison, à Lauris, Marie ne vit pas la silhouette postée dans la pénombre d'une impasse.

C'était l'Immortel. Il attendit que la voiture de Marie fût partie pour frapper à la porte de Muguette.

37

À onze heures du soir, Marie Sastre, nue sur son lit, écoutait encore les Rigtheous Brothers en se repassant dans la tête le film de la journée.

Il y a des jours où il s'est déroulé tant de choses qu'on a du mal à pouvoir les assimiler toutes : dans ces cas-là, elle les ruminait, avec un air bovin. Le moindre des événements de la journée n'avait pas été ce rendez-vous qui avait mal tourné.

Récapitulons. Marie avait reçu le SMS, le matin, à sept heures cinquante. Elle était sûre de l'heure parce qu'elle entendit la sonnerie qui l'annonçait, au moment précis où Alexis était venu l'embrasser avant de partir à l'école.

Le message provenait de Charles Chiocca :

« Chère Marie pleine de grâce,

Je vous invite à déjeuner ce jour dans mon restaurant préféré de Marseille, le Tiboulen de Maïre. Êtes-vous libre ? Charles. »

Elle répondit aussitôt, d'une main tremblante :

« Oui. »

Nouveau SMS :

« Puis-je passer vous prendre au travail à 12 h 30 ? »

Elle tapa :

« OK. »

Sa bouche s'assécha d'un coup et, en se regardant dans la glace de la salle de bains, elle s'était trouvé un air chaviré de fillette amoureuse :

« Qu'est-ce que je suis en train de faire ? C'est idiot, complètement idiot. »

Quatre heures et trente-cinq minutes plus tard, alors que, de retour de la fouille du jardin de Mazargues, elle était assise à son bureau devant son ordinateur, Marie reçut un SMS de Charles pour lui indiquer qu'il l'attendait en bas, rue de l'Évêché. À cet instant seulement, elle songea qu'elle avait été stupide d'accepter un rendez-vous en bas de l'hôtel de police. Il suffisait qu'un collègue le voie pour que tout l'Évêché soit au courant de leur rencontre et que Bézard pète encore un plomb.

Charles Chiocca était au volant d'une voiture électrique. Un prototype, apparemment. Quand il vit Marie arriver, il sortit du véhicule et, après l'avoir embrassée sur la joue, lui ouvrit la portière. À l'ancienne.

« Je suis en avance, dit-il. Pardonnez-moi, je ne pouvais plus attendre. »

Elle sourit.

« Aimé, le patron du Tiboulen, est une forte tête, qui se moque des règlements et refuse de conserver les poissons dans la glace, parce que ça brûle la chair. Ils sont donc du jour et il les grille dans leurs écailles, sans les vider, avant de les servir en filets. C'est divin. D'ailleurs, chaque fois que je vais là-bas, je crois un peu plus en Dieu. Et avec vous, ça serait encore mieux... »

Elle poussa un soupir où se mêlaient l'ironie et le contentement.

« Ô Marie, il y a si longtemps que je rêvais de passer un moment avec vous. »

Il en faisait trop, avec goguenardise, c'était sa méthode, et, sur Marie, elle fonctionnait bien.

Le Tiboulen de Maïre était perché sur une butte, au bout de la corniche, juste avant les Goudes. Pour y aller, il fallait passer devant le Roucas Blanc où trônait, face à la mer, la villa à colonnes de Charles Chiocca. Il demanda à Marie l'autorisation de faire un crochet. Une statue avait été livrée le matin même dans le jardin. Un Serra de toute beauté. Il voulait le voir dans son cadre. La commissaire ne croyait pas à son histoire, mais elle accepta l'invitation au détour. Elle n'avait pas vraiment le choix.

« Je ne connais pas Serra, dit-elle.

— Comment est-ce possible ? s'indigna-t-il, avec la même ironie dans la voix. Vous ne connaissez pas Serra ? »

Il forçait toujours le trait et, même si elle restait sous le charme, Marie se demandait si ça n'était pas l'effet de sa timidité plutôt qu'une technique de séduction.

Sa villa était une maison de maître d'une vingtaine de chambres. Un mélange de manoir Louis XV, de résidence du vieux Sud américain et de temple grec reconstitué. Elle n'était pas franchement laide, mais plutôt comique avec son micmac de matériaux où l'on trouvait tout à la fois du marbre de Carrare, de la brique rouge, du chêne de Westphalie ou de la pierre de Bourgogne.

Charles Chiocca arrêta la voiture devant la maison. L'œuvre de Richard Serra se dressait en face, sur un rond-point. Un superbe bloc de fer, mangé par la rouille. On aurait dit une carcasse de bateau.

« C'est beau », dit-il avec son air facétieux.

Elle hocha la tête.

Ils tournèrent un moment autour du Serra, puis il reprit, comme saisi d'une subite inspiration :

« Voulez-vous voir mes parquets qui chantent ? Il faut que je vous montre. »

Il ouvrit la porte de la maison, composa un code pour neutraliser la sécurité, fit quelques pas à l'intérieur de l'entrée, puis du séjour, et ce fut comme si plusieurs rossignols s'étaient mis à chanter.

« Ce sont des parquets craquants du Japon, dit-il. Les bois sont ajustés de telle façon qu'ils chantent dès qu'on marche dessus. Idéal pour la sécurité, vous imaginez. Impossible pour un intrus d'entrer chez vous sans se faire remarquer. Je vais en poser dans toutes mes autres maisons. »

Il s'arrêta devant une peinture sur bois de Jean-Michel Basquiat :

« Je la regarde tous les matins, ça me donne plein d'énergie et d'optimisme. »

Après quoi, il conduisit Marie à un petit pavillon en contrebas, camouflé derrière une haie de cyprès. Là aussi, il composa un code. Le salon était vide et peint en gris. Sur l'un des murs, il y avait une grande toile de Gerhard Richter. Un paysage mortifère et somptueux. Une invitation au suicide ou au sommeil.

« Celle-là, dit-il, il faut plutôt la regarder le soir, avant de se coucher. »

Marie était au milieu du salon, en train de l'admirer, quand Charles Chiocca lui prit le bras et l'attira dans une pièce attenante. Elle résistait, mais mollement, juste pour la forme. Elle regrettait le pastis qu'elle avait bu à midi, lors du pot d'anniversaire de

Karim Chérif. Il lui avait laissé une légère griserie dans la tête.

Au centre de la pièce se trouvait une table basse en cuir noir dont Marie comprit tout de suite l'usage. Sur une chaise à côté étaient posées des ceintures, des lanières et des chaînes. Sans oublier un fouet, par terre.

Charles Chiocca s'approcha par-derrière. Elle sentit son souffle sur sa nuque :

« J'ai envie de vous. »

Elle respira très fort.

« Détendez-vous, dit-il en prenant sa main. Ne vous inquiétez pas, ma femme est partie en Californie, elle ne reviendra plus. Elle était trop jalouse, nous avons cassé. »

C'est alors qu'elle sentit quelque chose de froid contre son poignet avant d'entendre un bruit métallique. Elle se dégagea brusquement :

« Qu'est-ce que vous faites ? »

Il avait essayé de lui mettre les menottes. Elle les jeta par terre et partit en courant.

Charles Chiocca tenta de la suivre :

« Marie, s'il vous plaît, ne le prenez pas mal, je croyais que vous étiez consentante. »

Elle courut jusqu'au portail qui était fermé. Charles Chiocca la rejoignit aussitôt en voiture. Il pila et sortit du véhicule en hurlant :

« C'est un malentendu. Je ne sais pas comment m'excuser.

— Ouvrez ! cria Marie.

— Je ne comprends pas, ça m'a pris comme ça, je pensais que...

— Ouvrez ! »

C'était le genre de cri, un cri de bête mourante, qui clôt les conversations. Charles Chiocca ouvrit le portail avant de proposer à Marie de la raccompagner. Elle ne répondit rien et s'éloigna au pas de course avant d'arriver en nage à l'Évêché, une quarantaine de minutes plus tard.

38

J'ai toujours pensé que le temps perdu ne se rattrape jamais. Le repos est donc quelque chose que je ne connais pas. Matin, midi et soir, je suis toujours au travail, loin de la maison. Même le dimanche. C'est un sacerdoce.

Mon épouse me dit souvent : « Tu travailles parce que tu ne sais rien faire d'autre. » C'est faux. J'adorerais me soleiller sur la plage du Prophète ou bien pêcher la daurade du côté de l'île du Frioul, comme au temps jadis. C'est d'ailleurs ce que je ferai un jour. Mais quand j'aurai tout fini.

Si vous croyez que ça m'amuse de repérer et de faire mon travail de surveillance pendant des heures avant d'opérer, vous vous mettez le doigt dans l'œil. C'est un travail pour plusieurs personnes que je fais tout seul. Un travail, au surplus, répétitif et fastidieux. N'en doutez pas, j'aimerais mieux me détendre devant la mer, la télévision ou un verre de pastis, mais je suis homme d'honneur et j'ai hâte de terminer ce que j'ai commencé.

Ce n'est pas une vie que la mienne. À peine le temps de fermer les paupières et, déjà, je suis sur la route. Mais je dois à la vérité de reconnaître que j'aime bien finaliser. Chaque fois, j'ai le sentiment de me rapprocher du moment où, enfin, je pourrai prendre un repos bien mérité.

Encore que je ne me fasse pas trop d'illusions. Plus je sens ce moment à ma portée, plus il me semble qu'il s'éloigne, comme s'il reculait sans cesse devant moi. Je sais que d'autres corvées viendront bientôt, plus urgentes peut-être que les précédentes, et que j'en ai encore pour des semaines, avec mes couteaux.

Cette fois, j'utiliserai un « Esprit de Thiers ». Ce matin, j'ai essayé la lame sur un poulet que ma femme avait acheté pour le déjeuner de dimanche. Un poulet fermier et bio. Sinon, je n'en mange pas. Je n'ai pas l'intention de m'empoisonner avec une de ces volailles industrielles qui ont le goût de papier mâché des saloperies chimiques qu'on leur fait ingurgiter. À tout prendre, je préférerais me repaître d'herbe ou même d'épluchures.

« Mais que fais-tu ? m'a demandé mon épouse qui m'a surpris en train de taillader le poulet.

— J'attendris la chair. »

Pardonnez-moi, je m'égare. C'est mon grand défaut, les digressions. Déjà, quand j'étais au lycée, je récoltais souvent la même appréciation de mes professeurs de français ou de philosophie : « Hors sujet. »

Reprenons le fil. Ce jour-là, mon « Esprit de Thiers » dans la poche, je suis arrivé vers onze heures devant le domicile d'Évelyne Baudroche, à l'Estaque. Une villa tape-à-l'œil, avec vue sur la mer. C'était l'unique moment de la semaine où je pouvais trouver seule la maîtresse de maison. Fonctionnaire au conseil régional des Bouches-du-Rhône où je n'ai pas bien compris ce qu'elle faisait, hormis quelques gâteries à un sexagénaire amorti, vice-président aux plates-bandes ou aux choux farcis, elle prenait son vendredi après-midi pour faire le ménage et la lessive.

Elle laissait la clé de la villa sous un pot de fleurs vide, à droite de la porte. Je ne connais pas de cachette plus bête. Autant laisser la clé sur la serrure, pendant qu'on y est. Mais je sais d'expérience que les humains sont ainsi faits qu'ils ont souvent du mal à penser qu'ils seront volés un jour. Jusqu'à ce qu'ils le soient. C'est comme pour la mort, d'une certaine façon.

Je suis donc entré sans difficulté dans la villa que j'ai trouvée, à ma satisfaction, très bien tenue. Pour un peu, je me serais senti en empathie avec Évelyne Baudroche. Elle avait trois enfants, deux de son premier mariage, un de son deuxième. Les aînés étaient adolescents mais le dernier n'avait que huit ans. Leurs lits étaient tous étrangement bien faits. Pas à la diable, grande spécialité des enfants, mais avec un soin digne des grands hôtels. Elle avait sûrement un secret.

S'il y avait un endroit qui laissait à désirer, c'était la buanderie où trônaient deux grands paniers d'osier remplis de linge sale. Sans parler des chaussettes et des petites culottes qui traînaient par terre. Je les ai rangés après m'être empressé d'ouvrir le vasistas pour évacuer l'odeur qui régnait dans cette pièce, une odeur à vomir de crasse, de sueur, de javel et de détergents.

Ensuite, j'ai nettoyé la salle de bains que son mari, moins soigneux qu'Évelyne, avait laissée en désordre. À en juger par les déjections de mousse à raser qui maculaient le lavabo et même le carrelage, c'était bien lui, le fautif. Il n'avait pas non plus rangé sa serviette qui gisait par terre, en boule.

La sienne, ça ne faisait pas un pli, c'est le cas de le dire, car elle sentait l'homme.

Après quoi, j'ai regardé la télévision, dans le salon, tout en me préparant mentalement pour midi trente. Évelyne était une femme-enfant et je redoutais de perdre mes moyens devant une femme-enfant. À trente-sept ans maintenant, elle gardait toujours des manières de petite fille, une voix haut perchée, des mimiques adorables et des robes à fleurs d'écolière.

J'avais pris soin de sortir par la porte de derrière pour remettre la clé sous le pot de fleurs. Aussi, quand elle entra dans sa villa, Évelyne Baudroche ne se doutait de rien. Je l'attendais derrière la porte, avec mon accoutrement habituel, et je comprends qu'il ait pu la troubler. Une cagoule ne présage jamais rien de bon. Des gants en latex non plus. Mais enfin, de là à piquer une crise de nerfs, il y a un pas qu'elle n'aurait jamais dû franchir.

Je regrettai de n'avoir pas apporté mon Taser. Pour la faire taire, je me suis mis derrière elle et j'ai serré très fort mon coude contre sa gorge, jusqu'à ce qu'elle donne les premiers signes d'étouffement. Vu son état nerveux, il eût été logique d'en finir tout de suite, mais je voulais avoir une petite conversation avec elle. Quand il m'a semblé qu'elle se ramollissait, j'ai relâché mon étreinte avant de lui saisir le bras que j'ai tordu, puis de l'amener jusqu'au canapé du salon où je l'ai fait asseoir auprès de moi.

« Je vous en supplie, a-t-elle dit sur un ton pleurnichard, ne me faites pas de mal, j'ai des enfants, je ferai tout ce que vous voudrez.

— C'est exactement ce que j'attends de vous.

— Tout, monsieur, je dis bien tout ce que vous voudrez.

— Parfait. Eh bien, je voudrais que vous me racontiez votre nuit du 2 mai 1996.

— Quand mon mari est mort ? Enfin, mon premier mari...

— Exactement. »

Elle réprima un sanglot de petite fille et les larmes me montèrent aux yeux, comme je l'avais craint. J'aurais dû précipiter les choses, mais j'avais besoin d'entendre son récit. De crainte qu'elle ne me voie dans cet état de faiblesse, je détournai la tête.

« C'est très simple, gémit-elle. Mon mari a fait une crise d'allergie et il est mort.

— Je sais tout cela. Vous n'avez pas compris. Je veux la vérité vraie. Dites-moi comment vous l'avez tué.

— Je ne l'ai pas tué, j'ai même été acquittée aux assises.

— Et alors ? Vous savez bien que ça ne signifie rien. La justice des hommes ne vaut pas tripette. Elle consiste juste à gagner les procès. Ce n'est pas parce que vous avez gagné le vôtre que vous êtes innocente. D'autant que votre amant et futur deuxième mari vous avait branchée sur un excellent avocat. »

Sur quoi, je lui tordis le poignet si violemment que j'entendis un craquement. Elle poussa un cri qui ressemblait au glapissement d'une renarde en chaleur, l'espace d'un instant, parce que je plaquai aussitôt ma main sur sa bouche, en lui enfonçant, de surcroît, mes doigts dans les yeux. Elle ne m'émouvait pas, elle commençait à m'énerver sérieusement. Elle a tout de suite reçu le message.

« J'ai besoin de savoir, insistai-je, c'est très important. »

Après que j'eus retiré ma main de sa bouche, il y eut un long silence qu'elle mit à profit pour sangloter :

« Allez, un effort, dis-je, et ça ira mieux après. Je veux les faits, rien que les faits. »

Encore un silence. Je lui tordis à nouveau le poignet, juste un peu cette fois, pour lui rappeler qu'elle était à ma merci.

« On ne s'entendait plus, Jacky et moi, finit-elle par bredouiller, les yeux baissés, en faisant la lippe. C'est quelque chose qu'il n'arrivait pas à comprendre mais, après mon deuxième accouchement, je n'avais plus envie de lui. Plus jamais. Il me dégoûtait. Son haleine, son odeur, tout, chez lui, me donnait la nausée et cette nausée ne me quittait plus.

— Même quand vous preniez du bon temps avec votre amant qui était, par ailleurs, le patron de votre mari ? »

Elle leva ses yeux, de grands yeux humides et ahuris, puis répondit sans se démonter :

« Même. Ma vie était devenue un calvaire. J'avais beau me refuser, de temps en temps, il passait en force et me violait. Après, je pleurais des journées entières. Et puis, un jour, j'ai décidé de me venger. »

Elle hésita, se mordant les lèvres, puis poursuivit en se frottant les yeux, sans doute pour cacher son regard :

« J'ai acheté une douzaine d'œufs. Je les ai cassés et m'en suis badigeonné le corps. Quand Jacky est rentré, ce soir-là, il était tard. Minuit passé. Il n'avait plus d'heure, les derniers temps. Il avait bu et, comme souvent dans ces cas-là, il a tout de suite voulu me prendre, sans préambule, et, bien sûr, sans me demander mon avis. Je me suis laissé faire et, comme il était allergique aux œufs, il a fait un œdème. J'ai tout de suite appelé les secours...

— Tout de suite ?

— Tout de suite, je vous le jure.

— Quand on jure, c'est qu'on ment. Vous avez attendu un peu...

— Un peu, pas beaucoup.

— Mais il était mort quand vous avez appelé, n'est-ce pas ? »

Après que je lui eus mis à nouveau une petite pression, sur le bras, elle a répondu d'une voix plaintive, en se frottant toujours les yeux :

« Il était mort, en effet.

— Vous avez donc menti au tribunal. Menti sur l'honneur.

— Je ne crois pas à l'honneur, c'est un truc d'homme. Mais, comme vous l'avez compris, ce n'était pas pour avoir une belle peau que je me suis enduite d'œufs crus, c'était pour en finir. Il était allergique aux œufs, aussi bien, d'ailleurs, qu'aux poissons et aux crustacés, mais je n'allais pas me badigeonner avec des daurades ou des fruits de mer. En plus, il était particulièrement sensible aux œufs. J'ai pensé qu'il risquait de ne pas supporter et de mourir d'un œdème, ce qui est arrivé. C'est ce que vous vouliez que je vous dise ? Eh bien, je vous l'ai dit. On est quittes, maintenant, hein ?

— Presque.

— Vous savez, si j'avais dit toute la vérité au tribunal, rien que la vérité, je suis sûre que j'aurais obtenu les circonstances atténuantes.

— Moi, en tout cas, je ne vous les accorde pas. Je ne crois rien de votre baratin. Vous vouliez vous débarrasser de Jacky, toucher son héritage et vous remarier avec votre amant qui était encore plus riche que lui. La vérité vraie, la voilà. »

Je l'ai emmenée dans la salle de bains et fait entrer dans la baignoire où, après lui avoir ligoté les mains, puis les pieds, je lui ai tranché la gorge avec mon « Esprit de Thiers ». Quand tout le sang se fut écoulé, j'ai lavé, avec le pommeau de la douche, son beau corps blanc, vaguement rosé, comme celui des cochons saignés quand ils sortent de l'échaudoir.

À l'heure où j'écris ces lignes, la nuit est comme j'aime, à peine éclairée par un croissant de lune, et laisse tomber dans la mer, aussi noire qu'un linceul, des poussières d'étoiles qui, sitôt sur l'eau, se métamorphosent en poignées de diamants.

Pour la première fois, j'ai des doutes sur mon travail. Ma technique s'améliore, notamment sur le plan de la propreté. Mais je me demande si je ne suis pas dépassé par la force qui me pousse à réparer les outrages ou à châtier les salauds. Elle ordonne, j'exécute. Il me semble que je n'ai plus voix au chapitre, au-dedans de moi.

Il faut que je me défatigue, pour me retrouver. Sinon, je vais mourir à la tâche. Travailler n'est pas humain. La preuve, ça nous use. Mais travailler trop fait perdre la raison. C'est ça qui me tue.

39

Quand l'Immortel entra chez Muguette Moll, il était dix heures du soir. Il dit sa gêne de venir si tard, mais il y avait urgence. Elle le conduisit tout de suite dans son salon de poche où, à peine assis, il se retrouva avec un verre de pastis à la main.

« Vous avez vos habitudes, maintenant », dit-elle en tendant son verre dans sa direction, pour trinquer.

Avant d'aborder le sujet qui l'occupait, Charly Garlaban dit :

« Je voudrais être sûr que vous n'avez pas parlé de ma visite d'avant-hier à vos interlocuteurs d'aujourd'hui.

— Mais enfin, cher monsieur, ça va de soi.

— Et encore mieux en le disant.

— Je vous ai reconnu dès que je vous ai vu, avant-hier. Vous êtes très célèbre, cher monsieur, votre photo est parue dans tous les journaux et quand vous m'avez donné votre nom, vous n'avez fait que confirmer mon impression première. Entre vous et la police, j'ai compris qu'il fallait cloisonner. Elle ne vous aime pas, je le sais. Encore que la jolie commissaire qui m'a raccompagnée semble vous apprécier.

— Ah bon ? dit-il, faussement étonné.
— Oh, oui ! Je l'ai fait parler de vous, l'air de rien. Elle m'a dit qu'elle vous respectait beaucoup.
— C'est le mot qu'elle a employé ?
— Le mot exact, cher monsieur.
— Qu'a-t-elle dit d'autre ?
— Que des choses gentilles. Par exemple, que vous étiez "un homme de tête, d'action et de cœur". »

Elle rit :

« On a beau être commissaire, on n'en est pas moins femme. »

L'Immortel était comme tous les hommes. Pourvu qu'on parle de lui, il perdait la notion du temps. Mais la dernière phrase de Muguette, dite sans perfidie, l'avait chiffonné. Il ne souffrait pas l'idée que l'on puisse entrer dans son intimité. Il préféra changer de sujet de conversation en abordant sans attendre celui qui lui trottait dans la tête :

« J'ai beaucoup travaillé hier et aujourd'hui sur Internet et en bibliothèque. Dites-moi, votre mari était un étrange personnage. »

Muguette baissa les yeux, avec l'expression d'une gamine prise en faute.

« C'était un artisan de la Solution finale, reprit Charly. Certes, pas à un rang très important, mais quand même...
— Il paraît.
— Vous n'en êtes pas sûre ?
— Je crois vous avoir déjà dit que je ne voulais pas le savoir et qu'il avait refait sa vie. »

Elle poussa un soupir, puis :

« Je ne comprends pas pourquoi vous m'interrogez sur lui. Quel est le rapport entre le passé de mon mari et l'enquête sur le tueur en série ?

— Pour le moment aucun. Mais comme Laura était la première victime du tueur, c'est en éclaircissant les raisons de ce meurtre que l'on pourra, à mon avis, trouver enfin une piste et même un suspect.

— Si vous le croyez...

— Je n'ai aucun élément me permettant de l'affirmer, mais on peut très bien imaginer que Laura ait été tuée par des amis nazis de votre mari. En représailles, après qu'elle l'avait assassiné.

— Là, vous faites du roman, cher monsieur. Dieu merci, il n'y a plus de nazis aujourd'hui. C'est une espèce qui a disparu de la surface de la terre, ne serait-ce que pour des raisons biologiques. Vu leur âge, ils sont tous morts. Presque tous.

— Je suis convaincu qu'il a longtemps continué à voir ses amis de la belle époque, celle des camps d'extermination des années quarante. »

Il se mordit les lèvres. Il avait frappé fort. Muguette risquait de se replier sur elle-même. Mais non, même si elle accusa le coup avec un rictus, elle avait du coffre.

« Richard n'était pas dans la nostalgie, dit-elle en servant un deuxième verre à Charly. Il allait toujours de l'avant.

— Mais il recevait la visite d'ex-collègues de travail, n'est-ce pas ?

— Non. Jamais. Sauf un qui s'appelait, si je me souviens bien, Rudolf Beer.

— Qui était-ce ?

— Oh ! ça, je n'en ai pas la moindre idée. Un homme très bien sur lui, c'est tout ce que je peux vous dire. »

L'Immortel sortit une feuille de papier sur laquelle ses yeux se baissaient parfois pour vérifier un détail :

« Revenons à votre mari. Richard Moll a un pedigree impressionnant. Entré en 1935 dans les unités SS à tête de mort. D'abord, membre des gardes du camp de Dachau. Ensuite, muté dans un camp de femmes, à Lichtenburg. Promu Obersturmführer en 1939. Adjoint au chef de bataillon pendant près de trois ans à Birkenau et, enfin, retour à Dachau. Condamné à la perpétuité en 1947, sa peine a été ramenée à dix ans, après une procédure de révision. Libération anticipée en 1951. Ne me dites pas que vous ignoriez tout ça.

— Je suis chrétienne, je crois à la rédemption.

— Il y a des fautes qui ne s'expient jamais.

— Si l'on considère vos activités, êtes-vous bien fondé à dire ça, cher monsieur ? »

Elle était en train de se braquer. Il fallait faire baisser la pression. Charly hocha la tête avec un clin d'œil, pour lui signifier qu'elle avait marqué un point. Elle sembla se rengorger.

Mauvais perdant, il hésita un peu, puis laissa tomber, pour avoir le dernier mot :

« En ce qui me concerne, je n'ai jamais commis de crimes contre l'humanité. »

Touchée. Les yeux de Muguette rougirent, l'œil gauche surtout, mais elle réussit à réprimer ses larmes et, pour se donner une contenance, esquissa un sourire. Mais c'était le sourire des gens qui pleurent. Il fallait changer de ton.

« J'imagine tout ce que vous avez enduré, dit-il.

— Non, je n'ai rien enduré. Je me voilais la face. C'était l'amour, vous comprenez. Mon premier et unique amour. »

Après un silence, que troublait parfois un criquet planqué quelque part dans la maison, l'Immortel demanda :

« Pardonnez-moi de remuer tout ce passé, mais votre mari était-il apparenté à Otto Moll, de sinistre mémoire ?

— Laura m'a parlé de ce nom-là, en effet. Mais je ne peux vous dire quel était son lien de parenté avec Richard. »

Il consulta ses notes, puis :

« Dans son livre *Exécuteurs, victimes et témoins*, l'historien Raul Hilberg le définit comme un "sadique achevé". Le SS Hauptscharführer Otto Moll était le responsable de tous les crématoires de Birkenau. On l'appelait là-bas : "Malahamoves", un mot yiddish qui signifie "Ange de la Mort". Il avait de sales petites manies. Par exemple, il organisait des matchs de boxe ou des courses à pied qui ne se terminaient qu'à la mort des perdants. Il promettait aussi aux déportés qu'il leur laisserait la vie sauve s'ils escaladaient des barbelés ou s'ils franchissaient deux fois de suite, les pieds nus, une fosse à cadavres en train de brûler. Qu'ils réussissent ou non, le résultat était le même, il les abattait.

— Laura m'a raconté tout cela.

— Laura était une fille bien.

— Non. Même si je vivais dans le déni, je le reconnais, j'étais la femme la plus heureuse du monde avec un homme qui me vénérait et qui se serait tué pour moi. Elle n'avait pas à décider de mon destin à ma place.

— Vous m'avez dit qu'elle était tombée sur des papiers qui l'avaient traumatisée. Pourrais-je les voir ?

— Impossible. Après la prétendue disparition de Richard, j'ai brûlé tous ses papiers. C'était en allemand, de toute façon. Je ne comprends pas l'allemand.

— Moi, je le comprends très bien. C'est une langue que j'aime beaucoup.

— Où l'avez-vous apprise ?

— J'ai fait mon service militaire en Allemagne, après la guerre. Même si c'était dans un bataillon disciplinaire, à cause de mes antécédents judiciaires, j'en ai gardé un bon souvenir. »

Muguette se leva :

« Dans ce cas, vous allez pouvoir me dire ce qu'il y a dans un petit carnet qui a échappé à mon autodafé. Richard l'avait dissimulé à l'intérieur d'une Bible, dans notre bibliothèque de Mazargues. Il se trouve maintenant dans le tiroir de ma table de chevet. »

Elle partit le chercher.

40

Hormis la teinte blondasse que les ans avaient imprimée sur le papier, le petit carnet était bien conservé. Pas la moindre écornure. Charly Garlaban prit une page au hasard et commença à la lire à haute voix, après avoir vérifié l'année. C'était en 1943, quand Richard Moll officiait dans le camp de Birkenau.

21 janvier
Il fait trop froid. J'ai eu les doigts des pieds et des mains gelés toute la journée. Ce n'est pas un temps pour travailler dehors, mais il y a eu plein de gros arrivages, aujourd'hui. On a de plus en plus de mal à suivre le rythme.

22 janvier
Je pense qu'il ne faudrait pas amener plus de 5 000 Juifs par convoi. Nous sommes débordés et nous ne pouvons plus faire face. Surtout par ce temps. Tout le monde est ramolli. Je l'ai dit à mon chef. Il est d'accord avec moi et va en parler au Kommandant.

24 janvier
Toujours les mêmes cadences infernales. Je suis trop fatigué et on ne travaille pas bien quand on est fatigué. Je me sens comme un automate.

Ce matin, j'ai récupéré un petit oiseau blessé. Je l'ai gardé dans ma poche toute la journée. Je le réchauffe mais il me semble bien qu'il me réchauffe aussi.

25 janvier
Je n'ai pas osé dormir avec le petit oiseau, de peur de l'écraser. Je l'avais donc mis dans une boîte, près du lit. Quand je l'ai ouverte, ce matin, il était mort. J'ai eu du mal à l'enterrer, car la terre était dure comme de la glace.

Les installations de gaz sont tombées en panne. Les services techniques étaient dépassés, comme d'habitude. C'était la cohue. Les Juifs ont attendu leur tour pendant des heures, dans le couloir de la mort.

28 janvier
Profitant d'une baisse des arrivées, nous avons fait procéder au nettoyage de la gare et de la voie où les cadavres s'accumulaient. Au bout d'une heure, je sentais la mort et j'avais envie de vomir. Dieu merci, trois trains remplis à ras bord sont venus interrompre notre tâche. Ce soir, j'avais encore un dégoût dans la bouche et je n'ai presque rien mangé.

2 février
Ce n'est plus du travail, c'est de l'abattage. Je suis crevé et j'ai attrapé un gros rhume.

4 février
Je suis en arrêt maladie. Mon rhume s'est transformé en angine, doublé d'une sinusite. J'ai très mal dormi la nuit dernière. J'avais trop de mal à respirer. Le médecin m'a dit qu'il me donnerait des comprimés pour ce soir, mais il ne vient pas. Je ne peux rien lui reprocher. Il est comme nous tous ici : sur les dents. Il a trop de travail. Ce n'est pas humain.

11 février
Je suis guéri. Je le sais, parce que je me suis réveillé ce matin avec la faim au ventre, et que je n'en ai plus marre des pommes de terre qu'on nous sert tout le temps. Aujourd'hui, j'en ai bien mangé 2 kg.

14 février
Bonne journée. Nous avons battu notre record de Juifs sans nous en rendre compte et le Kommandant est venu nous féliciter, mon chef et moi.

15 février
Il y a eu un miracle ce matin. Quand les Sonderkommandos sont venus vider la chambre à gaz, ils ont entendu des vagissements, au milieu des cadavres. C'était un bébé qui avait survécu. Un beau bébé juif, de sexe féminin. Elle tétait sa mère au moment du gazage. C'est la succion qui l'a protégée. Un collègue l'a tuée bêtement, alors qu'elle aurait pu servir à la science.

L'Immortel hocha la tête. Non seulement ce journal était mal écrit mais, en plus, il mettait en évidence une bêtise abyssale.

Muguette Moll gardait les yeux baissés. Elle pensait sûrement la même chose que Charly, mais préférait le lui dissimuler. Feu son mari était un butor. Pour qu'elle l'aime, il avait fallu que l'amour de Richard pour elle fût immense.

« Il vous aimait beaucoup, n'est-ce pas ? demanda Charly.

— Oui. Quand je l'ai connu, je me détestais.

— Qu'est-ce qui vous attirait chez lui ?

— Son amour pour moi, c'est sûr. Pour le reste, je ne pourrais vous dire. Ce sont des choses qu'on ne peut pas mettre en paroles.

— Vous n'avez jamais douté ?

— Il y a une phrase qui résume bien mon état d'esprit dans le Cantique des cantiques : "Les grandes eaux ne peuvent éteindre l'amour et les fleuves ne le submergeraient pas." Eh bien, la vérité sur son passé nazi ne pouvait rien non plus contre cet amour. C'est une femme de gauche qui vous le dit, cher monsieur. »

Un petit silence s'écoula. Muguette servit un troisième pastis à Charly, puis :

« Vous me comprenez ?

— Oui et non.

— Il était moins stupide que ce qu'il écrivait, vous savez.

— Je vous crois volontiers, dit Charly qui n'en pensait pas un mot.

— Mais dès que vous serez parti, je brûlerai ce carnet. Je ne savais pas que c'était quelque chose d'aussi... d'aussi... »

Elle ne termina pas sa phrase et but une rasade si grande qu'elle toussa, à plusieurs reprises, après avoir retiré le verre de ses lèvres. Charly attendit qu'elle eût terminé d'éclaircir sa voix, puis demanda :

« Avez-vous plus d'indulgence pour Laura, maintenant ?

— Non. Il y avait quelque chose de noir en elle. Quelque chose qui me glaçait le sang. Je la soupçonne, par exemple, d'avoir essayé de tuer le commissaire qui enquêtait sur la mort de mon mari. »

L'Immortel avança ses narines flairantes :

« Qu'est-ce que vous racontez ?

— Je crois que c'est elle qui lui a tiré dessus. Ce commissaire nous tournait tout le temps autour, à Laura et à moi. À l'époque, on avait déjà cessé de se parler et il allait de l'une à l'autre, excité comme un cochon qui a senti des truffes. Un matin, il est venu me voir avec un collègue. Il avait noté des tas de contradictions dans le témoignage de Laura, il semblait convaincu qu'elle avait assassiné mon mari. Le lendemain, qu'est-ce que j'apprends ? Que ce pauvre homme a été victime d'une tentative de meurtre et qu'il était entre la vie et la mort. Bizarre, non ?

— Et comment s'appelait ce commissaire ? »

Elle parut absorbée un moment :

« Rasdone. Oui, c'est cela. Rasdone.

— Et son collègue ?

— C'était le futur mari de Laura.

— Le commissaire Estoublon ? demanda l'Immortel.

— Oui, mais il n'était pas encore commissaire.

— Après ça, Estoublon a étouffé l'affaire, puis épousé Laura, c'est bien ça ?

— C'est ma conviction. »

Il regarda sa montre avec l'air de celui qui a une urgence :

« Il est tard. Merci. Je dois rentrer. »

41

Il était minuit quand Charly appela Marie sur son portable pour lui annoncer qu'il arrivait devant sa maison, au vallon des Auffes. Sa voix tremblait d'excitation.

À peine la commissaire eut-elle ouvert la porte que Charly commença à tout lui raconter. Un récit qu'elle avait du mal à suivre, tant elle était ensommeillée. Comme une petite vieille, elle s'appuya à deux reprises contre le mur quand elle se rendit avec l'Immortel dans la cuisine, pour faire un café.

Elle semblait ailleurs avec ses yeux battus, pendant qu'il déroulait son fil. Le passé nazi de Richard Moll, le père de Laura, dans le camp de Birkenau. Les accusations de Muguette contre sa fille qui, après avoir assassiné son géniteur, avait tenté de tuer le commissaire chargé de l'enquête sur la disparition du paternel pour épouser, ensuite, son adjoint, Thomas Estoublon. C'est ainsi que l'affaire avait été classée.

« Quelle histoire ! »

C'était tout ce que Marie trouva à dire, puis à répéter, en regardant couler la cafetière. Il faisait trop noir dehors et ils avaient l'esprit trop occupé pour apercevoir l'ombre aux yeux brillants qui écoutait à la fenêtre. Elle portait quelque chose sur la tête, une capuche, une casquette ou une cagoule, ce qui ne pouvait manquer d'étonner, par ce temps. À l'affût dans la pénombre du jardin quand l'Immortel descendit de sa moto, elle s'était ensuite rabattue derrière la maison.

Marie retrouva toute sa tête après son deuxième café. Charly, qui était comme toujours au pastis, lui avait fait part de sa crainte qu'elle ne puisse, après, se rendormir, mais elle le rassura :

« Je prends juste du café pour ne pas m'écrouler devant vous. Je sors d'une journée tellement harassante… »

Marie lui apprit qu'elle avait mis un nom et un visage sur l'homme qui était derrière l'assassinat du petit Maxime Thubineau. Elle n'avait pas encore de preuves, mais disposait déjà d'un faisceau de présomptions.

Il fallut longtemps à l'Immortel pour arracher à Marie l'identité du commanditaire présumé du meurtre du garçon.

« C'est qui ? répétait-il d'une voix de plus en plus triste. Allez, faites-moi confiance. »

Elle finit par se pencher et murmurer un nom, les yeux baissés. Il poussa un gros soupir. Elle ajouta qu'elle connaissait aussi l'identité du complice de Ricky Esposito pour le meurtre du petit Maxime : elle le soupçonnait depuis longtemps, mais la police scientifique venait d'établir sa culpabilité de façon formelle.

Quand elle lui eut donné son identité, Charly s'exclama :

« Je le savais. Je vais essayer de trouver vite son adresse. Ce sera une question d'heures. Je vous enverrai un SMS. »

La commissaire avait les yeux qui ondulaient comme des étoiles errantes. L'Immortel finit son pastis et se leva brutalement :

« Allez, je vous laisse dormir, maintenant. »

Il sortait du vallon des Auffes quand il entendit un coup de feu et sentit quelque chose lui effleurer l'épaule. Il appuya sur l'accélérateur de sa moto et il y eut encore deux détonations.

Son cœur cognait très fort contre les murs de sa poitrine, tandis que sa moto, à pleins gaz, l'emmenait à l'Évêché. C'était un réflexe, chez lui. Chaque fois qu'il ne se sentait pas en sécurité, il allait chercher la protection de la maréchaussée, du côté de l'hôtel de police.

Après avoir vérifié que sa blessure était bénigne, une éraflure qui avait troué son blouson et brûlé sa chair, il appela Marie. Elle mit du temps à répondre et quand il lui eut appris ce qui s'était passé, elle observa :

« C'est le signe que nous sommes sur une bonne piste.

— Vous pensez que c'est le "lessiveur" ?

— Non. Le "lessiveur", lui, ne travaille qu'au couteau. »

Quelques minutes plus tard, Marie arriva avec une trousse d'urgence et nettoya la plaie de l'Immortel avec cette douceur qui est l'autre mot de l'amour.

Cette nuit-là, il aimait tant Marie qu'il ne put rentrer chez lui pour retrouver les bras de sa compagne. Il prit une chambre d'hôtel.

42

Quand il entra dans la salle de réunion, William-Patrick Bézard affichait un air victorieux, mais sa joie avait ravivé son tic à l'épaule. Il ne tenait plus dans sa peau.

Avant même de s'asseoir, il donna la parole à Marie Sastre qui répéta tout ce qu'elle lui avait rapporté, dès potron-minet, au téléphone. Autrement dit, les dernières révélations de l'Immortel et, d'abord, cette tentative de meurtre par Laura, en janvier 1998, contre le commissaire Rasdone, qui enquêtait sur la disparition de son père.

« Il faut retrouver d'urgence ce commissaire, commenta le directeur de la police judiciaire. Il doit avoir des choses à raconter. »

Il jeta un regard circulaire autour de la table :

« Qui le connaît parmi vous ? »

Le commissaire Papalardo leva l'index :

« Il n'y a que moi, je crois. »

Les autres hochèrent la tête.

« C'était un type un peu spécial, reprit Papalardo. Un ronflon qui râlait surtout contre ses chefs. Mais ce n'était pas un mauvais bougre. Il était juste un peu trop entier, si vous voyez ce que je veux dire. À cran, voilà le mot que je cherchais.

Il travaillait tout le temps, comme un malade. C'était aussi un mange-bon Dieu qui ne ratait jamais une messe ni un match de l'OM.

— Amenez-le-nous rapidement, dit Bézard. Je compte sur vous, Papalardo.

— Vous pouvez, monsieur le directeur. »

William-Patrick Bézard se rengorgea. Il adorait qu'on l'appelât ainsi. Après leur avoir donné satisfaction, Christophe Papalardo se tourna vers la commissaire Sastre :

« Et peut-on savoir quelles sont tes sources ?

— Je suis comme les journalistes. Je ne donne jamais mes sources. Quand on les trahit, elles se tarissent.

— N'est-ce pas l'Immortel, ta balance ? »

La commissaire Sastre éprouva, soudain, une furieuse envie de se gratter. C'était comme si tout son eczéma venait de se réveiller, sous les aisselles, dans la nuque, derrière les genoux. Elle regarda Christophe Papalardo droit dans les yeux :

« Je ne sais pas de quoi tu parles.

— Les écoutes téléphoniques nous disent que Charly Garlaban s'est rendu chez toi à deux reprises, ces derniers jours.

— Et alors ? Qu'est-ce que ça prouve ?

— On t'a également vue hier soir avec lui, à côté de l'Évêché.

— Tu es décidément bien renseigné.

— Il était blessé.

— C'est exact.

— Blessé gravement ? demanda Bézard.

— À peine, répondit Marie.

— Et par qui ? reprit le directeur.

— Par un nervi de Chiocca, selon toute vraisemblance. »

Le directeur jeta un œil sur son portable qui clignotait, puis donna la parole, avec une déférence appuyée, à Marie :

« À propos, je crois que vous avez encore quelques informations à nous donner, commissaire Sastre... »

Christophe Papalardo regarda Marie avec l'air du chien à qui on a pris son os.

« Tout en travaillant sur le "lessiveur" avec vous, dit Marie Sastre, je suis en train d'avancer à grands pas dans cette histoire d'assassinat du petit Maxime Thubineau. A priori, c'est une affaire parallèle, mais j'ai toujours pensé qu'elle pouvait être imbriquée dans celle qui nous occupe ici : Thomas Estoublon enquêtait en effet dessus quand sa femme a été tuée. Première coïncidence. La deuxième, c'est qu'un dossier de la plus haute importance, semble-t-il, s'est volatilisé après le meurtre.

— Et qui concernait-il ? demanda Bézard qui, apparemment, connaissait la réponse.

— Toutes les hypothèses sont possibles, ça pourrait même être Chiocca. »

Tout le monde se regarda comme si Marie venait de lâcher un gros mot. Même si Charles Chiocca jouait au patelin, son nom faisait peur à Marseille. À cause de sa puissance, de ses méthodes et de ses petits yeux cruels qui révélaient sa vraie nature. C'était un grand pourvoyeur de subventions. Le tireur de ficelles. Le chouchou des médias. L'ami de Bézard.

Enfin, le copain plutôt, car le directeur de la police judiciaire ne semblait pas troublé outre mesure par les soupçons qui pesaient sur Chiocca.

Dans la salle de réunion, l'air était électrique, comme à l'approche des dénouements, quand tous les fils d'une affaire sont enfin reliés et que paraît, soudain, la vérité. Le commissaire Papalardo, beau joueur, arborait un sourire jusqu'aux oreilles.

« Peut-on imaginer, dit-il, que ce soit un tueur à gages qui ait été chargé de récupérer le fameux dossier d'Estoublon et en même temps d'assassiner sa femme pour lui donner une leçon ?

— Vous me l'avez enlevé de la bouche, s'écria Bézard, au comble de l'excitation. C'est plus que probable. On peut penser qu'il ait pris goût à ça et qu'il soit devenu ensuite notre tueur en série.

— On le tient ! s'exclama le commissaire Karim Chérif.

— N'allons pas trop vite », corrigea Camille Uhlman.

Marie Sastre aima le regard paternel que la « profileuse » avait posé sur elle, à cet instant. Elle hocha la tête avec un air d'enfant timide, puis se lança en parlant très vite, d'une voix essoufflée :

« Je le répète, je crois qu'il y a un lien entre l'assassinat de Maxime Thubineau et l'affaire du "lessiveur". Thomas était un grand policier, vous le savez tous. Mais il travaillait en solo, notre "Christ du Vieux-Port", et dans la parano la plus totale. Il voyait des complots partout avec des ramifications qui remontaient jusqu'à l'Évêché. Sans doute était-il convaincu que nous étions tous des stipendiés. C'est pourquoi il avait deux dossiers sur l'affaire du petit Maxime. L'un avec rien dedans, pour la galerie, au bureau, et l'autre, le vrai, tout à fait explosif, qu'il gardait toujours avec lui. Dessus, il avait écrit OM, pour ordures ménagères, histoire de brouiller les pistes, mais l'assassin de sa femme ne s'y est pas laissé prendre. »

Le commissaire Papalardo opina. Apparemment, il ne croyait plus que Laura Estoublon avait été tuée par son mari. Cet homme irait décidément très loin : comme Bézard, il ne s'attachait à rien, ni aux gens ni aux idées.

« Thomas avait découvert le pot aux roses, continua Marie Sastre. En tout cas, je le sens. J'ai essayé de reconstituer son enquête, épluché les dépositions ou les écoutes. Rien. J'ai bossé aussi sur le petit cadavre qui avait été conservé à la morgue. Avec la police scientifique dont je tiens à saluer le travail, nous l'avons littéralement décortiqué. Jusqu'à ce que nous trouvions un indice, il y a trois jours. Un cheveu dans une croûte de sang, sur le cou de Maxime. J'ai fait rechercher l'ADN et la réponse est arrivée très tard hier soir. »

Elle s'arrêta là avec un sourire à peine perceptible, pour faire monter la pression.

« Allez, dis-nous, c'est qui ? demanda Karim Chérif.

— Un certain Peppino Repato. Une petite frappe. Il a déjà plusieurs condamnations à son actif. Pour des larcins assez minables, comme une tentative d'extorsion de fonds sur une dame de quatre-vingt-douze ans. Il est soi-disant gérant d'une société d'import-export, on le voit beaucoup sur le port, il magouille au syndicat des dockers.

— Pour le compte de Chiocca ?

— Rien ne le prouve. Il a longtemps été proche d'Aurélio Ramolino.

— Et quand est-ce qu'on l'explose, ton Repato ?

— Dès que je saurai où il loge. »

La commissaire Sastre consulta son portable. Le nom de Charly s'affichait sur la messagerie.

« Je viens de recevoir un SMS, dit-elle. Je crois que c'est ça... oui... son adresse, c'est... quai du Port... »

William-Patrick Bézard se leva et interrompit Marie d'un geste de la main :

« Je vous propose qu'on aille cueillir cet individu de ce pas... »

43

L'autre jour, je me soleillais à la terrasse d'un café, place aux Huiles, quand un vieillard ébouriffé s'est arrêté et m'a dit en pointant sur moi son regard globuleux :

« Je vous connais, vous. Comment vous appelez-vous ? »

Ma mémoire d'éléphant ne me trompe jamais, je ne connaissais pas cet individu. Mais je n'ai pas voulu le contrarier. J'ai répondu ce qui me sortait par la tête :

« Je m'appelle Le Goël, Joël Le Goël.

— C'est cela, a-t-il fait avant de s'éloigner. Je me souviens. »

Depuis, j'ai décidé que je m'appellerai comme ça. J'ai toujours eu un faible pour le prophète Joël qui, dans son Livre, annonce que le Seigneur fera retomber sur la tête de tous les ennemis des enfants d'Israël le mal qui leur a été fait.

J'ai toujours eu un faible aussi pour le Goël de la Bible, autrement dit le rédempteur, le protecteur, le vengeur de sang, « celui qui rachète ». Et comme lui, je continuerai à exécuter les ordonnances de justice du Seigneur, dans le livre de l'Exode : « Œil pour œil, dent pour dent, main pour main, pied pour pied, brûlure pour brûlure, plaie pour plaie, meurtrissure pour meurtrissure » (XXI, 24 et 25).

Quand j'ai sonné à la porte de Peppino Repato, au premier étage d'un immeuble qui donne sur le Vieux-Port, je me suis donc annoncé ainsi :

« Joël Le Goël.

— Qui êtes-vous ? a demandé une voix derrière la porte.

— Un ami de votre sœur. Y a un problème. »

Il est tombé dans le panneau. Il a ouvert la porte et il s'est pris aussitôt une décharge de Taser qui l'a cloué au sol.

Une fois entré, j'ai fermé la porte, puis tiré son corps jusqu'au salon avant de le ligoter sommairement. Je l'ai fouillé. Il avait un couteau à cran d'arrêt dans la poche et un Glock sous la chemise. Je les ai fourrés dans mon blouson. Après avoir vérifié qu'il n'y avait personne dans son appartement, ce qui fut vite fait, je lui ai ensuite expédié un second coup de Taser, pour le principe. C'était une petite nature, il ne supportait pas.

J'ai attendu qu'il retrouve ses esprits pour lui demander :

« Je voudrais savoir ce qui s'est passé avec Maxime Thubineau.

— C'est pas moi.

— C'est qui ?

— Je ne sais pas.

— Et ses parents ? Qui les a tués ?

— Je croyais qu'ils s'étaient suicidés.

— C'est la version officielle. En vrai, ils ont été assassinés. Savez-vous par qui ?

— Je ne sais pas non plus. Je n'ai rien à voir avec tout ça. Je suis un syndicaliste. Il faut que j'aille à la manif des dockers. Laissez-moi partir, je suis attendu. »

J'ai poussé un gros soupir, puis :

« J'ai cru comprendre que vous n'appréciez pas les décharges de Taser.

— C'est mauvais pour mon cœur. Je fais de la tachycardie.

— Désolé, mais il faut que vous le sachiez, vous recevrez d'autres décharges si vous continuez à vous foutre de ma gueule. »

Il transpirait à grosses gouttes et une grimace affreuse traversa son visage :

« Laissez-moi réfléchir.

— La vérité se dit. Elle ne se réfléchit pas.

— Je vais vous la dire. C'est Ricky qui a tué Maxime. Pour le compte de l'Immortel.

— Non, pour le compte de Chiocca. Il avait un mobile, lui.

— Ne soyez pas obsédé par Chiocca, c'est un homme d'affaires, il est au-dessus de ça. »

Il avait dans la voix quelque chose de plaintif qui me dérangeait. Je lui ai demandé de se comporter comme un homme et non comme tous ces criminels, assassins de femmes, d'enfants ou de vieillards, qui ne pensent qu'avec leurs jambes, et encore, quand ils ne se sont pas tout de suite transformés en flaques. Les tueurs ont la larme facile dès lors qu'il s'agit de pleurer sur leur sort ou leur enfance malheureuse. Il m'a répondu qu'il était difficile d'être courageux quand on est plus entravé qu'une bête. J'en suis convenu avant de lui promettre de le libérer dès qu'il aurait cassé le morceau.

Je ne crois pas qu'il m'ait cru. Mais il a préféré faire comme s'il avait confiance en moi. Au point où il en était, il n'avait pas le choix.

« Allez, ai-je insisté en passant au tutoiement, raconte-moi tout, tu verras, tu te sentiras mieux après.

— Il faut que je rassemble mes idées. »

Je pense qu'il disait vrai. En inspectant son nez, un instant plus tôt, je m'étais rendu compte qu'il avait des narines pourries de cocaïnomane. Avec ses yeux fuyants et ses lèvres tombantes, il était l'incarnation vivante de la veulerie et de la fourberie. Le couteau me démangeait.

« Je n'y suis pour rien, finit-il par dire. C'est Ricky qui a tué le petit. Jamais je n'aurais dû aller avec lui. J'avais pris une ligne et fumé trop de pétards, le matin, et dans ces cas-là, j'ai tendance à perdre ma personnalité. Je ne sais pas dire non, je n'ai plus de volonté, je deviens gentil, ramollo, ratapla...

— Comment Maxime a-t-il été assassiné ?

— On ne devait pas le tuer, mais juste l'enlever.

— Pour le compte de qui ?

— C'est Ricky qui savait. Moi, je n'étais qu'un simple exécutant. Il était prévu qu'on garde le minot quarante-huit heures pour impressionner les parents, et qu'on le relâche après. Je n'en sais pas plus, je vous jure.

— Je ne te crois pas. C'était toi le patron de Ricky, tu avais pris le contrôle de son cerveau, il t'obéissait au doigt et à l'œil.

— La plupart du temps, oui, c'est vrai, je donnais les ordres, mais pas cette fois-là. Car c'est lui qui avait apporté l'affaire. Un travail rapide, pas fatigant et bien payé, je ne pouvais pas refuser.

— Tu mens. »

J'ai sorti mon couteau, un Laguiole à lame longue, d'une grande beauté. Peppino porta sur moi un regard de veau mourant :

« C'est toi, le "lessiveur" ?

— Tu verras bien. Ça dépendra de ce que tu diras. »

Comme il n'avait pas bien compris ma réponse, et pour cause, il répéta la question. J'ai souri :

« N'aie crainte. Si tu es un homme bien, je ne te ferai pas de mal. Je suis un homme juste. Allez, continue.

— Si les choses ont mal tourné, c'est à cause du gosse. Une vraie plaie. De loin, il avait une bonne tête d'enfant de chœur. Mais de près, c'était de la graine de chapacan. Le genre qui répondait tout le temps, sournois et mal élevé. Il nous a insultés, mordus, griffés, vous ne pouvez pas imaginer. On a été très patients, Ricky et moi.

— Comment est-il mort ? Allez, au fait !

— C'est un accident, un malheureux accident. Le soir, il a demandé qu'on le détache pour aller caguer.

— Parce que vous l'aviez attaché ?

— Oui, avec une chaîne et un cadenas, à un radiateur, comme on fait toujours dans ces cas-là. Le problème, c'est qu'à peine détaché, le minot s'est jeté sur Ricky et lui a mordu la cheville. Jusqu'au sang. »

Il n'avait plus de salive dans la bouche. Il parvenait encore à parler, mais sa langue lui collait souvent au palais, ça ralentissait son élocution. C'était la peur, je sentais son odeur acide, une odeur de vieille pisse, qui émanait du petit corps qui gisait à mes pieds.

« Encore un effort, Peppino, dis-je. Que s'est-il passé après ?

— Ricky s'est énervé. Et quand il s'énervait, on ne le tenait plus. J'ai essayé de le calmer, mais y a rien eu à faire. Je crois bien que ce jour-là aura été le pire jour de ma vie.

— N'en faites quand même pas trop.

— Je vous le jure. J'étais tellement furieux que je n'ai pas voulu l'accompagner quand il est allé jeter le cadavre de Maxime à la décharge.

— Pourquoi à la décharge ?

— Quand il l'a emporté dans un sac-poubelle, il ne m'a pas dit où il allait. J'ai lu dans les journaux qu'il l'avait jeté aux ordures.

— On pourrait penser que c'était un message de Chiocca, le patron des décharges, au père de Maxime, le préposé aux ordures de la ville, qui n'acceptait plus ses diktats.

— Je suis sûr que Chiocca n'a jamais été mêlé à tout ça.

— S'il n'y est pour rien, pourquoi t'a-t-il téléphoné plusieurs fois par jour pendant cette période ? »

Peppino eut l'air étonné et révolté :

« Qu'est-ce qui te permet de dire ça ?

— Le dossier de police que j'ai en ma possession.

— On se téléphone de temps en temps, en effet. Où est le mal ? »

C'est à cet instant qu'on a tambouriné à la porte :

« Ouvrez ! Police ! »

Mon cœur a fait un bond qui m'a soulevé de mon siège. J'ai ouvert la fenêtre et filé par le balcon. Quand j'ai sauté, je n'en menais pas large. Je suis sûr que je me serais fait prendre s'il n'y avait eu, au même moment, une manifestation braillarde de dockers qui, dans un enchevêtrement de drapeaux et de banderoles, se dirigeaient vers l'Hôtel de Ville. Je me suis fondu dedans avant de filer par la rue de la Prison en direction du Panier, là où on ne retrouve jamais personne.

44

Après avoir fait sauter la porte d'entrée, l'équipe d'intervention pénétra, l'arme au poing, dans l'appartement de Peppino Repato, quai du Port.

Marie Sastre se précipita la première dans le salon, suivie de ses collègues, les commissaires Chérif et Papalardo. Quand elle vit la fenêtre ouverte et le petit corps ligoté au pied du canapé, elle poussa un cri :

« Mon Dieu, non ! »

Elle venait de comprendre que le « lessiveur » leur avait échappé. Marie Sastre courut, avec Chérif et Papalardo, jusqu'à la balustrade d'où, après avoir jeté un regard circulaire sur la manifestation de dockers, elle put vérifier que le tueur en série s'était bien volatilisé.

En retournant dans l'appartement, la commissaire eut une expression de surprise quand elle vit le visage de l'homme entravé :

« Abdel ! Que fais-tu là ?

— J'étais la prochaine victime. Jusqu'à ce que tu arrives.

— Tu as complètement changé. Tu es beau comme ça. »

Il ne portait plus de lunettes ni de bonnet. Un buisson de cheveux un peu crépus lui poussait sur le crâne. Il faisait beaucoup plus jeune.

Elle coupa les fils qui nouaient les mains d'Abdel, s'agenouilla près de lui et l'embrassa sur le front.

« Je le connais, dit-elle à ses collègues. C'est Abdel Baadoun, le journaliste.

— D'investigation, précisa-t-il. À ce propos, j'ai une information importante. Ce fumier m'a donné son nom. Il s'appelle Joël Le Goël. »

Elle répéta pour les autres, d'une voix que l'excitation faisait trembler :

« Vous avez entendu ? Le "lessiveur" s'appelle Joël Le Goël. "

Tandis que le commissaire Chérif finissait de couper les fils qui entravaient les pieds d'Abdel Baadoun, Marie Sastre caressait les cheveux de son ex avec une compassion qui ressemblait à de l'amour. Il était bien mieux sans son bonnet fétiche. Elle adorait ses frisottis.

« Que voulait-il ? demanda-t-elle.

— M'égorger. »

En aidant Abdel Baadoun à se relever, Karim Chérif lui demanda, la narine méfiante :

« Vous vous appelez vraiment Abdel Baadoun ?

— Oui, c'est son nom, répondit pour lui Marie Sastre.

— Vous ressemblez beaucoup à Peppino Repato que j'ai interpellé il y a deux ans, remarqua Karim Chérif.

— On me l'a déjà dit.

— C'est étrange, insista le commissaire en le dévisageant. Vous permettez que je regarde vos papiers ? »

Marie Sastre soupira. Elle le trouvait lourd. Mais bon, Karim Chérif, musulman généreux et tolérant, était la dernière personne qu'elle aurait pu accuser de racisme. Il n'oubliait jamais de rappeler qu'il vénérait Allah, bien sûr, mais aussi Moïse, Jésus et la Vierge Marie. Les trois, disait-il, figuraient dans le Coran, tout comme l'archange Gabriel qui, depuis la nuit des temps, se promène d'une religion à l'autre.

Abdel se dirigea vers la chaise du salon où était posé son blouson de cuir noir Gucci et en fouilla longuement les poches avant de laisser tomber :

« Je ne comprends pas, mes papiers ne sont plus là. »

Une inspiration éclaira son visage :

« Attendez, ils sont sûrement dans ma chambre. »

Marie Sastre et Karim Chérif l'accompagnèrent. C'était une grande pièce où tout était en style provençal. Les meubles, les couleurs (jaune et bleu), jusqu'aux motifs des rideaux et du dessus-de-lit (des brins de lavande).

« Félicitations, dit Marie. Tu es bien installé.

— Je me débrouille.

— En plus, tu fais ton lit.

— Non, c'est ma femme de ménage qui le fait. »

Pendant qu'il cherchait ses papiers dans le tiroir de la commode, elle s'assit sur le bord du lit et son regard fut attiré, comme aspiré, par une lettre qui se trouvait sur la table de chevet. Quand elle lut l'adresse, quelque chose se mit à couler au-dedans d'elle et son visage pâlit, tandis que son cœur battait du tambour.

Sur l'enveloppe était écrit :

Peppino Repato
66, quai du Port
93001 Marseille

Plusieurs secondes s'écoulèrent, comme des siècles, jusqu'à ce qu'elle se lève d'un trait et se dirige vers lui en marmonnant :

« Allez, ça va, on a compris : c'est toi, Peppino Repato.

— Moi ?

— Toi. Tu m'as bien eue.

— Tu es complètement folle, Marie. »

À cet instant, Christophe Papalardo entra dans la chambre. Il avait un passeport à la main.

« Vous n'avez pas bien cherché, dit-il à Abdel. J'ai retrouvé ça dans votre blouson. »

Il tendit le passeport à ses deux collègues, puis demanda à Abdel Baadoun :

« Comment vous appelez-vous ?

— Je ne comprends pas votre question.

— Vous vous appelez Abdel Baadoun, comme vous le prétendez, ou Peppino Repato, comme l'indique votre passeport ?

— C'est une longue histoire.

— Vous allez nous suivre et nous la raconter à l'Évêché. »

Marie laissa ses deux collègues monter dans la voiture avec Peppino. Consciente d'avoir atteint, avec cet amour, le comble du ridicule, elle ne se sentait pas en mesure de souffrir la vue de son ex. Pendant le trajet, elle se vengea, à sa façon, sur l'eczéma de son aisselle gauche où proliféraient des papules et des vésicules suintantes. Elle se gratta tant que ses doigts étaient pleins de sang quand elle les retira du dessous de son bras.

À peine arrivée à l'Évêché, Marie fila aux toilettes où elle resta longtemps, sur le siège, dans la position du *Penseur* de Rodin, en se grattant l'aine, cette fois. Mais elle n'arrivait pas à fixer ses idées, s'il lui en restait encore. C'était comme si cet épisode l'avait vidée de son sang. Elle avait l'énergie d'un tas de viandes mortes.

Alors qu'elle retournait à son bureau, Marie tomba sur Camille Uhlman qui lui attrapa la main :

« Tu n'as pas envie de prendre l'air ? »

La commissaire ne répondit pas mais la suivit sans opposer de résistance. Après la main, la « profileuse » lui serra le bras, sitôt qu'elles furent sorties de l'hôtel de police. C'était bien, cette chaleur contre elle. Marie se sentait épaulée et même protégée. Elles marchèrent ainsi sans parler vers la mer, sur l'esplanade Saint-Jean, puis remontèrent jusqu'à la place du Château-Joly.

« Veux-tu que je te montre mon appartement ? » demanda Camille.

Marie hocha la tête et se laissa mener jusqu'au troisième étage d'un immeuble biscornu. Avant même d'ouvrir la porte, Camille prit sa tête à deux mains et lui coula un long baiser.

Quand elle eut fermé la porte, Camille la conduisit dans la chambre et l'invita à s'asseoir sur le bord du lit où elle la déshabilla avec des manières d'homme pressé.

« Il y a longtemps que j'attends ce moment », dit-elle, essoufflée.

Elle transpirait des cordes. Elle n'avait pas encore enlevé la culotte et les chaussettes de Marie, ni retiré ses propres vêtements qu'elle jetait déjà sa bouche contre le cou de la commissaire, puis sur ses épaules, jusqu'aux tétons qu'elle suça avant de descendre sur son ventre en poussant des petits cris étouffés, comme ceux d'un animal qui en appelle un autre, dans une haie champêtre.

Rien ne semblait en mesure d'arrêter cette soif qu'elle avait de Marie qui restait immobile et interdite sous l'onde des baisers.

Quand Camille découvrit une plaie humide entre les jambes de Marie, puis une deuxième, et encore une autre, la commissaire lui expliqua que c'était de l'eczéma.

« Tu es allergique à quoi ? demanda Camille. À la vie ?

— Non, j'aime simplement me gratter. »

Pour lui prouver que tout lui plaisait chez elle, Camille embrassa les lésions rouges et gonflées dans les plis de son aine, avant de se consacrer à son entre-deux qu'elle parut, par moments, dévorer.

Après l'amour, les deux femmes restèrent longtemps sur le lit, nues et côte à côte, sans rien dire, en regardant le plafond.

« Je veux t'épouser, finit par murmurer Camille.

— Mais nous nous connaissons à peine.

— Je veux que tu sois ma femme. Je te demande ta main. »

Elle prit la main de Marie et posa un baiser dessus. Un silence passa, puis la commissaire laissa tomber :

« Je crois que tout ça est un peu prématuré. Il faut que je réfléchisse.

— Je te rendrai heureuse.

— Tu serais bien la première.

— Essaie. »

Quand elle rentra à l'Évêché, Marie avait envie de vomir. Non pas à cause du plaisir que lui avait donné Camille, ni de la part de pizza aux anchois qu'elle venait d'avaler. C'était toujours l'humiliation infligée par le prétendu Abdel Baadoun qu'elle ne digérait pas.

Elle s'enferma à nouveau dans les toilettes où elle resta plus de trois quarts d'heure à pleurer doucement. Plusieurs fois, on tenta d'entrer en tournant la poignée de la porte. Marie se demanda si ce n'était pas la même personne quand, après avoir tambouriné, une secrétaire demanda si elle en avait encore pour longtemps.

« Apparemment », répondit Marie dans une espèce de grognement, en veillant à rendre sa voix méconnaissable.

Quand elle sortit des toilettes, elle ramassa ses affaires et rentra chez elle. Après avoir téléphoné à son médecin pour lui demander un congé maladie, elle but la moitié d'une bouteille de porto, un reste de grenache et plusieurs verres de gentiane de Lure, puis s'allongea sur son lit, pour une petite sieste. Il était dans les quinze heures. Alexis ne rentrerait pas de l'école avant une heure et demie.

Elle fut réveillée vingt minutes après par un coup frappé à la fenêtre.

C'était Charly Garlaban. Elle se frotta les yeux avec un petit sourire cassé, puis, le visage chiffonné et les jambes engourdies, alla à la porte pour lui ouvrir.

Quand elle apparut dans l'embrasure, l'Immortel retira son chapeau. Il était plus élégant que d'ordinaire. S'il n'avait pas concédé la cravate, il portait toutefois des vêtements repassés. Il s'était, de surcroît, parfumé. L'odeur de verveine qui le précédait grattouillait les narines de Marie.

Au lieu de lui serrer la main comme d'habitude, il embrassa la commissaire, non pas trois fois, ce qu'on fait en Provence pour dire bonjour, mais un bon moment, sur sa joue droite, pas loin de la bouche, en appuyant bien. Elle rougit.

« J'ai appris pour Abdel, dit-il. Si je peux vous aider...

— J'ai été stupide.

— Non. Vous lui avez simplement fait confiance.

— Je n'aurais pas dû. C'est une sacrée leçon. »

Marie lui proposa d'entrer pour boire quelque chose.

« OK pour un café », répondit-il.

Pendant qu'elle préparait le café, il dit qu'elle pourrait toujours compter sur lui. Elle piqua encore un fard.

« Tant que je serai vivant, insista-t-il, personne ne pourra vous faire de mal. »

C'était juste ce qu'elle avait envie d'entendre, à ce moment. Elle bada Charly qui la badait et songea qu'elle aimait tout chez lui. Les yeux transperçants, bien sûr, mais aussi les stigmates de ses « accidents du travail », comme il expliquait. Le bras droit bloqué en équerre, les mâchoires refaites avec une grosse chique du côté gauche et puis aussi les trous de balle à l'arrière du crâne.

Après qu'elle eut servi le café, il posa de nouveau un baiser sur sa joue, à peu près au même endroit qu'avant. Elle avait le bati-bati dans la poitrine et la tremblante ailleurs. Dans les jambes, surtout. Elle regarda l'heure : Alexis ne rentrerait pas avant une heure.

La suite se termina sur le lit, dans la chambre.

45

Le vent était dans un bon jour. Il se contentait de tout caresser. Parfois, quand il tombait sur un visage, il posait des baisers dessus. Ils chatouillaient un peu mais c'était bien.

Comme souvent le matin, Charly Garlaban était assis à la Brasserie de l'OM et regardait le marché aux poissons, sur le Vieux-Port, quand son portable sonna.

« C'est moi, dit une voix de boute-en-train.

— Vous, qui ?

— Celui que tout le monde cherche. Le "lessiveur". Je vous appelle pour vous féliciter.

— De quoi ?

— Vous êtes une sacrée bête d'amour. J'ai pris des tas de photos, hier après-midi. Quelle puissance ! Quelle santé ! Bravo. »

Les joues de Charly Garlaban s'empourprèrent :

« Qu'est-ce que c'est que cette histoire ?

— Baissez le ton, voulez-vous bien. J'ai une série de photos que j'enverrai à la presse et à toutes les autorités si vous n'acceptez pas ce que je vais vous demander. Pour vous, elles sont compromettantes : franchement, je ne sais pas comment Aurélio Ramolino prendrait ça. Mais pour votre petite amie, alors là, ça signerait sûrement la fin de sa carrière dans la police.

— Qu'attendez-vous de moi ?
— Je veux juste vous parler.
— Où êtes-vous ?
— À cinq ou six mètres de vous sur votre droite. »

L'Immortel se tourna et un homme en capuche, avec un sac à l'épaule, lui fit un signe de la main gauche. De l'autre, il tenait son portable à l'oreille.

« Payez votre addition, dit-il, et venez me rejoindre tout de suite. »

Charly obtempéra et se dirigea vers l'homme à la capuche. Jamais il ne l'aurait imaginé comme ça. Grand et du genre balèze, le « lessiveur » semblait bien dans sa peau. Il exprimait la franchise jusque dans son sourire où les dents étaient trop blanches pour être vraies.

Avec son système pileux très développé, il avait, de surcroît, l'air d'un brave ours domestique : ses sourcils faisaient comme des moustaches au-dessus de ses yeux et il portait une barbe de roi mage, qui inspirait confiance.

Il tendit la main :

« Joël Le Goël. Enchanté. J'aimerais faire un tour en mer avec vous pour que nous parlions. Qu'en dites-vous ?

— J'ai des choses à faire ce matin.
— Vous les ferez demain. Que pensez-vous d'une petite virée au phare du Planier ? Vous savez que, de temps en temps, quand on a de la chance, on peut y voir des baleines. »

L'Immortel hocha la tête.

« Pardonnez-moi, reprit le "lessiveur", mais avant que nous partions, j'aimerais que vous vous débarrassiez de votre portable. Je suis sûr qu'il est fliqué.

— J'ai changé de numéro la semaine dernière.

— Un homme comme vous devrait changer de puce tous les jours. La police vous suit à la trace, vous le savez bien. Moi, non, elle ne m'a pas encore identifié. »

Charly retira la puce de son portable et la jeta dans l'eau du port.

Ils se rendirent à un ponton, quai de Rive-Neuve, où les attendait un bateau à moteur flambant neuf. Il semblait sortir des chantiers navals.

« Je préfère vous prévenir tout de suite, dit le "lessiveur", il n'est pas à moi, mais à un grand cardiologue parisien. Je l'emprunte de temps en temps. J'ai les clés. »

Après avoir mis le moteur en marche, le « lessiveur » demanda à Charly de s'asseoir à côté de lui. Dès qu'ils furent sortis du Vieux-Port, il mit les gaz et engagea la conversation en hurlant, à cause du bruit :

« Je veux qu'on travaille ensemble.

— Je ne comprends pas bien, répondit l'Immortel après un silence gêné.

— C'est simple. Je veux que vous m'aidiez à nettoyer Marseille.

— Pardon ?

— Je suis le balai de Marseille et puis aussi sa javel, son estrasse et sa pièce à frotter. Je purge, j'éponge, je débarbouille. Et j'ai décidé d'en finir avec les bédoules, les bordilles et les racadures. Enfin, toutes ces saletés qui déshonorent notre ville.

— Vaste programme, mais j'en suis une moi-même.

— Une saleté ? Non, pas vraiment. Vous êtes meilleur qu'on croit.

— Meilleur et pire.

— C'est justement parce que vous êtes pire que vous pouvez me donner un coup de main, vous et votre ami Aurélio Ramolino.

— Il n'aime pas qu'on prononce son nom.

— Je sais et je m'en fous. Je veux régler son compte à l'affreux Chiocca et je sais que vous pouvez m'aider. »

Il y eut un nouveau silence. L'Immortel réfléchit en avalant le vent tiède qui lui cinglait la figure, avant de répondre par une question :

« Pourquoi vous adressez-vous à nous ?

— Parce que votre ami et vous êtes ses pires ennemis et qu'il est en train de prendre le dessus sur vous. Nous avons les mêmes intérêts. En tout cas pour l'instant.

— C'est possible.

— Non, c'est sûr.

— Mais nous n'aimons pas ce genre d'action, dit Charly. Depuis quelque temps, on est dans les affaires. Nous sommes rangés, vous savez.

— À force de rester rangés, vous serez bientôt morts. Vous n'avez pas compris ça ? »

L'Immortel tourna la tête. Il resta sans rien dire un moment, les yeux perdus là-bas, dans les îles du Frioul, sur sa droite. Elles prenaient toute la lumière, ce matin-là. On aurait dit des soleils qui se levaient sur la mer.

« Je ne vous demande pas de participer directement à mon opération, finit par dire le "lessiveur". J'ai juste besoin de renseignements et aussi d'un appui logistique.

— J'avais bien compris.

— C'est un très gros poisson pour un seul homme.

— Je verrai avec mon ami ce que nous pouvons faire.

— Je veux une réponse aujourd'hui.

— Vous l'aurez.

— Comment ?

— Je vous la laisserai sur un papier enroulé que je scotcherai sur une chaise au dernier rang, à l'église Saint-Victor. Un pizzini, comme on dit à Naples. Y a pas plus sûr pour passer les messages.

— Réfléchissez bien. Si jamais vous refusez ma proposition, il vous arrivera des ennuis, des gros ennuis. »

Ils échangèrent quelques banalités sur le temps, les grèves et Marseille, jusqu'à ce qu'ils atteignent l'île du Planier.

C'était un gros piton décoiffé par les vents, qui trône au milieu d'un cimetière d'épaves sous-marines. Dessus, ont vécu longtemps des chèvres sauvages. On en a compté jusqu'à vingt-quatre. Elles buvaient de l'eau de mer. En quelques expéditions, les viandards du continent ont fini par les éradiquer.

Sur l'île, ils marchèrent autour du phare qui les toisait du haut de ses soixante-cinq mètres. Pas de baleine à l'horizon. Le « lessiveur » invita Charly à s'asseoir et à se sustenter. Il avait apporté, dans son sac, des sushis, des sashimis et des canettes de bière.

Il avait une drôle de façon de manger. Il semblait en avoir après sa nourriture comme ces chiens qui dévorent leur viande rouge avec une expression de rage et de mauvaises lueurs dans les yeux. De temps en temps, il poussait des grognements et ses yeux étaient bordés de rouge, comme s'il pleurait.

L'Immortel décida qu'il s'agissait là des effets du wasabi dont le « lessiveur » abusait. C'était une explication rassurante, encore que Charly ne s'inquiétât pas vraiment. L'homme à la capuche ne lui voulait pas de mal, ça se lisait dans son regard quand il croisait le sien. Il y avait même quelque chose de touchant en lui.

« Pourquoi faites-vous tout ça ? finit par demander Charly.

— Je ne sais pas.

— Il y a bien une raison.

— Je suis obligé.

— Par qui ? Par quoi ?

— Il y a des choses que je n'accepte plus. Nous vivons dans une société qui excuse tout. Moi, je ne pardonne rien.

— Quel besoin avez-vous de faire souffrir vos victimes à ce point ? »

Le « lessiveur » ne répondit pas. Il avait laissé ses yeux traîner sur la mer et elle ne les lui rendait pas. Son regard resta fixe un moment et ça lui donna l'air idiot.

Charly Garlaban résistait à l'envie de lui tomber dessus et de lui casser la tête contre les pierres. Il lui était d'autant plus facile d'y résister que cette envie était vague et molle, comme l'haleine du grand large. Il était sûr, au surplus, que le « lessiveur » portait une arme sur lui, au moins un couteau. Pour être courageux, l'Immortel n'en restait pas moins réaliste.

Soudain, alors que le rouge lui montait aux joues, le « lessiveur » se mit à marmonner dans sa barbe. Des horreurs, à en juger par ses grimaces.

Il semblait en colère contre le monde entier, mais pas particulièrement contre Charly.

« Je sais ce que vous ressentez, dit l'Immortel. J'ai souvent éprouvé ça...

— C'est-à-dire ?

— Eh bien, l'envie de se venger.

— De se venger de quoi ?

— C'est à vous de me le dire.

— Je crois que vous faites fausse route. »

Le « lessiveur » avait parlé sur le ton de celui qui clôt une conversation mais l'Immortel insista :

« Même si vous cachez bien votre jeu, vous êtes plein de ressentiment. Il a longtemps fermenté en vous avant de posséder votre être tout entier. C'est comme une maladie. Il a pris la place de tout le reste, il dicte votre conduite. »

L'homme à la capuche planta ses deux yeux dans les siens, puis laissa tomber :

« J'aimerais que vous arrêtiez de m'infliger votre psychanalyse à deux balles, d'autant que j'ai des choses sérieuses à vous dire. Comme vous l'avez compris, je suis débordé et je ne peux plus tout faire moi-même. En gage de bonne volonté, je vais vous donner une information importante sur quelqu'un qui vous intéresse beaucoup : Richard Moll.

— Comment savez-vous qu'il m'intéresse ?

— Parce qu'il intéresse la commissaire Sastre. »

Un grand sourire remua ses poils de barbe et il montra son oreille sous sa capuche :

« Et puis aussi parce que rien ne m'échappe. J'ai des antennes.

— Voulez-vous insinuer que vous avez écouté mes conversations avec Marie ? demanda l'Immortel.

— Je suis sûr que vous me pardonnerez mon indélicatesse parce que je vais vous annoncer une grande nouvelle : Richard Moll est vraisemblablement vivant. En tout cas, il l'était il y a encore quelques semaines.

— Et le cadavre dans le jardin de Mazargues ? Ce n'est pas le sien ?

— Non. J'ai vérifié.

— Comment ?

— J'ai vérifié. »

Il planta ses yeux plus profond encore dans ceux de l'Immortel :

« Et je n'aime pas qu'on me pose des questions. J'ajoute que Laura n'a pas tué son père. Elle en aurait été bien incapable. Elle l'aimait trop.

— Je croyais qu'elle le détestait.

— Vous vous êtes fait abuser par cette comédienne de Muguette, comme tout le monde, comme ce pauvre commissaire Estoublon, un vrai couillon, celui-là. La mère et la fille étaient de mèche. Laura était très fière de son père. La preuve, l'aigle du Reich tatoué sur ses fesses.

— C'est vrai, l'aigle, ça ne collait pas avec tout le reste.

— Si j'ai un conseil à vous donner, allez un jour du côté de Lauris et suivez sa mère. Elle vous mènera jusqu'à la cachette de son mari si ce salaud n'a pas déjà clapoté, ce qui est toujours possible, vu son âge. J'ai essayé de l'espionner, mais elle m'a repéré. Je comptais y retourner, mais bon, je vous laisserai volontiers régler cette affaire puisqu'elle vous tient tant à cœur, apparemment. »

En l'observant, Charly se demandait qui pouvait être cet homme sous cette barbe et cette capuche. L'idée lui traversa l'esprit que ce pourrait être Chiocca, à cause de la taille et de l'autorité qui étaient les mêmes. Mais non, il la chassa aussitôt.

Il décida même qu'elle était absurde quand le « lessiveur » se mit à vitupérer Chiocca.

*
* *

Pour le dessert, l'homme à la capuche avait apporté un paquet de gaufrettes à la vanille. Il les engloutissait par paquets de quatre ou cinq en déblatérant contre la corruption en général et contre Chiocca en particulier. « La fausseté incarnée, disait-il. La preuve par quatre que le mal, le vrai, se présente toujours sous le visage du bien. »

N'empêche que ce personnage avait quelque chose de Chiocca. La même désinvolture déambulatoire. La même confiance en soi et en son étoile.

Le repas terminé, le « lessiveur » sortit de sa sacoche une série de photos et les passa à Charly. Il y avait sur les unes Charles Chiocca dans différentes circonstances et sur les autres une belle femme blonde avec des longs cils, un regard coquin et une bouche d'aristocrate hédoniste.

« Est-ce bien la maîtresse de Chiocca ? demanda le "lessiveur".

— Oui, c'est elle, répondit l'Immortel. Alessandra Navigato. Une riche héritière. La petite-fille du fondateur des parfums Castiglione.

— Merci. C'est tout ce que je voulais savoir. »

Quand ils rentrèrent en direction du Vieux-Port, le vent était tombé. La mer, huileuse, faisait la morte et l'air semblait du beurre.

C'est à la hauteur de la rade d'Endoume que le « lessiveur » commença à faire preuve d'un comportement anormal. Il avait des impatiences dans la gorge et dans les jambes. Des gaz, la cagarelle, une envie de pisser ou un pet qui lui courait, Dieu savait quoi.

Soudain, n'y tenant plus, il s'écria en regardant le ciel, entre des bruits de gorge ou de bouche :

« Tchoutchou ! Fumier ! Tromblon ! Connard ! Cabestron ! Garamaoude ! Jobastre ! Ordure ! Broque ! Crapule ! Djedji ! Salopard ! Je te rouinterai et je te crèverai avant de te caguer dessus. »

Il continua jusqu'à ce qu'à bout de salive et de gros mots, il se frotte les yeux, puis soupire :

« Excusez-moi, ça me prend de temps en temps, mais ce n'est rien, juste un trouble obsessionnel, la maladie de Gilles de la Tourette. Ne croyez pas que vous étiez visé. Ça me vient comme ça et il faut que ça sorte. Désolé. »

Il avait vraiment l'air désolé.

« Oh, j'y pense, ajouta-t-il, pris d'une inspiration subite. Vous m'avez reproché tout à l'heure de faire souffrir mes victimes. Ne croyez-vous pas que ce n'est qu'un juste retour des choses après tout ce que nous faisons endurer aux bêtes, dans les abattoirs ? Nos ventres sont pleins de souffrances. C'est pourquoi on a si souvent la digestion difficile. »

*
* *

Le soir, après avoir pris congé du « lessiveur », l'Immortel appela la commissaire Sastre pour lui raconter son excursion au phare du Planier. Pas de réponse. Ensuite, il déposa un pizzini sous un siège de l'église Saint-Victor avec un seul mot dessus : « Non ». Puis, de retour dans sa cache du quartier de la Belle de Mai, il chercha sur Internet des informations sur le syndrome de Gilles de la Tourette, du nom de cet élève de Charcot qui, en 1885, le décrivit pour la première fois.

Il apprit que c'était une maladie neurologique, caractérisée par une avalanche de tics moteurs et vocaux. Des reniflements, des contorsions, des aboiements, des spasmes involontaires, mais aussi des insultes ou des propos obscènes, ce qu'on appelle la coprolalie. C'est comme si on avait une bête sauvage en soi et qu'on n'arrivait pas à la contrôler.

Mozart, Dickens et Kafka, entre autres génies, étaient atteints de cette affection mystérieuse qu'attisent le stress, la fatigue et l'anxiété. Une personne sur deux mille environ serait touchée. S'il se faisait soigner et s'il était répertorié, voilà peut-être qui permettrait, songea Charly, d'identifier le « lessiveur ». Avant de se coucher, il appela à nouveau Marie. Son portable sonna encore dans le vide.

Il s'endormit après avoir écouté le début de *L'Élixir d'amour* de Donizetti. Il avait des disques d'opéra dans toutes ses caches. D'opéra italien seulement. À ses yeux, les autres n'étaient que des contrefaçons, des hérésies blasphématoires.

En hommage à sa famille maternelle, originaire de Sorrente, près de Naples, il aimait dire que les Italiens étaient des Français plus doués. En tout cas, pour la cuisine, la peinture et l'opéra.

46

Le lendemain, à sept heures du matin, quand la femme de ménage entra dans la villa d'Alessandra Navigato, sur les hauteurs de Cassis, elle fut surprise par l'odeur de parfum qui régnait à l'intérieur. Une odeur de cocotte pas raffinée, des fragrances d'épicerie.

« Bonjour », cria-t-elle.

Pas de réponse. Elle avait l'habitude. La politesse n'était pas le fort de Mlle Navigato. En plus, elle était souvent absente. La femme de ménage aimait dire que sa patronne avait tant de résidences qu'elle ne savait plus où elle habitait. Les maisons, c'est comme l'amour. Quand on en a beaucoup, c'est qu'on n'en a pas.

Elle ouvrit tout de suite les fenêtres pour chasser l'odeur. Après quoi, elle enfila sa blouse, mit l'aspirateur en marche, empoigna le manche et ne pensa plus à rien. Tels sont les effets des vibrations électriques. Elles vous emmènent au-delà du monde.

C'est une heure et quelques plus tard, quand elle pénétra dans la salle de bains pour la briquer, que la femme de ménage découvrit Alessandra Navigato, nue, la gorge tranchée, dans la baignoire.

Elle avait les yeux verts, plus immobiles que de l'eau dormante, la bouche entrouverte, vaguement moqueuse, et de longs cheveux d'or qui coulaient de ses épaules jusque sur la chair laiteuse de ses mamelles. Plus qu'une beauté, une apparition.

On aurait dit qu'elle posait pour l'Histoire. N'étaient sa blancheur et sa plaie au cou, on ne se serait douté de rien, tant son visage semblait apaisé, comme quand on sort d'un bon bain. Il y a des gens qui craignent tant la mort qu'ils cherchent à s'enfuir quand elle arrive. Ils rendent donc l'âme à contrecœur, le visage tordu par la peur. Apparemment, ça n'avait pas été le cas d'Alessandra Navigato.

« Quelle belle femme ! s'exclama, en la voyant, Marie Sastre qui avait été dépêchée sur la scène de crime.

— Bou Diou, tu l'as dit ! » approuva le commissaire Chérif qui l'accompagnait.

Sur l'épaule, la victime portait les traces de deux harpons de Taser : le crime était signé.

Après les premières constatations d'usage, la commissaire Sastre fut étonnée de trouver au pied de la baignoire, dissimulée sous une serviette de bain, une pile de photos représentant Charles Chiocca. À la terrasse d'un restaurant, promenant son chien ou arrivant au bureau.

« Je crois, dit-elle, qu'il va falloir rendre une petite visite à ce monsieur.

— C'était sa maîtresse.

— Je sais. Il aura sûrement des choses à nous dire. »

Marie Sastre prit les photos de sa main gantée et les glissa dans un sac en plastique :

« Avant toute chose, on va envoyer ces photos au labo pour voir s'il n'y a pas d'empreintes dessus.

— À quoi bon, puisque le "lessiveur" ne laisse jamais d'empreintes ?

— Un jour, tu verras, il commettra une erreur. »

Les experts de la police technique et scientifique passèrent au crible la villa de Cassis. Parmi leurs prises, il y eut quelques poils, plusieurs cheveux, des graines de pollen, un peu de tissu et des empreintes de semelle. Sur les « traces odorantes », en revanche, ils firent à nouveau chou blanc : comme d'ordinaire, les bergers allemands du groupe « odorologie » ne reconnurent pas le parfum laissé par le « lessiveur ». Il en avait encore changé.

À quatorze heures trente, quand le directeur de la police technique et scientifique (PTS) communiqua ses premiers résultats par téléphone, la commissaire Sastre finissait sa quatrième pizza napolitaine de la journée. La vie l'avait trop déçue, manger la rassurait, et, après tout, mieux valait mourir d'indigestion que de tristesse.

Le directeur de la PTS, un grand amateur de voile, la franchise faite homme, n'avait pas le même ton que d'habitude. Il pesait ses mots, il semblait gêné.

« D'abord, dit-il, il y a du sperme dans l'utérus d'Alessandra Navigato.

— Au moins un indice. Et alors ?

— Ça prendra du temps, mais on va chercher et on va trouver. »

Un silence, puis :

« Il faut que je vous parle aussi des empreintes digitales sur les photos. On les a identifiées.

— C'est intéressant ?

— Très.
— Et je peux savoir qui c'est ?
— Charly Garlaban. »

Elle resta un moment sans rien dire. Si mourir consiste à se vider de tout, de son sang, de son corps, de ses pensées, alors, Marie mourut. Enfin, quelques secondes, pas plus. Après ça, elle ressuscita.

Le directeur de la PTS avait senti un malaise, à l'autre bout du fil :

« Y a un problème ?
— Je ne comprends pas votre question. Que voulez-vous insinuer ?
— Rien. Rien du tout. »

La conversation terminée, elle enfourna le reste de pizza et, la bouche pleine, informa les commissaires Papalardo et Chérif avec un air si malheureux que les deux lui prirent tour à tour l'épaule.

47

Il était quinze heures vingt. C'était un samedi, le jour du marché bio à Lauris. Les paysans du canton vendaient leurs fruits et légumes, sous un ciel tombé très bas. Il était cafardeux, plein de nuit, mais il ne pleuvait encore que des hirondelles et des corbeaux. Les oiseaux voletaient en poussant des cris qui n'auguraient rien de bon. Des mauvaises nouvelles, apparemment.

L'Immortel était juché sur sa moto, à cinquante mètres de là. Il suivait des yeux Muguette Moll qui, à cet instant précis, posait un cageot de pêches dans le coffre arrière de sa voiture. Pour autant qu'il avait pu voir, elle avait déjà chargé des courgettes, des aubergines, des salades et des fromages de chèvre.

Après quoi, elle démarra, prit la direction du village et s'arrêta devant la boulangerie avant d'aller à l'épicerie. Elle repartit ensuite à petite vitesse sur la route de Cavaillon où, très vite, elle bifurqua à droite, vers Puget-sur-Durance, un village qui dégouline, au milieu des broussailles, sur les flancs du Luberon.

Elle monta très haut dans la montagne avant de s'enfoncer dans un chemin de terre qui partait dans les vignes jusque dans une forêt de pins. Charly Garlaban gara sa moto dans un taillis, à l'abri des regards. Il ne s'agissait pas que Muguette Moll le repère, maintenant qu'il était si près du but.

Il suivit le chemin à pied. Au bout d'un kilomètre, il aperçut la voiture devant un bastidon à moitié abandonné et attaqué de partout, par le lierre, les ronces et les figuiers. Après s'être dissimulé derrière des buissons, il attendit, comme un chasseur à l'espère.

Les herbes gémissaient sous le vent et, parfois, un beuglement affreux sortait du ventre de la montagne, qui pétrifiait tout. Le ciel noircissait. Charly redoutait qu'il ne crève et ne déverse sur lui son fleuve de bave haineuse mais non, l'orage ne se lâcha pas. Il se réservait pour plus tard.

On entendait des coups de tonnerre et des tremblements affolés de la terre, de l'autre côté de la montagne, quand, une heure et demie plus tard, Muguette Moll sortit du bastidon et monta dans sa voiture. Charly Garlaban attendit un moment, puis s'avança.

Il frappa longtemps à la porte. Pas de réponse ni même un bruit derrière.

« Ouvrez, hurla Charly, je sais qu'il y a quelqu'un. »

Il songeait à défoncer la porte quand un vieil homme lui ouvrit. Grand et très raide, le regard un peu rêveur et le teint bien fleuri, il portait une chemise et un pantalon en velours côtelé. Même s'il s'appuyait sur une canne, on ne pouvait lui donner quatre-vingt-dix ans. Il y avait quelque chose de juvénile chez lui, jusque dans le visage qu'il devait tartiner de crème de beauté parce qu'il avait une peau de bébé, tendre comme un museau d'agneau.

« Plaît-il ? demanda-t-il avec un fort accent allemand.

— Je suis à votre recherche. Je m'appelle Charly Garlaban.

— Et qui cherchez-vous ?

— Vous. Richard Moll. »

Le vieil homme ne se démonta pas. Aucun signe d'affolement sur son visage. Au contraire, il sourit en tendant la main à Charly.

« Enchanté, monsieur. Muguette m'a beaucoup parlé de vous. Entrez. »

La maison, tout en meubles anglais, était bien tenue. Elle sentait la lavande et l'encaustique.

« J'ai ce qu'il faut pour vous, dit le vieil homme en brandissant une bouteille de pastis. Muguette m'en a acheté, pour le cas où vous me rendriez visite. »

Quand les verres furent remplis et qu'ils eurent trinqué, Charly demanda :

« Alors, comme ça, toujours vivant ? »

C'était idiot, mais il n'avait rien trouvé d'autre pour engager la conversation.

« Comme vous voyez, répondit Richard Moll avec des yeux rieurs.

— Et qui a été enterré à votre place, dans le jardin de Mazargues ?

— Un clochard.

— Vous l'avez tué ?

— Pas vraiment. Il était presque mort.

— Presque ?

— Oui, presque. Quand Laura lui a donné un coup de maillet sur la tête, juste avant que je le recouvre de terre, il n'a même pas réagi. »

L'Immortel fut pris au dépourvu par la crudité du vieil homme : le mensonge est une affection de la jeunesse ; il disparaît avec l'âge, quand on n'a plus rien à perdre. Charly finit lentement son verre, pour se donner le temps de la réflexion, puis :

« Je ne comprends pas. Vous dites que vous avez fait ça avec Laura. Vous n'étiez pas en guerre tous les deux ?

— Bien sûr que non, monsieur. Qui vous a raconté ça ?

— Votre femme. »

Tout en servant un deuxième pastis à Charly, Richard Moll secoua la tête :

« Puisque Muguette m'a indiqué qu'elle avait confiance en vous, je vais vous dire la vérité, moi. Tout a commencé il y a une dizaine d'années. À la suite d'une plainte déposée par quelques gauchistes malfaisants, la justice allemande a décidé de me juger et la police a lancé un mandat d'arrêt contre moi. Oui, la police de mon pays parce que j'avais servi jusqu'à la limite de mes forces, sans jamais faiblir, en bravant la mort et le froid. Je ne pouvais l'accepter. Il fallait que je disparaisse, comprenez-vous. Cinquante ans après les faits, je n'allais pas rendre des comptes alors que j'avais déjà été jugé après la guerre et qu'en plus, on prescrit tout, de nos jours. Tout, y compris les crimes de sang. »

Il se pencha vers Charly et murmura comme un secret :

« Et puis, je suis un autre homme. Je ne me ferai plus avoir par Hitler.

— Pourquoi ça ?

— Il y avait beaucoup de choses qui me gênaient chez Hitler. Sa violence. Sa haine existentielle. Son côté capricieux. Mais je passais dessus parce que, comme moi, il aimait les animaux, les paysages de montagne et les enfants. Ses ennemis disent que c'était dans cet ordre. Moi, je ne crois pas. Même s'il a commis beaucoup d'erreurs, cet homme était d'une grande humanité. Je me sentais en communion avec lui, que voulez-vous. D'autant qu'il partageait aussi ma passion pour les forêts, la peinture et la musique classique. »

Il y eut un silence et il se mordit les lèvres en tapotant le bout de sa canne contre le carrelage :

« Excusez-moi, mais j'ai perdu le fil.

— Vous commenciez à parler de ce qui s'est passé il y a dix ans.

— Quand j'ai appris que les autorités allemandes me recherchaient, je me suis caché dans un studio qu'on avait sous-loué et ma femme a fait une déposition au commissariat pour dire qu'elle s'inquiétait pour moi. Que je faisais depuis longtemps un ramollissement cérébral et qu'elle ne m'avait pas vu depuis une semaine. On pensait être tranquilles. Eh bien, non. Y a un flic qui a commencé à nous tourner autour. Une espèce d'ayatollah surexcité. Commissaire Rasdone, il s'appelait. Déjà, ce nom ne m'inspirait pas confiance. Il interrogeait les voisins, fourrait ses pattes partout. Jusqu'à ce qu'un jour il convoque Laura à l'hôtel de police. Il lui a dit : "Je sais que votre père est vivant, je vais le traquer aussi longtemps qu'il le faudra et je le retrouverai." C'est là qu'elle a décidé de le tuer. Elle pensait qu'il n'y avait pas d'autre solution. Sinon, il nous aurait pourri la vie. Elle a fait semblant d'être de mèche avec lui, elle a inventé toute cette histoire de mauvais rapports avec moi et, un soir de grand brouillard, vous appelez ça de la purée de pois, elle lui a donné rendez-vous au parc Borelly. C'était un guet-apens. Je lui avais appris à tirer, avec mon vieux Luger. Elle a visé la tête et l'a touché du premier coup. Elle a vérifié qu'il était mort et s'est enfuie. Sauf qu'il n'était pas mort. Après ça, elle a épousé le collègue de Rasdone qui enquêtait sur la tentative de meurtre, ce pauvre Thomas Estoublon.

— Il ne savait pas que Laura était coupable ?

— Non. Elle avait bien mené son affaire. C'était une fille très organisée qui ne faisait jamais d'erreurs. Par exemple, pour fixer le rendez-vous du parc Borelly, elle avait appelé d'une cabine téléphonique. Après le crime, elle a été placée en garde à vue, évidemment, mais les policiers n'ont trouvé aucun élément contre elle. Pas l'ombre d'un indice. Ils l'ont relâchée. »

Sa voix chevrotait et son visage s'était couvert de larmes. Il bavait un peu aussi. Il sortit son mouchoir et s'essuya les lèvres, puis les joues.

« Voilà qui était ma fille, reprit-il. La plus belle chose qui me soit arrivée. Une sainte. Elle s'est sacrifiée pour moi. Je crois qu'elle était très malheureuse avec son commissaire. Il était plein d'aigreur, cette aigreur des gens bêtes et vertueux qui n'ont rien compris au monde. Enfin, pour ce qu'elle m'en disait parce que je n'ai jamais rencontré ce monsieur.

— Qui a tué Laura ?

— Je n'en ai pas la moindre idée. Si j'en crois la presse, ce devrait être ce type qu'on appelle le "lessiveur". Encore un malade, celui-là. Il y a de plus en plus de fous, vous ne trouvez pas ?

— Je ne sais pas. »

Charly Garlaban avait dit ça sur un ton qui avait jeté un froid. Il y eut un silence que Richard Moll mit à profit pour se moucher.

« Qu'allez-vous faire de moi ? » demanda-t-il.

L'Immortel l'observa avec un air de deux airs :

« Que me proposez-vous ? »

Tout en réfléchissant, Richard Moll se frotta les yeux contre son revers de manche. Soudain, il était si vieux qu'il semblait avoir été oublié là depuis des siècles.

« Je n'ai plus l'âge de rendre des comptes à la justice, dit-il. Encore moins de me laisser enfermer. Je ne vois que deux solutions. Soit vous me tuez, soit je me tue.

— Je préfère la seconde solution.

— Comme vous voudrez, monsieur. Au moins serai-je mort vivant.

— Les déportés n'ont pas tous eu cette chance.

— Ne ramenez pas toujours tout à ça. Je suis un homme comme vous, monsieur. J'ai aussi des sentiments. Croyez-moi, j'aurais préféré que le Führer applique son plan "Madagascar" et transfère là-bas quatre millions de Juifs, comme c'était initialement prévu, au lieu de les exterminer comme il a fait. Je ne sais pas si ça aurait changé le cours de l'Histoire, mais ç'aurait été bien mieux pour tout le monde. »

Richard Moll était en colère : ça se voyait au feu dans ses yeux et aux tremblements dans ses mains. Quant à sa voix, elle montait dans les aigus, comme celle d'une vieille dame acariâtre.

« Voyez-vous, monsieur, si on nous avait laissé mener à bien le plan "Madagascar", il n'y aurait pas eu ces camps de la mort et les polémiques incessantes qui ont suivi. Tout ça à cause de l'Occident qui n'a cessé de nous compliquer la tâche. Il nous a poussés aux solutions extrêmes, il ne nous a jamais donné notre chance. Franchement, vous croyez que ça m'amusait de me peler de froid ou de voir ce que j'ai vu à Birkenau ? Même le Reichsführer SS Himmler a pleuré quand il a visité Auschwitz, c'est un fait historique. Il était comme moi, que voulez-vous. Ce n'était pas un sadique. Il trouvait que nos méthodes manquaient d'humanité. »

Charly Garlaban se leva :

« Je crois que j'en ai assez entendu pour aujourd'hui.

— Je comprends que mes propos vous gênent. Ce sont des choses qu'on n'a pas le droit de dire, de nos jours. Ce n'est pas politiquement correct.

— Vous avez tout ce qu'il faut pour faire ce que vous avez à faire maintenant ?

— J'ai tout ce qu'il faut, monsieur, dit Richard Moll. Avant, je voudrais appeler Muguette.

— Non, écrivez-lui. Ce sera mieux. »

Quand Richard Moll s'assit à son bureau pour écrire sa lettre à Muguette, l'Immortel sortit son Glock. Il n'avait pas confiance. Il craignait que l'ancien SS ne sorte un revolver de son tiroir.

La lettre terminée, Charly alla à reculons jusqu'à la porte, l'arme à la main, en tenant Richard Moll en respect. Il n'était pas sûr d'avoir bien fait. Mais il ne se sentait pas de livrer ce vieillard à la police.

Le ciel était laiteux désormais, et l'air coulait dans les corps comme de la crème. Charly attendit dans le jardin le coup de feu qui éclata quelques minutes plus tard. Il songea un moment à aller vérifier que Richard Moll était bien mort et puis non, c'eût été une perte de temps et il n'avait pas de temps à perdre.

Après la détonation, il y eut un mouvement de peur parmi les feuilles et les oiseaux, puis chacun retourna à ses occupations.

48

« Qu'est-ce qui vous arrive ? demanda Charly. J'essaie de vous joindre depuis hier après-midi.

— J'avais cassé mon portable, répondit Marie Sastre. Je viens d'en changer.

— Je voulais vous dire que tout s'accélère, j'ai appris des choses importantes... »

C'est ainsi que l'Immortel entama sa conversation avec Marie Sastre. Elle se sentait coupée en deux quand Charly lui raconta au téléphone sa visite à Lauris. D'un côté, elle était heureuse : la découverte de Richard Moll présageait du dénouement, quand toutes les pièces d'un dossier commencent à s'imbriquer. De l'autre, elle se mangeait les sangs en se demandant comment annoncer à Charly qu'un mandat d'arrêt venait d'être lancé contre lui : il était devenu le suspect numéro un dans l'enquête sur le meurtre d'Alessandra Navigato.

Quand elle lui apprit la nouvelle, Charly la commenta avec fatalisme :

« Encore heureux qu'on ne me colle pas d'autres crimes sur le dos.

— Mais pourquoi y a-t-il vos empreintes digitales sur des photos qu'on a retrouvées au domicile de cette pauvre fille ?

— Répétez-moi, répondit-il, après une hésitation.
— Vous avez bien entendu.
— Ce sont des photos d'elle et de Charles Chiocca, n'est-ce pas ?
— Exactement, dit Marie. Comment sont-elles arrivées là ?
— Parce que le "lessiveur" les a laissées chez elle.
— Avec vos empreintes ! Comment est-ce possible ? »

Il y avait quelque chose de grinçant dans la voix de la commissaire, mais ça n'émut pas Charly :

« Oui, avec mes empreintes. Parce que le "lessiveur" m'a montré les photos et que je les ai regardées sans me méfier. »

La commissaire émit un hoquet à l'autre bout du fil, comme ce bruit de bouche que provoquent, parfois, les uppercuts :

« Pardon ? Vous avez rencontré le "lessiveur" ?
— Oui, j'allais vous le dire, ça faisait partie des nombreuses choses que je voulais vous raconter. Il m'a approché et nous avons parlé. Il voulait que je l'aide à liquider Chiocca.
— Et qu'avez-vous répondu ?
— J'ai décliné, bien sûr. Il m'a menacé de représailles si je refusais de collaborer, mais ne m'a pas détaillé en quoi elles consistaient. »

L'Immortel répondait sur un ton dégagé, vaguement ironique. Rien ne semblait pouvoir l'atteindre. Marie l'avait toujours admiré pour ça.

« Et quel genre d'homme est-il ? demanda-t-elle.
— Une sorte de mystique. Un type en mission, façon vengeur masqué. Très sûr de lui aussi, comme Chiocca, qui sera sa prochaine cible.
— Il faut qu'on se voie aujourd'hui pour en parler.

— Pour en parler ou pour m'arrêter ?

— Ne m'en veuillez pas, mais il faut que je vous quitte là. J'ai des choses urgentes à faire. Je vous rappelle plus tard. »

Sa conversation avec Charly durait depuis six ou sept minutes et William-Patrick Bézard cherchait à la voir depuis tout ce temps. Le patron détestait attendre, il lui fallait toujours le personnel aux pieds, à sa disposition. En désespoir de cause, il avait envoyé sa secrétaire, Nadia, la plus belle fille de l'Évêché, qui faisait des grands signes à Marie derrière la cloison vitrée.

Quand la commissaire entra dans le bureau de Bézard, il était en train de se faire une ligne. Là se trouvait le secret de l'incroyable énergie de son directeur. On le disait cocaïnomane, il en avait tous les tics, mais se droguait au chocolat. Deux ou trois fois par jour, il disposait à la queue leu leu une quinzaine de carrés de toutes sortes, du noir, au lait ou aux éclats de fèves. Il avait un faible pour le grandjua, mais ne crachait pas non plus sur le java, le surabaya ou l'acarigua.

« Vous en voulez ? proposa-t-il.

— Non, merci. Je suis au régime.

— Vous n'avez pas besoin.

— C'est une guerre permanente, vous savez. Je la perds souvent. »

Comme le toxicomane qui fait du prosélytisme, il se lança dans une apologie du chocolat qui développe les capacités intellectuelles ou sexuelles, tout en luttant contre le cancer ou la dépression.

« C'est scientifiquement prouvé », dit-il.

Il engloutit un quartier de chocolat et, avant de le croquer, le suça un moment avec l'air de flotter dans un océan de béatitude.

« Alors ? murmura-t-il, vous vouliez me voir tout de suite parce que vous aviez quelque chose d'énorme à me dire...

— Oui, monsieur le directeur. Les nouvelles se précipitent, en ce moment. La première, c'est que j'ai de quoi impliquer Charles Chiocca dans le meurtre du petit Maxime Thubineau. »

Il y eut un silence, comme un malaise, puis Bézard souffla :

« Je ne comprends pas du tout votre obsession sur cette affaire alors qu'un tueur en série est en train de mettre notre ville à feu et à sang.

— Tout est lié, je vous l'ai déjà dit. Et Chiocca risque d'être la prochaine victime du "lessiveur", justement parce qu'il est impliqué. J'ai des informations sûres là-dessus. »

William-Patrick Bézard fronça les sourcils, puis ouvrit la bouche, mais aucun mot n'en sortit ; au contraire, c'est un carré de chocolat qui entra dedans. Il le savoura avant de demander, la bouche encore pleine :

« Qu'est-ce qui vous permet d'étayer vos accusations contre Chiocca ?

— C'est tout simple : pour ce crime, la culpabilité de Peppino Repato est clairement établie...

— La culpabilité d'Abdel Baadoun, pourriez-vous dire aussi.

— Comme vous voudrez, c'est pareil. Il n'a pas encore avoué, mais son compte est bon avec le cheveu que nous avons trouvé sur le petit cadavre, dans la décharge. Quant à son commanditaire, il n'y a plus de doute, c'était Chiocca, je le sais de façon formelle grâce à l'analyse de la puce du portable qu'utilisait Baadoun au moment des faits.

— Où avez-vous récupéré cette puce ?

— Elle était chez moi, monsieur le directeur. Mon fils Alexis avait volé son portable quand nous vivions ensemble, Abdel et moi. Enfin, vivions ensemble, c'est un grand mot. Disons que nous avons partagé quelques nuits. Avant de revendre le portable, Alexis a gardé la puce qu'il m'a donnée, hier, en apprenant quel genre de personnage c'était. Pour la faire parler, on s'y est tous mis, Karim, Christophe et moi. Ils ont voulu que ce soit moi qui vous donne le résultat de notre travail.

— Et alors ?

— Baadoun appelait souvent Chiocca, mais le jour et le lendemain du meurtre, il lui a téléphoné six fois. Une des communications a même duré plus de quatre minutes. C'est signé.

— C'est plus que troublant, en effet. Vous savez que Chiocca est un ami, on fait du sport ensemble. Mais ce que vous me dites m'interpelle gravement, putain de bordel de merde. »

Le directeur se leva brusquement, sans doute sous l'effet de l'émotion, et commença à tourner en rond, les mains derrière le dos, la tête légèrement baissée, comme pour signifier qu'il réfléchissait. Jusqu'à ce que la commissaire lui dise :

« Je crois que ce serait une erreur de mettre tout de suite Chiocca en garde à vue.

— Pourquoi ça ?

— Parce que je sais qu'il sera l'une des prochaines cibles du "lessiveur".

— Vous avez raison, concéda le directeur en se rasseyant dans son fauteuil. On va se servir de Chiocca comme appât avec un dispositif de surveillance autour.

— Non. Le "lessiveur" risquerait de se méfier. J'ai une autre proposition à vous faire. Je vais essayer de voir Chiocca et s'il veut bien, malgré son deuil, je reste avec lui aussi longtemps qu'il le faudra.

— Jusqu'à l'arrivée du "lessiveur" ?

— C'est ça, opina Marie. Je suis sûre que ça n'est plus qu'une question d'heures.

— Vous êtes formée pour ce genre de travail ?

— Vérifiez, monsieur le directeur. Je suis formée à tout. Et puis, on a été trop nuls dans cette histoire, moi particulièrement. Au point où on en est, il faut bien prendre des risques... »

William-Patrick Bézard mangea sa lèvre inférieure. C'était à cause de son tic à l'épaule qui venait de le reprendre.

« Bonne idée, dit-il. Mais je compte sur vous pour ne parler de ça à personne. Vous avez bien compris que nous allons sortir du champ de la légalité...

— J'ai l'habitude.

— Moi, pas. J'ajoute que je vous donne toute latitude pour le cueillir. Mort ou vif, je m'en fous, mais prenez-le. Je vous couvrirai. Là encore, ceci doit rester entre nous...

— Je suis une tombe.

— Vous m'étonnerez toujours. »

Quand il la raccompagna à la porte, il sembla à Marie qu'il hésitait à l'embrasser. Pas par amour, non, plutôt comme une gratification ou pour lui porter chance. Un baiser de patron. Il se contenta finalement de tapoter la joue de la commissaire, qui s'empourpra.

49

À dix-huit heures dix, en sortant du bureau du directeur, Marie Sastre avait une démarche fière et un sourire victorieux. Il lui semblait qu'elle allait enfin pouvoir effacer toutes ses boulettes. Notamment cette amourette idiote avec Abdel Baadoun. Elle envoya aussitôt un SMS à Charles Chiocca :

« J'ai bien réfléchi. Je suis d'accord pour tout. Revoyons-nous vite. »

La réponse arriva aussitôt sur sa messagerie :

« Tout de suite ? »

Il était ferré. Elle sourit et tapa :

« Où ?

— Chez moi. »

En route pour la villa du Roucas Blanc, Marie téléphona à Charly pour reprendre leur conversation sur le « lessiveur ». Pas de réponse. Il devait être sur sa moto.

À peine une minute plus tard, l'Immortel la rappelait. Il était sur l'autoroute et avait arrêté sa moto sur le bas-côté. À l'autre bout de la ligne, elle entendait les voitures qui passaient, comme des rafales de vent.

« Il prétend qu'il s'appelle Joël Le Goël, dit l'Immortel, mais je n'en crois pas un mot. Ça ressemble à un surnom biblique.

— Nous avons vérifié. Il n'existe aucune personne de ce nom en France. Si, il y a bien une Joëlle Le Goël à Angers, mais nos collègues qui ont été la voir nous certifient que c'est bien une femme, comme son prénom l'indique. En plus, elle ne correspond pas au signalement que nous a donné Abdel : elle mesure un mètre cinquante-trois. »

Pourquoi parlait-elle comme ça ? C'était à l'Immortel de s'exprimer, pour donner ses informations.

« Avez-vous noté quelque chose de particulier ? demanda-t-elle.

— Je sens qu'il est pressé de tuer Chiocca qui incarne tout ce qu'il hait.

— Vous me l'avez déjà dit. Mais y a-t-il un détail qui vous a frappé ?

— Il a une maladie rare... le syndrome de... »

La ligne fut coupée. Marie essaya de rappeler, mais sans succès. Plus de réseau.

Elle fit une nouvelle tentative. Toujours rien. Elle recommencerait plus tard. Sa voiture empruntait déjà le petit chemin tortueux qui menait à la villa de Charles Chiocca.

Il attendait Marie à une table de jardin. Dès qu'il vit la voiture arriver, il se leva et s'amena, les bras ouverts, avec cette euphorie forcée, si caractéristique des Méridionaux ou des Américains :

« Je suis tellement content que ce malentendu soit derrière nous. »

Il l'embrassa comme si elle lui appartenait déjà. Pas sur la bouche, mais presque, en caressant sa croupe.

« Il n'y a personne à la maison, dit-il. Juste mon garde du corps. On va pouvoir s'amuser. J'aimais beaucoup Alessandra et j'ai vraiment un cafard terrible. j'ai besoin de me changer les idées. Avec vous, ce sera facile. »

Elle sourit jaune et il fronça les sourcils :

« Tout va bien ?

— Je me sens toute chose. Mais c'est l'émotion. »

Il lui effleura la main en faisant les yeux doux :

« Venez. »

Il l'emmena au pavillon. Elle tremblait, mais de l'intérieur, et marchait lentement en baissant la tête, avec une expression de petite fille punie. Il insista :

« Vous êtes sûre qu'il n'y a pas de problème ?

— Sûre. Je suis venue faire amende honorable et réparer mon manque de courtoisie à votre égard.

— J'aime ce mot, courtoisie. Vous avez remarqué comme il est passé de mode ? C'est une notion qui se perd... »

Elle répondit par un hochement de tête. Il serra sa main très fort :

« Permets-moi de te tutoyer, Marie. »

Elle hocha de nouveau la tête, mais c'était inutile. Charles Chiocca ne lui avait pas demandé la permission, il venait juste de l'informer de son intention. Nuance.

Quand ils furent entrés dans le pavillon, il l'amena, après un arrêt devant la toile de Gerhard Richter, dans la « chambre aux amours », comme il l'appelait. Là, il l'aida à se déshabiller et lui demanda de s'allonger sur la table de cuir noir. Sur le dos, les bras en croix.

Marie s'exécuta. Elle n'avait plus de volonté.

Le portable de Marie sonna. Il lui demanda de l'éteindre, ce qu'elle fit sans même prendre la peine de vérifier qui l'avait appelée.

« J'ai besoin de t'avoir tout à moi, dit-il, comme grisé.

— Je suis à toi. »

Il retira sa veste, mais garda le reste, y compris sa cravate. Il caressa les pieds de Marie, puis remonta jusqu'aux genoux qu'il massa un moment. On aurait dit un boucher tripotant sa viande avant de la désosser. Elle avait la chair de poule.

« Tu as peur ? demanda-t-il.

— Pourquoi aurais-je peur ?

— C'est vrai. Pourquoi donc ?

— J'ai juste froid.

— Je vais te réchauffer. »

Il rit d'un bon rire franc.

« C'est bien, reprit-il, de se détendre de temps en temps. Tous ces problèmes, tous ces gens qui font la gueule, franchement, y en a marre, non ?

— Oui.

— Moi, la chose qui me ferait le plus plaisir, c'est que vous acceptiez de vous laisser attacher. C'est mon kif, tu comprends ?

— Oui.

— J'aime quand tu dis oui, ça m'excite. Peux-tu me le dire souvent encore ?

— Oui.

— Veux-tu faire mon bonheur ?

— Oui.

— Alors, ferme les yeux. »

Elle avait à peine obtempéré en courbant la tête, comme une bête d'abattoir, qu'elle sentit l'acier des menottes se refermer sur ses poignets, avec ce cliquetis si caractéristique. Elle n'avait plus de volonté, mais se demandait si elle ne venait pas de commettre une grosse bêtise en s'étant livrée, nue et sans arme, au bon plaisir de Charles Chiocca.

Il lui mordilla les tétons avec une rage exquise qui chassa, d'un coup, toutes ses mauvaises pensées. Même si elle ne l'aimait pas, avec ses manières de vieux beau plein aux as, elle s'abandonnait à lui, à son menton qui lui labourait la poitrine, à ses dents qui mâchaient le bout des seins, à ses doigts qui lui travaillaient le ventre, jusqu'au bas. Elle se soumettait par devoir, mais c'était un devoir plein d'agréments.

Il se redressa d'un coup et dit, après s'être essuyé les lèvres :

« On va essayer autre chose, si tu veux bien ? »

Il accrocha une chaîne aux menottes et tourna la roue d'un treuil, très vite, sans laisser à Marie le temps de réagir.

Elle n'avait pas le choix. Elle sortit du lit, les bras en l'air, comme aspirée par la poulie, en protestant, avec une expression de stupéfaction :

« Qu'est-ce que tu fais ? »

En guise de réponse, elle n'eut droit qu'à un sourire moqueur. Elle se tenait maintenant debout, les bras en l'air, suspendue à la chaîne, comme une carcasse de mouton, sans pouvoir bouger un pied.

« J'ai mal aux poignets, dit-elle.
— Pardonne-moi. Je vais baisser un peu la chaîne. »

Il lâcha du lest, puis demanda :
« C'est mieux comme ça ?
— Oui.
— Es-tu prête pour la suite ?
— Oui. »

Il mit de la musique. Il la prévint que ce serait surtout du Rn'B : Shy'M, Brandy, Akon ou Beyonce, par exemple.

« Ça tombe bien, marmonna Marie avec un air de chienne battue. Moi aussi, j'adore. Shy'M, surtout. »

Il se cala derrière elle, fourra son nez dans ses cheveux, puis lui mordit la nuque. Jusqu'au sang. Elle poussa un cri qui finit en plainte.

« Mille excuses, murmura-t-il. C'était plus fort que moi. »

Il avait du sang sur la bouche, du sang de Marie. Il sembla apprécier parce que, ensuite, il lécha la morsure avec des bruits de chien qui lape.

Marie était furieuse. Contre elle-même surtout. Elle se disait qu'en allant chez Charles Chiocca, elle avait commis la plus grande erreur de sa vie. Par vanité, par légèreté, par présomption.

Il n'y avait plus rien à faire, désormais, sinon dire oui à tout, pour l'amadouer. Elle était devenue sa chose. Un jeu. Une distraction. Son cœur s'accéléra quand elle se demanda comment tout ça allait finir.

Il la prit dans ses bras et l'écrasa très fort, jusqu'à faire craquer ses os. C'est là qu'un flot de haine inonda Marie : soudain, elle détestait ce corps visqueux, couvert de sueur, qui puait l'ail, la vinasse et l'eau de toilette.

C'est là aussi que Charles Chiocca découvrit l'eczéma de Marie. Derrière l'oreille, d'abord, puis, quand il se fut détaché d'elle pour l'examiner, sous les aisselles, dans les plis de l'entrecuisse et aussi derrière un genou. Il fit la moue :

« Ce n'est pas très érotique.

— Non. »

Il hurla :

« Les femmes passent leur temps à dire non, non pour ceci, non pour cela. Souvent, elles commencent même toutes leurs phrases par non. Ne me dis plus jamais non ! Compris ?

— Oui. »

Il observa un moment une croûte sous l'aisselle de Marie, l'arracha et gratta la plaie qui saigna.

« C'est de l'allergie et la cause de l'allergie, c'est l'aigreur. Pourquoi es-tu aigrie, Marie ?

— Le suis-je ?

— Regarde ton eczéma. C'est aveuglant.

— Je crois que je suis trop sensible. Je sur-réagis à tout.

— Tu vas être gâtée aujourd'hui. »

Il prit le fouet sur le meuble et, avant de commencer à la frapper, lui demanda de dire oui après chaque coup. Elle obtempéra, avec des oui plaintifs et d'autres, stridents, souffrants ou déchirants. Parfois, à la fin, des oui d'agonie.

Après le vingtième coup de fouet qui fut aussi le dernier, Marie demanda :

« Que vas-tu faire de moi ?

— Finalement, je ne sais pas où tout ça nous emmène. Mais je me débrouillerai. J'ai beaucoup de relations. Parfois, c'est vrai, je ne me contrôle pas. N'empêche que je m'en sors toujours. »

Il s'approcha d'elle et la regarda droit dans les yeux, au point que Marie eut le sentiment d'être absorbée un moment par l'encre de son iris.

« Pour éviter de fâcher les esprits, murmura-t-il, je ne le crie pas sur les toits, mais j'ai toujours eu la baraka. C'est un fait. Je ne suis donc pas inquiet pour cette affaire Thubineau. En plus, contrairement à ce que tu crois, ce n'est pas moi qui ai tué ni même fait tuer le petit Maxime.

— Qui t'a dit que je le croyais ?
— Mes oreilles, à l'Évêché.
— Bézard ?
— Tu veux rire ! Mon amitié pour lui, c'est juste de la com. Il est ennuyeux comme la pluie et pète de trouille devant le premier ministrillon venu. Je m'affiche avec lui pour impressionner mes clients et mes partenaires, faire taire les ragots sur mon compte et convaincre les gens que je suis un type honnête, à tu et à toi avec les flics. Mais je n'attends rien de Bézard. Tu devrais plutôt rechercher mes sources du côté du petit personnel. Des secrétaires, par exemple. Elles s'achètent pour rien. Un sac, une montre ou un bracelet. »

Il enleva sa cravate, la noua autour du cou de Marie et commença à la serrer.

« Penses-tu vraiment que je sois assez con pour être responsable de la mort d'un minot de sept ans ? Pour qui me prends-tu ? Je n'en dors plus, de cette histoire... »

Il desserra la cravate pour la laisser répondre.

« C'était un accident, dit-elle. Je n'en ai jamais douté.

— Un malheureux accident à cause de deux tarés qui travaillaient jusqu'alors pour Aurélio Ramolino, pas pour moi : Ricky rappelé depuis à Dieu, et Peppino, rattrapé par la justice. Peppino que tu as très bien connu, je le sais, sous le prénom d'Abdel. Entre nous soit dit, je n'ai jamais bien compris ce que tu pouvais lui trouver, à celui-là.

— Moi non plus.

— Tu me rassures. C'est le genre de type pour les femmes qui se sentent coupables de tout. D'être belles et désirables, par exemple. Je suis sûr que tu entres dans cette catégorie-là. C'est ça qui me tue chez toi. Tu m'escagasses, tu m'engatses, tu m'assassines... »

Il lui caressa la joue un moment avant d'enfoncer ses ongles dedans et de la griffer. Elle poussa un râle étouffé qui sembla le chavirer parce qu'il embrassa ensuite Marie sur la bouche, un baiser pêchu, comme pour la remercier d'avoir gémi.

« Dans mes activités, reprit-il, je suis obligé de travailler avec des chapacans comme Ricky ou Abdel. Le problème, avec les chapacans, c'est que ça s'énerve et que, souvent, ça merde. Il n'était pas prévu qu'ils fassent du mal au petit Maxime, par exemple. C'était juste une intimidation de rien, un message pour le père, une espèce d'écolo débile qui menaçait de me faire un procès pour une histoire d'enfouissement de déchets industriels, dans des conditions soi-disant illégales. Il me persécutait, littéralement.

— Et les parents Thubineau ? Qui les a tués ?

— Il aurait fallu demander à ton ex, ce minus d'Abdel. Encore une de ses brillantes initiatives, ce faux suicide à deux, qui n'a abusé personne. Mais il ne pourra plus répondre, hélas. C'est trop tard.

— Pourquoi ?

— Tout à l'heure, en voiture, j'ai appris à la radio qu'il venait de se pendre dans sa cellule. C'est ce qu'il pouvait faire de mieux. Vous n'êtes pas encore au courant, dans la police ? »

Elle ravala le « non » qu'elle avait failli prononcer et se contenta de secouer mollement la tête.

« Ce n'est pas une perte », dit-il.

Le portable de Chiocca sonna dans la poche de sa veste. Le temps de mettre la main dessus, l'appel était déjà passé en messagerie. Après avoir vérifié de qui il provenait, le maître des lieux commença à se rhabiller :

« C'est une urgence. Je reviens tout de suite.

— Tu me détaches ?

— Pas encore. Un jour, sûrement, tu quitteras ta chaîne, Marie. Mais dans quel état, je n'en sais foutrement rien. »

Il fit un clin d'œil :

« Non, je plaisante. »

Quand il eut remis sa veste, il arrêta la musique, puis tourna un moment autour de Marie. Soudain, alors qu'il était derrière elle, il planta ses dents dans son épaule. Il n'entra pas profondément dans la chair, mais laissa dedans quatre ou cinq empreintes sanglantes. Elle hurla, les yeux agrandis par un mélange de colère, de douleur et de terreur.

Elle tenta de lui donner des coups de pied mais son équilibre était précaire et, au bout du second essai, elle oscillait piteusement au bout de sa chaîne avec les mouvements de jambes précipités des petites filles qui cherchent à descendre de leur balançoire.

« C'est toi, le "lessiveur" ? demanda-t-elle d'une voix essoufflée et angoissée à la fois.

— Possible.

— Réponds. C'est toi ?

— Tu verras bien. »

Il haussa les épaules et, après avoir récupéré sa cravate sur le cou de Marie, la mit autour du sien sans la nouer. Quand il eut fermé la porte, elle entendit une clé tourner. Ce bruit la glaça.

*
* *

Il fallait finir la conversation qu'ils avaient commencée. Charly Garlaban avait appelé Marie une vingtaine de fois. Jamais de réponse. C'était étrange. Ou bien le nouveau portable de la commissaire n'avait plus de batterie, ou bien il était déjà HS, ou bien elle ne voulait pas lui parler, ou bien... Toutes les hypothèses tournaient dans sa tête.

Il ne pouvait même pas aller demander des nouvelles de Marie à l'Évêché. Avec un mandat contre lui, il aurait tout de suite été interpellé. Il avait bien téléphoné à son bureau, mais il était tombé sur un répondeur. Au standard de l'hôtel de police, on avait été incapable de le renseigner. Il craignait le pire.

Quand il arriva à Marseille, vers dix-neuf heures, il s'arrêta à la hauteur du port de la Joliette pour appeler les grands hôpitaux, la Timone, puis la Conception, afin de vérifier qu'une certaine Marie Sastre n'avait pas été admise aux urgences dans les trois derniers quarts d'heure. La réponse avait été négative.

C'était idiot, c'était l'amour. Il se disait qu'il était arrivé quelque chose à Marie, mais se méfiait de cette intuition : l'expérience lui avait appris que l'amour aiguise toujours les mauvais pressentiments. Et c'est vrai qu'il en pinçait pour la commissaire. Trop, pour ne pas éprouver sans raison les ravages exquis des paniques amoureuses.

Ces derniers jours, Charly avait encore pu vérifier le bien-fondé du poème prétendument napolitain qu'aimait lui réciter sa grand-mère de Mérindol, comme pour le prévenir des grands dangers qu'il allait courir dans la vie :

> *Être transpercé*
> *Puis rassasié*
> *Enterré vivant*

> *Ou ressuscité*
> *Saigné à blanc,*
> *Et gonflé à bloc.*
> *Douter de tout*
> *Comme de rien*
> *Tels sont les effets de l'amour,*
> *Ce tyran quotidien.*

Il fila au domicile de Marie, au vallon des Auffes, et, comme elle n'était pas là, décida d'aller dans une de ses caches piquer une petite sieste du soir. Après avoir dissimulé son calibre sous l'oreiller, il posa le portable sur la table de chevet en mettant la sonnerie au maximum, pour ne pas rater son appel, si jamais elle l'appelait.

*
* *

Dès que Charles Chiocca fut parti, Marie Sastre ne songea plus qu'à se sortir de là. Le plus simple était d'atteindre la poulie fixée au plafond, de s'y accrocher, puis de dénouer la chaîne et la paire de menottes. Elle sauta sur la pointe des pieds une fois, deux fois, mais sans succès.

Avec cette chaîne qui la tendait comme la corde d'un arc, il lui était impossible de baisser les genoux pour prendre son élan. Ce dispositif ne lui laissait aucune marge de manœuvre, il la rendait comme impotente. C'était le but. Marie décida d'essayer une tactique différente.

L'autre bout de la chaîne était retenu par un crochet de fer, sur le mur. Marie commença à se balancer pour l'atteindre avec ses pieds. Ses poignets, déjà endoloris, se mirent à saigner. Quand enfin ses orteils réussirent à harponner leur prise, ce fut à leur tour de souffrir le martyre. D'autant qu'il lui fallut tâtonner longtemps avant de décrocher la chaîne.

Marie tomba sur le dos et sa tête cogna le marbre du sol. Elle poussa un cri étouffé, une sorte de râle du ventre.

Elle se sentait défaillir. Ses yeux, déjà, ne voyaient plus bien. Elle lutta quelques secondes, en marmonnant, puis finit par perdre conscience.

Elle se réveilla peu à peu, constata que sa vue était revenue et se leva avec précaution, pour ne pas attiser les douleurs.

D'abord, elle chercha partout dans la chambre la clé de ses menottes. Introuvable. Ensuite, elle prit à deux mains le gourdin de cuir noir et attendit Charles Chiocca devant la porte.

Son coup de fil était interminable. Il semblait à Marie que tout se mélangeait dans la même fange poisseuse, sa sueur, son sang, sa chaleur et le temps qui n'en finissait pas. Elle était pressée d'agir et de reprendre la main.

Elle avait calculé qu'en ouvrant, Charles Chiocca verrait tout de suite qu'elle s'était libérée. Il fallait donc prendre les devants. À peine eut-il poussé la porte qu'elle se jeta sur lui en poussant un cri de l'autre monde.

Tout en lui donnant un coup de genou dans les parties, elle le frappa avec son gourdin en visant le nez et les yeux avant de s'enfuir dans le jardin. Le soir finissait de chasser les restes du jour avec un petit vent tiède qui balayait tout sur son passage en ronronnant de plaisir.

Elle courait, nue, sur la pelouse quand, soudain, elle tomba et se retrouva à plat ventre avec une douleur atroce dans la cheville qu'un doberman au regard candide tenait entre ses crocs, comme un os à ronger. Pour ne pas être en reste, un deuxième molosse lui prit le bras dans sa gueule et le secoua fièrement.

Le garde du corps à tête de catcheur s'avança et dit :

« Ce n'est pas une tenue, mademoiselle. Qu'est-ce que vous foutez là comme ça ?

— Demandez à votre patron.

— Je pense que vous devriez retourner le voir. »

Il fit signe aux chiens de lâcher leur proie et ramena Marie au pavillon. D'une main, il lui tordait le bras pour bien la contrôler et, de l'autre, la menaçait de sa matraque électrique. Il sembla pourtant à la commissaire qu'il la ménageait et la respectait.

Charles Chiocca était en train de soigner ses blessures dans la salle de bains attenante à la « chambre aux amours ». Son visage avait été un peu amoché, mais ça ne méritait pas cette mise en scène avec tous ces cotons, pansements, flacons d'antiseptiques ou de cicatrisants et puis, surtout, cette expression ridiculement tragique, comme s'il était défiguré pour la vie.

Quand le garde du corps lui eut présenté sa prise, Charles Chiocca le félicita et lui demanda de la « déposer » dans la chambre. Le mot était approprié : Marie tenait à peine debout et, dès que l'ex-catcheur eut relâché son bras, elle s'affala contre le mur, comme un sac de viande.

Malgré son air hagard, les idées se pressaient dans sa tête. Des idées noires. Si Charles Chiocca était bien le « lessiveur », elle n'avait aucune chance de s'en tirer. D'autant qu'il bénéficiait de l'aide et de la protection du molosse à visage humain. Pour être agréable à l'ex-catcheur, elle lui roula des yeux de poisson bouilli en faisant mine de grelotter, ce qui aurait été difficile par cette tiédeur. Stratégie apparemment sans effet. Jusqu'à ce que son patron fasse couler l'eau du lavabo, dans la salle de bains.

Profitant du bruit, le garde du corps baissa la tête et murmura, l'index levé devant la bouche, pour signifier que c'était confidentiel et qu'il ne fallait surtout pas répondre :

« Ne vous en faites pas, il n'est pas méchant. »

Quand Charles Chiocca entra dans la chambre, avec un pansement sur le nez et un autre sur le front, au-dessus du sourcil, le garde du corps se retira en silence et referma doucement la porte.

« Regarde ce que tu m'as fait », dit Chiocca.

Il tenait lui aussi une matraque électrique à la main et en donna un coup à Marie qui se tortilla contre le mur comme une chèvre mourante.

« Tu m'as déçu, reprit-il. Je sais maintenant que je ne peux pas te faire confiance. »

Pendant qu'elle retrouvait ses esprits, il se pencha, la matraque prête à frapper, pour examiner les blessures de Marie aux pieds et aux poignets. Il mima un air dégoûté :

« On dirait que tu viens d'être crucifiée. Bonne Mère, ça te va très bien, tu sais. Tu me plais beaucoup comme ça, j'en ai l'eau à la bouche. Maintenant, je vais te remettre sur la croix, mais avec des clous, cette fois. »

Il sourit, sans doute heureux de cette perspective, lui retira les menottes, puis, sur un ton autoritaire :

« Lève-toi et allonge-toi sur la table de travail.
— Que vas-tu faire de moi ?
— Ne discute pas. Allonge-toi.

— Tu vas me trancher la gorge comme tu as fait pour les autres, n'est-ce pas ?

— Je n'ai pas encore décidé.

— Sais-tu que tu prends des risques énormes ?

— Je trouverai la solution. Je trouve toujours les solutions pour tout.

— À l'Évêché, tout le monde sait que je suis là. Mes collègues vont venir me chercher.

— Non, il n'y a que Bézard qui sait.

— Qui te l'a dit ?

— Lui. Et il ne dira rien à personne. Je l'ai eu tout à l'heure au téléphone. Il s'inquiétait pour toi et moi. À cause du "lessiveur" qui risque de venir. »

Il attacha les mains de Marie, puis ses chevilles, aux quatre coins de la table, en tirant bien, selon sa méthode habituelle, pour lui interdire toute liberté de mouvement.

« Qu'est-ce que tu éprouves à me faire souffrir comme ça ? demanda-t-elle d'une voix faible.

— C'est une question que je ne me pose pas. Il est vrai que je ne me pose jamais de questions. Je ne m'interroge pas, moi, j'agis. C'est vrai pour tout. Mon boulot comme ma vie privée.

— Moi, c'est le contraire.

— T'as vu où ça t'a menée ? T'as tout raté et maintenant tu te cagues dessus.

— Oui, souffla-t-elle, l'air soumis, parce qu'elle avait bien appris la leçon.

— Chacun de nous naît avec une petite voix au fond de soi. Après, tout se ligue contre elle. La famille, l'éducation, la religion. À cause de la morale, des principes ou de ces Dix Commandements stupides qui ont été inventés pour pourrir la vie des gens. Eh bien, moi, au lieu de lui clouer le bec, à cette petite voix, je l'ai laissée se développer.

Je n'écoute même plus qu'elle. Je reconnais qu'elle dit parfois des choses pas recommandables que je n'oserais pas répéter, mais elle m'a toujours porté bonheur. Elle m'a appris à ne jamais rien prévoir, calculer ou regretter. J'avance, je prends, je jouis, je ne m'arrête jamais. J'ai raison ?

— Oui, ta réussite le prouve.

— C'est grâce à cette petite voix que j'ai fait fortune, une grosse fortune. Toute ma vie, je n'aurai cessé d'acheter, de vendre, de racheter, de revendre, dans les domaines les plus divers, en suivant mon intuition, c'est le nom de la petite voix. Franchement, dois-je m'en plaindre ? »

Le visage de Marie s'était apaisé. Pour un peu, elle aurait souri. Elle avait décidé de gagner du temps et il était tombé dans le panneau. Il pérorait sur ses succès, avec des rengorgements de conférencier. La plupart des hommes, songea-t-elle, n'ont pas de pire ennemi que la vanité. C'est l'autre nom de la bêtise. Il suffit de les grattouiller là où ça leur fait du bien et on en fait ce que l'on veut. Des pantins.

Tous les imbéciles ne sont pas des vaniteux, mais tous les vaniteux sont des imbéciles.

50

Camille Uhlman aimait travailler en musique. Au-dessus de tout, y compris de Mozart et de Verdi, elle plaçait Johnny Cash, avec un faible pour les titres de la fin comme *The man comes around*, qu'elle écoutait en boucle. Elle adorait son *vibrato* qui, à ses yeux, incarnait la bonté humaine à l'état pur.

La « profileuse » était assise devant son ordinateur, dans son bureau provisoire de l'Évêché, en train de battre la mesure avec son pied, quand, soudain, elle ouvrit la bouche et retira ses écouteurs des oreilles. Elle resta interdite un moment, face à son écran, puis relut en remuant les lèvres ce qui venait de provoquer son choc. En remuant les lèvres.

« C'est incroyable, dit-elle à mi-voix. Pourquoi n'a-t-on pas vu ça plus tôt ? »

Elle n'aimait pas parler toute seule : ça lui rappelait sa mère, une vieille aigrie qui racontait ses malheurs à tout le monde, dans la rue, sans que personne ne s'arrête pour l'écouter.

Elle regarda l'heure à sa montre : vingt heures cinquante.

Elle prit son portable sur le bureau et composa le numéro de Marie. Elle tomba sur la messagerie. Alors, elle appela Karim Chérif. Il avait posé un congé, ce jour-là, et se trouvait dans sa cuisine où il préparait des pâtes à l'ail et aux tomates fraîches pour ses enfants, après une promenade dans les calanques. Camille entendait très distinctement le grondement de l'eau qui bouillait dans la casserole. Ça lui donna faim, une petite faim.

« Je viens de découvrir un truc énorme, dit-elle. En 1987, dans la banlieue d'Avignon, il y a eu un crime où la victime, une assistante commerciale sans histoire, a été étouffée dans un sac en plastique et retrouvée les tétons tranchés et les poils pubiens brûlés, comme Laura Estoublon.

— C'est assez fréquent chez les tueurs en série, ce genre de travers.

— Attends. Il y a mieux : au début de l'enquête sur ce crime, on a interrogé, je te le donne en mille... un certain Charles Chiocca qui dirigeait, à l'époque, une petite entreprise de bâtiment pour laquelle la victime avait travaillé, dans le passé. Il n'a pas été inquiété. Il avait un alibi en béton. C'est étrange, non ?

— En effet, ce qui est étrange aussi, c'est de l'apprendre seulement maintenant. À l'époque, le fichier national était moins détaillé et ici, dans les Bouches-du-Rhône, on n'était pas toujours censés savoir ce qui se passait à Avignon, dans le Vaucluse. Mystère de l'informatique. À moins que ce ne soit encore un effet de la guerre des polices... Il faut peut-être en parler à Bézard, acheva le commissaire Chérif avant de signaler qu'il allait sortir les pâtes de la casserole.

— Je crois que ça mérite qu'on le dérange. »

Dès qu'elle en eut fini avec Karim, Camille appela le directeur de la police judiciaire, mais tomba sur sa messagerie. Renseignement pris auprès de la secrétaire de Bézard, il était en train de donner la Légion d'honneur à un adjoint au maire. Il la rappellerait après les discours.

*
* *

Il était vingt et une heures cinq. Charly Garlaban avait dormi une heure et quelques. Trop long pour une sieste. Contrairement à son habitude, il s'était réveillé en sursaut. Il se dressa d'un trait, vérifia sur son portable si Marie Sastre ne l'avait pas rappelé, puis se leva en essayant à nouveau de la joindre.

Toujours rien. C'était anormal. Il essaya encore l'Évêché où un planton lui dit qu'elle était partie depuis longtemps. Il prit son calibre sous l'oreiller, descendit les escaliers quatre à quatre et, après avoir enfilé son casque, se retrouva sur sa moto en moins de temps qu'il ne faut pour l'écrire.

Il ne savait pas encore où il allait, mais il y allait en répétant derrière sa visière noire :

« C'est pas possible, c'est pas possible. »

*
* *

Charles Chiocca caressa un long moment les seins de Marie. Il aimait les sentir frissonner sous sa peau. Il était comme un médecin avec sa patiente ou plutôt un père avec sa fille malade, il cherchait à la rassurer. Et puis, soudain, quand elle semblait apaisée, il la griffait. Souvent, sévèrement. Le visage de la commissaire se tendait à peine, ses yeux restaient inexpressifs, mais sa chair s'affolait sous la peau : elle perdait la raison. Ce moment le tourneboulait. Il aurait aimé qu'il durât plus longtemps.

Quand Marie ne criait pas, il régnait un silence de mort, dans la « chambre aux amours ». On aurait entendu une araignée marcher. C'est pourquoi Charles Chiocca eut un mouvement de surprise quand, tout à coup, une voix s'éleva derrière lui :

« Je vois qu'on s'amuse. »

Pas le temps de se retourner. Deux dards électriques, décochés par un Taser, le plaquèrent au sol. La décharge dura cinq secondes. L'homme qui avait tiré mit ce laps de temps à profit pour récupérer la chemise de Marie et en recouvrir son bas-ventre.

C'était un grand barbu au regard marron. Coiffé d'une casquette d'amateur de régates, il était vêtu d'un tee-shirt à rayures bleu marine et d'un pantalon de couleur violette. Il tenait le Taser de sa main gauche et portait un sac à l'épaule gauche.

Il donna une seconde impulsion à son arme et puis encore trois autres, jusqu'à transformer Charles Chiocca en une pauvre chose ratatinée.

Il avait les baskets et le bas du pantalon couverts de sang.

« Excuse-moi de salir par terre, dit-il. Il a fallu que j'estourbisse vos trois gardes-chiourme, vos deux chiens et votre "Monsieur Muscles". Ils ne vont plus escagasser personne, maintenant. »

Il s'approcha de Chiocca et tenta de le retourner avec son pied, mais l'autre était encore trop tendu pour bouger.

Quand, enfin, Chiocca s'affaissa sur le dos, le barbu se pencha et lui demanda :

« Vous me remettez ?
— Non.
— Je ne portais pas la barbe à l'époque. En fait, je ne la porte toujours pas. Celle-ci est un postiche.
— Je ne me souviens pas de vous avoir déjà rencontré, insista Chiocca.
— Je me présente. Horace Rasdone, commissaire honoraire, invalide à 100 % après avoir reçu une balle dans la tête. J'étais en poste à l'hôtel de police d'Avignon en 1987. Qu'est-ce qui s'est passé en 1987 ? Voulez-vous que je vous rafraîchisse la mémoire ? »

Chiocca ne répondit pas. On ne pouvait rien lire dans ses yeux, comme si les décharges de Taser l'avaient rendu totalement stupide.

« Elle s'appelait Caroline Schneider, je me souviens, reprit Rasdone. Elle a été retrouvée morte à son domicile, la tête dans un sac en plastique. Je vous ai interrogé une fois ou deux, avant de vous mettre hors de cause, faute d'éléments probants. J'avais des soupçons, pourtant, et maintenant que je vous ai surpris en pleine action, je n'ai plus aucun doute, je suis sûr que vous étiez l'assassin de cette pauvre fille. Vous reconnaissez que c'était vous ? »

Horace Rasdone donna un violent coup de pied dans les côtes de Charles Chiocca qui gémit faiblement. Après quoi, il attrapa une couverture sur une chaise et la répandit, de sa main libre, sur le corps de Marie.

« Répondez-moi, cria Rasdone. C'était vous, oui ou merde ? »

Chiocca plissa le front pour indiquer qu'il se réveillait, ou qu'il réfléchissait, ou les deux. Mais il ne se décida à parler qu'après avoir reçu un second coup de pied qui, cette fois, lui arracha une sorte de piaulement.

« C'était un accident, murmura Chiocca. Un jeu idiot qui a mal tourné. Je n'ai pas de tabous, elle n'en avait pas non plus, on faisait une bonne paire, on s'entendait très bien au lit. Par exemple, on adorait le coup du sac en plastique. Quand vous êtes au bord de l'asphyxie, vous arrivez à l'extrême limite de la jouissance, ce qu'on appelle le "point ultime". Je plains ceux qui n'ont jamais connu ça. Si les pendus bandent, ce n'est pas un hasard. D'ailleurs, quand quelqu'un se suicide par étouffement, j'ai toujours un doute. Peut-être qu'il se donnait simplement du plaisir et qu'il n'a pas su s'arrêter à temps. C'est ce qui est arrivé à Caroline. Après, j'ai maquillé sa mort en crime sexuel et puis je me suis fabriqué un alibi, voilà la vérité.

— Vous êtes un porc, un sadique et un tordu, Chiocca. Doublé d'un pervers sexuel. Qu'alliez-vous faire de cette personne, ici ? »

Rasdone désigna du doigt Marie, raide comme la justice, qui gardait la bouche crispée, sur sa table de travail.

« J'allais prendre du bon temps et puis la relâcher, répondit Chiocca.

— Vous avez vu dans quel état vous l'avez mise ? Elle saigne de partout.

— J'ai toujours eu l'amour vache.

— Et si elle décidait de porter plainte ?

— Je dirais qu'elle était consentante, ce qui, soit dit en passant, est assez vrai. Je ne l'ai pas forcée à venir, ni à s'allonger sur ce lit ni à se laisser attacher. Elle a fait tout ça de son plein gré. En plus, c'est une "Marie-couche-toi là", vous savez. Devant un tribunal, ce sera facile à prouver. »

Marie poussa un soupir de mépris et secoua la tête à plusieurs reprises avant de demander à Rasdone avec un regard suppliant :

« Pourriez-vous me détacher ?

— Chaque chose en son temps. Je m'occupe d'abord de cet individu. Vous, on verra après. »

Il se baissa et tira Charles Chiocca par les cheveux pour l'obliger à s'asseoir.

« Maintenant, dit-il, regardez-moi bien dans les yeux. Avez-vous éprouvé quelque chose quand vous avez coupé les tétons de Caroline Schneider ?

— Non. Je vous répète que j'ai fait ça parce que je ne voulais pas que mon nom soit mêlé à cette affaire, et que je pensais malin de vous mettre sur la piste d'un crime sexuel. Vous êtes tombé en plein dedans, monsieur le commissaire. »

Chiocca avait de l'ironie dans sa voix, preuve d'un sang-froid qui bluffait Marie. Même à terre, il continuait à prendre son monde de haut.

« Quand j'ai été recouvrer ma créance auprès de Laura Estoublon, coupa Horace Rasdone, je vous ai envoyé un message. Il ne vous a sans doute pas échappé que son corps a subi les mêmes sévices que celui de Caroline Schneider. Sauf que je ne l'ai pas tuée avec un sac en plastique, j'ai bien essayé mais ç'aurait été trop dur, trop cruel. J'ai préféré le couteau que j'ai toujours bien manié, en tant que pêcheur du dimanche. Vous avez forcément fait le rapprochement entre les morts de ces deux femmes et je suis sûr que ça vous a excité, n'est-ce pas ?

— Vous ne me connaissez pas. Il m'arrive de blesser, je le reconnais volontiers, mais je ne tue jamais. Je ne comprends pas que l'on puisse trouver du plaisir dans la mort des autres.

— Moi non plus. À moins que ce soit le plaisir du devoir accompli. »

Marie tenta en vain de redresser un peu la tête puis prononça, comme si elle avait la bouche pleine, en descendant ses prunelles luisantes vers le bas des yeux :

« C'est vous qui avez tué Laura Estoublon ?

— Oui, c'est moi. Et je crois que j'avais le droit, après ce qu'elle m'a fait.

— Elle vous a fait quoi ? demanda Marie.

— Elle m'a logé une balle dans la tête.

— Ah bon », fit Chiocca.

Il essayait de lui complaire mais Rasdone ne lui prêta pas attention. Il s'adressa à Marie qui l'écoutait, les yeux ronds et la bouche ouverte :

« Je sais que c'est Laura parce que je l'ai vue. Après m'avoir tiré dessus, elle est venue vérifier que j'étais bien mort. Je croyais l'être. La preuve, j'avais l'impression de flotter au-dessus de moi-même. Alors que j'étais couché sur la chaussée et que ma meurtrière se trouvait debout, devant moi, je ne me sentais pas au-dessous d'elle, mais comme en surplomb, et je me regardais, figurez-vous. Je l'ai entendue dire : "Bien fait, fumier."

— On n'insulte pas les morts, commenta Chiocca avec une mimique flagorneuse.

— En fait, j'étais dans le coma. Un coma de stade 2 sur l'échelle de Glasgow. Il n'y avait aucun contact possible avec moi, je n'étais plus qu'une chose inerte. J'ai fini par passer au stade 1 où on réagit aux stimuli douloureux, et j'y suis resté six ans. En tout, ça m'a fait huit ans de coma. Quand j'en suis sorti, j'étais un légume sur le plan physique. Il a fallu que je me rééduque. Ça a été long et dur. Rien n'aurait été possible sans ma femme.

— Pourquoi Laura Estoublon a-t-elle essayé de vous assassiner ? » demanda Chiocca avec un air faussement passionné.

Il était pathétique. Il tentait d'engager la conversation, mais Rasdone n'avait d'yeux que pour Marie et ne parlait qu'à elle :

« Je l'avais percée, dit-il. Je savais que son père, un ex-dignitaire nazi, recherché par la justice de son pays, était toujours vivant, contrairement à ce qu'elle me racontait. Elle a jugé plus simple d'essayer de me liquider, puis d'épouser le policier chargé de l'enquête, ce bêtasson de Thomas Estoublon, plus tchoutchou, tu meurs...

— Vous avez donc voulu vous venger, dit Chiocca qui n'avait toujours droit qu'à des regards en coin de Rasdone, pour vérifier qu'il se tenait à carreau.

— Je n'aime pas ce mot. Disons que, ces derniers temps, j'ai essayé de mettre un peu d'ordre dans une société qui s'acharne sur les innocents dès qu'ils sont faibles et laisse courir les coupables quand ils sont puissants. C'est pourquoi j'ai bien aimé le surnom que la police m'a donné, le "lessiveur". Elle aurait pu m'appeler aussi le vidangeur ou le balayeur. J'ai toujours eu la phobie des miettes, des taches et des bordilles. Il faut bien avouer que j'étais moins bégueule en tant que commissaire. J'ai souvent laissé filer des cagassiers de la pire espèce, mais bon, vous savez comment c'est, on va vite, une affaire chasse l'autre. À la longue, ça m'a miné, ce laisser-aller. Quand je suis revenu de mon coma, j'ai été en convalescence dans le Nord, chez ma belle-mère, une brave femme, et je ne dormais plus du tout. Il aurait fallu que je prenne des somnifères de choc, mais je m'y refusais. Je me suis dit que je ne retrouverais un certain équilibre qu'en revenant chez moi, à Marseille, pour réparer certaines choses...

— Je ne comprends pas, dit Marie, ce que vous avez voulu réparer en tuant Mlle Navigato qui était juste coupable d'avoir une relation avec Chiocca.

— Je reconnais que c'est une erreur de ma part. La haine m'a aveuglé, que voulez-vous. Mais on ne fait pas d'omelette sans casser des œufs.

— C'est ce que disaient jadis les totalitaires.

— De grâce, pas de grands mots, commissaire Sastre ! Je voulais paniquer Chiocca, lui montrer que l'étau se resserrait et puis, en même temps, le faire accuser du crime. Il avait bien couché avec elle, la veille au soir, et c'est son sperme qu'on a retrouvé dans l'utérus de cette fille, n'est-ce pas ?

— Pauvre Alessandra », murmura Chiocca pour lui-même en dodelinant de la tête.

Tandis que Rasdone détachait la main droite de Marie qui poussa un soupir de soulagement avant de le remercier, elle demanda d'une voix très douce, comme si elle s'adressait à un grand malade :

« Si vous vouliez que les soupçons pèsent sur Chiocca, pourquoi avez-vous cherché à faire accuser Charly Garlaban en laissant dans la salle de bains d'Alessandra des photos avec ses empreintes digitales dessus ?

— Je ne me l'explique pas. C'est vrai que je l'avais menacé d'un châtiment s'il refusait de m'aider, mais là encore, j'ai fait une erreur. À cause du surmenage, certainement. Ces temps-ci, je me battais sur trop de fronts en même temps. J'avais l'esprit embrouillé, vous comprenez. J'ai des journées très dures.

— On supporte mieux les injustices quand on les commet soi-même.

— Je ne suis pas du tout comme ça... »

Horace Rasdone, sous le charme de Marie, aurait pu continuer encore longtemps à se confesser s'il n'avait éprouvé les premiers symptômes du syndrome de Gilles de la Tourette dont il était atteint. Ce fut bientôt un festival de grognements, de clappements de langue et de raclements de gorge qu'accompagnaient des gestes étranges comme des coups de poing dans le vide.

« Excusez-moi, dit-il, ça va passer.

— Et mes pieds ? Et ma main gauche ? demanda Marie. Vous les détachez ? »

Il ne l'entendit pas et aboya à l'adresse de Chiocca :

« Madoff de mes deux ! Madoff de merde ! »

Pour Chiocca, c'était le moment, c'était l'instant. Il se leva d'un bond, fonça sur Rasdone, fit tomber son Taser, arracha les dards fichés dans sa chair et courut à perdre haleine.

Il la perdit, finalement. Il était arrivé à la hauteur du mur de cyprès quand il ralentit, soudain. Un point de côté. Horace Rasdone arrivait derrière lui, en brandissant son couteau et en hurlant des insultes :

« Enculé ! Cabestron ! Cagatroué ! Pétoule ! Salopard ! Bouffe-merde ! Counas ! Fils de pute ! Madoff ! »

Ils roulaient ensemble dans l'herbe, pour en finir, quand quelqu'un hurla, à une vingtaine de mètres de là :

« Les mains en l'air ! »

C'était Charly Garlaban, un Glock à la main. Il était tendu, pour une fois. Il avait reconnu les deux hommes et tenir en respect des personnages de cet acabit, ce n'était pas évident. De nuit, ça l'était encore moins.

Ils se relevèrent lentement.

Charly ne voyait pas grand-chose dans la pénombre. Il se demandait sur lequel des deux il faudrait tirer en premier au cas où ils tenteraient de s'échapper en même temps, mais ils ne lui laissèrent pas le temps de terminer sa réflexion, ils coururent, soudain, se fondre dans la haie de cyprès.

L'Immortel tira. À cet instant, il visait Chiocca qui tomba, touché en pleine tête. La balle était entrée sous l'œil droit et on aurait dit que tous les os du visage avaient éclaté. Quand Charly se pencha sur lui, il ne bougeait presque plus. Juste un petit tremblement de bras, sa façon de dire au revoir.

Il chercha un moment le « lessiveur » dans les cyprès, puis se dirigea vers le pavillon. Il avait déjà visité la villa avant de tomber, dans le jardin, sur les cadavres des dobermans et du garde du corps qui, tous, avaient eu la gorge tranchée, ce qui valait signature. Il ne lui restait plus que cet endroit à inspecter s'il avait une chance de retrouver Marie ici.

Quand il entra dans le salon et qu'il l'eut appelée, elle répondit par un gémissement. Il en reconnut tout de suite le timbre et se précipita, le cœur battant, vers la « chambre aux amours » d'où il provenait. À sa vue, Marie fondit en larmes.

Après qu'il lui eut libéré les pieds et qu'elle se fut rhabillée, il ressentit une envie folle de l'embrasser, mais elle n'avait pas le cœur à ça. Son visage était marqué par la haine. Elle emprunta son portable et, en se serrant contre lui, appela sur son numéro privé le directeur de la police judiciaire qui lui annonça qu'il était déjà en route pour la villa, avec une quinzaine de collègues.

« Il faut que tu files, dit-elle à Charly, quand la conversation fut terminée.

— Non. Le "lessiveur" est toujours dans les parages. Je ne peux pas te laisser.

— Je ne veux pas que la police t'arrête.

— J'attendrai qu'elle arrive.

— Va-t'en. Fais ça pour moi, je t'en supplie. »

Ils parvinrent finalement à un compromis. Elle le raccompagnerait jusqu'à sa moto et il filerait par un autre chemin quand ils verraient scintiller les gyrophares.

C'est là qu'eut lieu le baiser. Le genre de baiser que l'on porte en soi toute la vie et que l'on mime encore sur son lit de mort. Il les emmena si haut qu'ils en sortirent tout étourdis, comme des enfants descendant d'un manège qui leur a donné le vire-vire.

*
* *

De 1987 à 1998, année où il reçut sa balle dans la tête, le commissaire Rasdone avait travaillé sur toutes les affaires que le « lessiveur » avait ensuite réglées à sa façon : l'accident de la circulation provoqué par Bérangère Buisson qui avait décimé une famille, la disparition en mer d'Emmanuel Lambertin, alors qu'il faisait du bateau avec les Froscardier, la mort par œdème, après une allergie aux œufs, du premier mari d'Évelyne Baudroche, ou encore les turpitudes du docteur Klossovski.

Sans parler du meurtre du petit couple dans la calanque de Sormiou.

L'étude du dossier Rasdone à l'Évêché montra que ce policier, toujours bien noté par ses supérieurs, était un perfectionniste compulsif. Ses rapports d'enquête étaient des modèles. Il n'avançait rien qui ne fût vérifié. Il ne prenait jamais ses aises avec les faits qu'il se gardait bien, contrairement à d'autres collègues, de faire trop parler. Mais il ne souffrait pas que la justice lui retirât les suspects de son collimateur dès lors qu'ils avaient un bon avocat capable de mettre le doigt sur une faille du dossier ou un vice de procédure.

À son propos, William-Patrick Bézard avait confié un jour à Marie Sastre ce qu'elle éprouvait sans oser se l'avouer :

« Il faut sans doute pourchasser cet enfoiré, le retrouver et le condamner, mais une chose est sûre : on ne pleurera pas ses victimes. Enfin, pas toutes. »

Rien n'assure que la justice le rattrapera. Il y a des mois que le « lessiveur » n'a plus fait parler de lui, comme s'il suivait à la lettre le message scotché sur le battant intérieur de sa maison des Goudes, vidée de ses meubles, que les enquêteurs avaient fini par retrouver :

« Je suis parti prendre un long repos bien mérité. Mais rassurez-vous, je reviendrai un jour. Je n'ai pas fini mon travail. »

Apparemment, il ignorait que nous autres humains ne finissons jamais rien sur cette terre. Souvent, c'est même quand on croit notre travail terminé qu'il faut tout recommencer.

Les enfants ne le savent pas. Les justiciers non plus. C'est leur faiblesse. C'est aussi leur force.

**Retrouvez du même auteur
aux Éditions J'ai lu :**

L'immortel

Charly Garlaban reçoit vingt-deux balles sur le parking des Halles à Avignon, le 17 janvier 2005. Il sort du coma douze jours plus tard, et apprend à tirer de la main gauche. Le maître de la mafia de Marseille veut se venger du Rascous, son lieutenant, et du Pistachier, un concurrent. Mais il y a trop de cadavres qui tombent, et la jeune commissaire Sastre ne sera pas déçue de son enquête.

N°8565

9222

Composition
NORD COMPO

*Achevé d'imprimer en France (La flèche)
par CPI BRODARD ET TAUPIN
le 7 mars 2010. 56185*

Dépôt légal mars 2010.
EAN 9782290021309

ÉDITIONS J'AI LU
87, quai Panhard-et-Levassor, 75013 Paris

Diffusion France et étranger : Flammarion